dtv

Als Luise Schilling 1921 am Weimarer Bauhaus zu studieren beginnt, hat sie große Pläne. Doch wenige davon haben mit der Huldigung großer Männer wie Walter Gropius oder Wassily Kandinsky zu tun. Sie gerät in den Kreis der Naturmystiker um Johannes Itten und verliebt sich in den schillernden Kunststudenten Jakob, später dann in den politisierten Reklamezeichner Hermann.

Zwischen Technik und Kunst, Populismus und Avantgarde, den Utopien einer ganzen Gesellschaft und individueller Liebe wird Luise deutlich, dass der Kampf um die große Freiheit vor dem eigenen Leben nie Halt macht.

Ein radikal gegenwärtiges Porträt der rasend stillstehenden Moderne voller Intrigen, Freundschaften, Berühmtheiten der Zeitgeschichte und dem Glück der frühen Jahre.

Theresia Enzensberger wurde 1986 in München geboren und lebt in Berlin. Sie studierte Film und Filmwissenschaft am Bard College in New York und schreibt als freie Journalistin unter anderem für die FAZ, FAS, ZEIT Online, NZZ und Monopol. 2014 gründete sie das vielfach preisgekrönte BLOCK Magazin.

Theresia Enzensberger

Blaupause

Roman

dtv

Ausführliche Informationen über

unsere Autoren und Bücher

www.dtv.de

2. Auflage 2019
2019 dtv Verlagsgesellschaft mbH & Co. KG, München
Lizenzausgabe mit Genehmigung des Carl Hanser Verlags
© Carl Hanser Verlag München 2017
Umschlaggestaltung: dtv nach einem Entwurf von
Tom Ising für HERBURG WEILAND, München
unter Verwendung einer Fotografie aus dem Bauhaus-Archiv Berlin
(Originalfoto in Schwarz-Weiß, Nachkolorierung durch
Carl Elkins für Studio Mierswa Kluska)
Satz: C.H.Beck.Media.Solutions, Nördlingen
Druck und Bindung: Druckerei C.H.Beck, Nördlingen
Gedruckt auf säurefreiem, chlorfrei gebleichtem Papier
Printed in Germany · ISBN 978-3-423-14671-5

Weimar
1921

ch weiß immer noch nicht, wo das Direktorenzimmer ist. Die große Uhr in der Eingangshalle zeigt schon kurz vor fünf, und ich irre durch die Gänge, in der Hoffnung, irgendwo ein Schild zu finden. Die Flure sind leer, nur aus der Tiefe des Gebäudes dringen gedämpfte Stimmen und Geräusche. Die anderen Studenten sind wohl noch in ihren Werkstätten. Als ich zum zweiten Mal über die große Wendeltreppe in den dritten Stock komme, sehe ich in der Ecke des Flures eine Gruppe stehen. Zu meiner Enttäuschung sind es Sidonie und die anderen Kuttenträger, vor denen ich mich unmöglich als Neue zu erkennen geben kann. Stattdessen gehe ich möglichst zielstrebig an ihnen vorbei, was ihnen nicht aufzufallen scheint, und biege dann um eine beliebige Ecke. Ich muss einen Jubelschrei unterdrücken, als ich am Ende des Ganges endlich den Namen »Walter Gropius« an einer Tür entdecke.

Auf ein etwas unwirsches »Herein« betrete ich ein helles Zimmer mit einem riesigen Schreibtisch in der Mitte, der unter haufenweise Papier begraben ist. Den Telefonhörer in der Hand, steht Gropius mit dem Rücken zu mir am Fenster. Das dicke Kabel spannt sich zum Apparat. Er ist größer als ich dachte, und obwohl ich sein Gesicht nicht sehe, spüre ich, wie gewohnt er es ist, mit dem größten Respekt behandelt zu werden. Sein Telefongespräch nimmt kein Ende. Vielleicht sollte ich einfach wieder gehen? So tun, als hätte ich den kleinen Briefumschlag mit der Einladung zum Direktor nie bekommen?

»Dann rufen Sie mich doch bitte zurück, wenn Sie etwas wissen ... Ja ... Guten Tag!« Er spricht kontrolliert, aber seine Stimme ist voll unterdrückter Wut. Der Telefonhörer prallt unsanft auf die Messingärmchen, Gropius dreht sich um und sieht mich geistesabwesend an. »Diese Bürokraten, immer!« Ich versuche ein Nicken, das Verbrüderung gegen die ominösen Bürokraten ausdrücken soll, auch wenn das Gesagte natürlich nicht an mich gerichtet ist.

Kurz scheint sich Gropius über meine Anwesenheit in seinem Zimmer zu wundern, dann sammelt er sich. »Kommen Sie doch herein, setzen Sie sich. Was kann ich für Sie tun?« Jetzt bin ich irritiert, er hat mich schließlich hierher gebeten, wieso ist es jetzt meine Aufgabe, mich vorzustellen? Andererseits funktionieren die institutionellen Mechanismen am Bauhaus vielleicht auch nur nach klassisch bürokratischer Manier: Eine unsichtbare Hand, bestehend aus Protokoll, Regulation und Datierung, führt Menschen zusammen, die am Ende auch nicht so genau verstehen, wie es eigentlich dazu kam. Ich erkläre also, ich sei neu am Bauhaus. Man habe mir bedeutet, ich solle mich vorstellen und meine Mappe mitbringen. Gropius' Miene hellt sich auf. »Richtig, eine neue Studentin. Verzeihen Sie, dass ich erst jetzt Zeit für Sie habe. Normalerweise sehe ich mir die Mappen sofort an, damit Sie gleich mit dem Unterricht beginnen können, aber die letzten Wochen waren einfach sehr hektisch. Dann zeigen Sie mal her«, sagt er und greift nach dem großen Karton, an dem ich mich bis jetzt festgeklammert habe. Die unerträglich langen Minuten, in denen er sich in meine Arbeit vertieft, verbringe ich damit, durch die großen Fenster in den sommerlichen Hof hinunterzuschauen. Immer wieder mustere ich verstohlen sein Gesicht, seine hohe Stirn, seine buschigen Augenbrauen, die er konzentriert zusammenzieht. Vielleicht kommt es von dem Telefonat, das er eben hat führen müssen, aber es liegt ein großer Ernst in seinem Blick, der seine Autorität noch unterstreicht.

»Es ist unüblich, dass Studenten mitten im Semester zu uns stoßen«, sagt er endlich und gibt mir meine Mappe zurück. »Wie haben Sie denn vom Bauhaus gehört?«

Kein Wort über die Architekturzeichnungen, die ich im Büro eines Familienfreundes angefertigt habe, abends, wenn alle gegangen waren. Ich habe mich damals so erwachsen gefühlt, wie eine echte Architektin, zwischen den akkurat angespitzten Bleistiften, den riesigen Linealen und dem speckigen, durchsichtigen Zeichenpapier.

Ich erkläre, dass mein Vater gusseiserne Pfetten herstellt, was ihn in regelmäßigen Kontakt mit den moderneren Berliner Architektenbüros bringt, unter anderem mit dem von Peter Behrens. Die Entwicklungen in Weimar werden dort mit großer Aufmerksamkeit verfolgt. Ich hätte aber wahrscheinlich trotzdem nie vom Bauhaus gehört, hätte mein Vater nicht unvorsichtigerweise eine Broschüre bei uns im Salon liegenlassen. Er stand meiner Begeisterung für die Architektur schon immer skeptisch gegenüber und hätte den Teufel getan, mir von einer Hochschule zu erzählen, an der man etwas anderes lernen kann, als eine gute Hausfrau zu werden. Meine Bewerbung schickte ich heimlich ab. Als dann die Zusage kam, bedurfte es einiger Überzeugungsarbeit und der Komplizenschaft meiner Mutter, damit er mich fahren ließ. Ich glaube, die Tatsache, dass es am Bauhaus eine Webwerkstatt gibt, war am Ende ausschlaggebend für seine zögerliche Zustimmung.

Obwohl ich mich nach Verbündeten sehne, lasse ich das alles weg und Gropius vorläufig im Glauben, meine Familie stehe hinter meinen Plänen, Architektur zu studieren. Er steht auf und sagt: »Ihre Zeichnungen haben Potential. Aber wir sind hier sehr darauf bedacht, unseren Studenten eine ganzheitliche Ausbildung zu bieten. Im Vorkurs und in den anderen Werkstätten werden Sie sicherlich einiges lernen, was Ihnen auch bei ihrer Arbeit mit der Architektur helfen wird. Wenn Sie Fragen haben, können Sie sich jederzeit an mich wenden.« Obwohl ich mir sicher bin, dass er diese Floskel öfters benutzt, erfüllt mich die Vorstellung, ihn möglicherweise als Mentor zu gewinnen, mit Stolz.

*

Maria sitzt auf meinem schmalen Bett und stopft die Kekse in sich hinein, die Frau Werner uns aufs Zimmer gestellt hat. Der Tee, den meine Wirtin bestimmt wieder aus irgendwelchen Kräutern aus ihrem Garten zusammengepflückt hat, riecht komisch, wir rühren ihn beide nicht an, aber das süße Gebäck ist eine angenehme Abwechslung zu dem Gemüsebrei, der uns in der Kantine vorgesetzt wird. Maria verdreht verzückt die Augen, lässt ihre langen Beine baumeln und sagt kauend: »Ich kann nicht glauben, dass diese albernen Kuttenträger sich jetzt auch noch beim Essen durchgesetzt haben! Ich habe heute Mittag keinen einzigen Bissen heruntergebracht. Dank sei der alten Wernerette und ihrem Backfanatismus!« Maria redet gerne so, mit ironischem Pathos und vielen Ausrufezeichen. Sie fühlt sich wohl hier, wirklich sehr wohl, denke ich und betrachte die Krümel auf meinem Bett. Ich kann ihr nicht verdenken, dass sie mein Pensionszimmer ihrer engen Dachkammer vorzieht, aber manchmal habe ich das Gefühl, sie ist bei mir eingezogen. Weder ihre Verfressenheit noch ihr Hang zur Dramatik spiegeln sich in ihrer schlaksigen Erscheinung. Sie hat fast hagere Gesichtszüge und große, etwas wässrige Augen.

Obwohl wir beide vorgeben, uns nicht für sie zu interessieren, kommt das Gespräch immer wieder auf die Gruppe um Johannes Itten. Meistens machen wir uns über sie lustig; über ihre Gewänder, braune Jacken mit Kapuzen, die Mönchskutten ähneln; über ihre seltsamen Gebräuche, Turnereien und Diäten; und über die Gesänge, die sie manchmal unvermittelt anstimmen. Ich erzähle Maria von meinem Treffen mit Gropius und meiner verzweifelten Suche nach dem Direktorenzimmer, für die sie mich liebevoll auslacht. Dann sagt sie: »Aber mal im Ernst, das ist doch eine Unverschämtheit! Jetzt entscheidet eine Gruppe von vielleicht zehn Leuten über das Essen der gesamten Schule!«

»Ich finde den Fraß auch schrecklich. Aber ich habe gehört, das Budget ist gekürzt worden, vielleicht kann sich die Schule einfach kein Fleisch mehr leisten?«

Maria schüttelt den Kopf. »Ich bin mir sicher, dass die dahinterstecken. Und angeblich zahlen die noch nicht einmal Schulgeld!«

»Wie kommst du denn darauf?«

»Es gibt Leute, die sagen, es liegt daran, dass sie Juden sind und bevorzugt werden.«

Über das Schulgeld habe ich nicht mehr nachgedacht, seit ich meinen Vater überredet habe, mich hier studieren zu

lassen. Woran erkennt man eigentlich in solchen Fällen, wer jüdisch ist? Mein Bruder Otto redet ständig von den Juden, aber
letztlich kenne ich nur eine Familie, die zwei Häuser weiter in
unserer Straße in Berlin lebt. Und bei denen würde man auch
nur den Vater an den Schläfenlocken und dem Hut erkennen.

Maria sagt: »Ich glaube, das ist Quatsch. Nicht alle Itten-
Jünger sind Juden, und die meisten von ihnen waren auch
schon in Wien auf seiner Kunstschule. Wahrscheinlich hat er
da mit Gropius irgendwas ausgemacht. Trotzdem, gerecht ist
das nicht.«

»Kann schon sein, aber schenken wir ihnen nicht zu viel
Aufmerksamkeit? Vielleicht sollten wir sie einfach ignorieren«,
sage ich.

»Ignorieren! Wenn das so einfach wäre. Hinter jeder Ecke
stehen diese albernen Gesangsvögel. Wenn sie wenigstens nicht
so exklusiv tun würden! Mit uns reden sie ja nicht einmal. Und
Sidonie ist die Schlimmste von allen. Wie die sich immer auf-
spielt!«

Ich finde Sidonie mit ihren kurzen roten Locken, von denen immer nur ein paar aus der Kapuze herausschauen, wahnsinnig schön, aber das behalte ich für mich.

*

Während der Atemübungen, mit denen wir den Vorkurs beginnen, spüre ich, wie mir der Schweiß langsam den Rücken
hinunterläuft. Normalerweise liebe ich die Hitze, mehr, als
das für eine durchschnittliche Mitteleuropäerin normal ist. Ich
mag es, wenn die Windstöße so heiß sind, dass man meint,
sie kämen aus einem Ofen. Ich mag es, wenn es nicht einmal

nachts kühler wird und man im Bett das Laken von sich werfen muss. Aber die großen, gebogenen Fenster des Werkraums lassen sich nur zum Teil öffnen, und die Wärme, die seit Tagen über Weimar steht, ist inzwischen auch mir unerträglich. Dafür darf ich endlich am Unterricht teilnehmen, obwohl ich offiziell erst ab nächstem Semester mit dem Vorkurs anfange. Sidonie und die anderen stehen in der ersten Reihe. Sie atmen voller Inbrunst, während die übrigen Studenten nur routinierte Mienen zur Schau stellen. Johannes Itten steht vorne und gibt mit strenger Stimme Anweisungen. Wir sollen tief Luft holen und dann mit weit geöffnetem Mund geräuschvoll wieder ausatmen. Ich bin anscheinend die Einzige, die sich das Lachen verbeißen muss. Ich bin aber auch die Einzige, für die das alles noch neu ist. Jetzt kommt von Itten die Anweisung, sich einen der Metallreste auszusuchen, die in einem Durcheinander vor ihm auf dem Boden liegen.

»Das Ziel ist, das Material zu begreifen. Man kann Materialien auf viele verschiedene Arten und Weisen untersuchen, heute werden wir uns zeichnerisch mit ihnen auseinandersetzen«, sagt Itten. Er trägt eine purpurviolette Kutte, die bis zum Boden reicht und viel teurer und eleganter aussieht als die groben Jacken seiner Anhänger. Er wirkt tatsächlich ein bisschen wie ein Mönch, was vielleicht auch daran liegt, dass er keine Miene verzieht. Seine Anweisungen klingen wie scharfe Kommandos, was mich ein wenig an meinen Vater erinnert und dennoch einschüchtert. Ich starre auf mein leeres Papier und das krumme Metall, das wie ein grotesk verrenkter Wurm daneben auf meinem Tisch liegt. Ich glaube nicht, dass Itten von uns verlangt, einfach nur eine Zeichnung von dem Metallstück anzufertigen. Unauffällig schaue ich mich um. Die anderen haben längst angefangen. Leider kann ich nicht sehen, wie sie die Aufgabenstellung umsetzen. Architekturzeichnungen sind anders, da gibt es keine Unsicherheiten. Es gibt ein klares Ziel, einen Entwurf und feste Maßstäbe.

Ich denke wieder an die einsamen Abende im Atelier. Es bedurfte damals einigen Bettelns, um dem Freund meiner Eltern den Schlüssel zu entlocken, aber immerhin hatte ich dann meine Ruhe. Offiziell verbrachte ich diese Stunden bei meiner Freundin Charlotte, deren Eltern sowieso immer auf Reisen sind. Im letzten Jahr habe ich mehr vor meinem Vater und meiner Mutter verheimlicht als je zuvor. Heute trage ich zum ersten Mal die neuen Zimmermannshosen, die ich vor meiner Reise nach Weimar unter einigem Aufwand gekauft und dann unter meinem Bett versteckt habe. Mein Vater bekäme einen Herzinfarkt, könnte er mich so sehen. Mich erfüllt das mit Genugtuung. Leider war die Hose nicht gerade die richtige Wahl für diese Hitze, sie fühlt sich eng an und mein Hintern klebt am Holzstuhl fest.

Bis eben saß Itten auf seinem Pult und meditierte mit geschlossenen Augen, die langen dünnen Beine unter der Kutte in einem komplizierten Schneidersitz verschränkt. Jetzt ist er aufgestanden, um sich die Zeichnungen anzusehen. Ich habe noch nicht einmal angefangen. Also setze ich hastig ein paar Striche auf das Papier, die sich leider nur zu einer simplen Abbildung des Metallstrangs verbinden. Etwas Besseres fällt mir einfach nicht ein.

Itten beugt sich über meine Schulter und betrachtet meine Skizze. Er riecht nach einer Mischung aus Knoblauch, Bienenwachs und Sauerampfer. Auf seiner Glatze haben sich Schweißtropfen gebildet. Ich würde mich ekeln, wäre ich nicht so eingeschüchtert von seiner Präsenz. Einer der Tropfen löst sich so langsam von der spiegelnden Oberfläche, dass ich mir einbilde, ich könnte ihn noch aufhalten, bevor er mitten auf meinem Papier aufschlägt. Das weiche, dicke Zeichenpapier ist saugfähig, kleine Wellen bilden sich um die Pfütze in der Mitte, die Bleistiftlinie franst leicht aus. »Das werfen wir am besten gleich weg«, sagt Itten, aber er sagt es nicht, weil er meine Zeichnung nass gemacht hat, sondern weil ich offensichtlich die Aufgabe nicht erfüllt habe. Ich sehe ihn ratlos an. »Nehmen Sie das Material in die Hand. Genau, so. Und jetzt schließen Sie die Augen. Wie fühlt sich das an? Versuchen Sie, dieses Gefühl so weit zu verinnerlichen, dass Sie es zeichnen können.« Dann geht er weiter, um sich die nächste Arbeit anzuschauen. Ich finde das Ganze immer noch merkwürdig, versuche aber, mich auf die Übung einzulassen, schließlich will ich nicht versagen. Das Metall ist glatt und nicht etwa kühl, wie man sich das vorstellen mag, aber kühl ist in diesem Raum schon lange nichts mehr. Außerdem fühlt es sich irgendwie sperrig an. Also gut, denke ich, nehme meinen Bleistift und fange an zu schraffieren. Besonders weit komme ich nicht. Die anderen sind schon lange fertig, Itten hält ein paar gelungene Zeichnungen hoch, lässt die Studenten beschreiben, was an ihnen besonders ist, und gibt uns dann den nächsten Auftrag: Wir sollen im Ilmpark nach interessanten Materialien suchen. »In einer Stunde treffen wir uns wieder.« Alle sind erleichtert, viel länger hätte es niemand in diesem Backofen ausgehalten.

*

Schon wieder so eine Aufgabe – woher soll ich wissen, was Itten als interessantes Material empfindet? Ich hebe ein paar Stöcke und Äste auf, wiege sie in der Hand und werfe sie wieder weg. Dabei versuche ich, im Schatten zu bleiben. Der Weg ist von großen, knorrigen Bäumen gesäumt. Ich habe fast alle anderen Studenten aus den Augen verloren, aber das ist mir ganz recht. Ich bin zu matt, um mich unterhaltsam zu fühlen, und die Hose klebt immer noch an meinen Beinen fest. Ein paar Meter weiter taucht zwischen zwei Bäumen ein Turm auf – Neugotik, denke ich sofort. Mein Verständnis der Architekturgeschichte ist lückenhaft, aber über die Gotik hatten wir einen prächtigen Bildband zu Hause, in dem ich über die Jahre immer wieder geblättert habe. Der Bau hier scheint aber nicht besonders alt zu sein. Bleibt nur die Neuauflage. Wie überhaupt jemand auf die Idee kommen kann, so viel später einfach nochmal im selben Stil zu bauen, ist mir unverständlich. In Berlin treiben sie es seit Mitte des letzten Jahrhunderts sogar noch schlimmer, da kopiert man einfach Stilelemente aus den verschiedensten Epochen und bastelt sie zusammen. Ich finde das nicht besonders originell. Aber vielleicht ist das ein Zeichen unserer Zeit. Niemand möchte mehr einen eigenen Standpunkt beziehen oder etwas ernst meinen.

Diesen Gedanken habe ich öfters in letzter Zeit. Statt ihm nachzuhängen, versuche ich, mich wieder auf die Aufgabe zu konzentrieren. Vielleicht findet sich ja bei dem neugotischen Bau ein Material, das als interessant durchgeht. Neben dem Turm kommt ein gedrungener Anbau zum Vorschein. An den Wänden wuchert Efeu, zu seinen Füßen wachsen ein paar Bäume, und das flache Dach ist von einer filigranen Balustrade gesäumt. Die hohen Steinwände, die hier so unvermittelt in die Höhe ragen, strahlen eine angenehme Kühle aus, und der Schatten riecht modrig. Eine große Holztür ist von wuchtigen Säulen gerahmt, auf denen sich zwei Figuren leicht nach vorne beugen. Ich halte an und überlege, wen sie darstellen könnten. »Darf ich vorstellen, Vroni und Peter, die Wächter des Tempelherrenhauses«, sagt eine helle, etwas heisere Stimme mit österreichischem Akzent. Beim Tor an die Wand gelehnt sitzt ein junger Mann auf dem Boden und blickt amüsiert zu mir hoch. Er ist ungefähr in meinem Alter und sieht mit seinen dicken, hellen Locken und den langen Wimpern aus wie ein sehr hübsches, knabenhaftes Mädchen. Mir ist meine Verwirrung wohl anzusehen, denn er sagt: »So nennen wir die beiden. Ich habe natürlich keine Ahnung, wer hier wirklich dargestellt werden soll. Bestimmt wieder irgendwelche Heiligen.« Er springt auf und streckt mir die Hand hin: »Ich bin Jakob.« Erst jetzt merke ich, dass er eine Mönchsjacke trägt. Komisch, denke ich, ihn habe ich noch nie mit Sidonie und den anderen gesehen.

Ich reiße mich zusammen. »Luise. Und was machst du hier?« »Interessante Materialien sammeln, was sonst«, sagt er und lächelt ein Lächeln, von dem ich genau weiß, dass es schalkhaft sein soll, dessen Wirkung ich mich aber trotzdem nicht entziehen kann. Ich verstehe nicht, wie ich ihn im Vorkurs übersehen konnte.

Er hebt zwei Steine vom Boden auf. In den einen war einmal ein Relief eingemeißelt, der andere ist groß und rund und sieht so aus, als wäre er vom Wasser weich geschliffen worden. Ich entscheide mich für die Wahrheit und gestehe, dass mir bis eben nicht klar war, was ein interessantes Material ausmacht, dass ich vollkommen einsehe, dass der Kontrast zwischen dem von Menschenhand und dem von der Natur geformten Steinen als interessant gelten kann, dass ich aber darüber hinaus immer noch nicht weiß, wonach ich suchen soll. Jakob grinst wieder so unverschämt und bietet an, mir einen seiner Steine zu überlassen. »Wir sagen einfach, wir haben zusammen gesucht. Johannes hat nichts gegen Kollaborationen.« Dass Jakob ausgerechnet mit mir zusammenarbeiten will, kommt mir zwar komisch vor, denn die Kuttenträger bleiben normalerweise lieber unter sich, aber ich bin so froh darüber, dass ich sofort zustimme.

Als wir das Atelier betreten, sind die meisten schon zurück, manche arbeiten bereits an ihren Skizzen. Vielleicht bilde ich es mir nur ein, aber uns treffen irritierte Blicke. Vor allem Sidonie taxiert uns eine Sekunde zu lang, bevor sie sich wieder ihrer Zeichnung zuwendet. Zielstrebig steuert Jakob auf eine Ecke abseits der anderen Studenten zu. Ich folge ihm. Als ich zugebe, dass ich nicht wirklich verstanden habe, wie man das Material erfühlen soll, unterweist mich Jakob in den »Materialstudien«, wie er es nennt. Wir betasten mit geschlossenen Augen die Steine. Ich forciere ein paar Mal die Berührung mit Jakobs Hand, was ihn nicht zu stören scheint. Die Ernsthaftigkeit seiner Erklärungen hat etwas Pathetisches, aber irgendwie ringt sie mir auch Respekt ab. Immerhin meine ich jetzt zu verstehen, worum es bei der Aufgabe geht. Wir fertigen Zeichnungen an, die unsere Perspektiven auf die zwei Steine darstellen sollen. Ich schraffiere über ein wenig Sand, den ich unter das Blatt gestreut habe, um die raue Oberfläche des menschlich geformten Steins zu zeigen. Dann trage ich auf das andere Blatt Graphit auf, so dick, dass es tatsächlich glänzt wie ein Kiesel, dessen Oberfläche immer und immer wieder von Wasser umspült wurde. Jakob füllt ein Papier mit kleinen Kästchen, das andere mit wellenförmigen Verschränkungen. Er beherrscht die Abstraktion. Diesmal sind es unsere Zeichnungen, die Itten am Ende des Unterrichts in die Höhe hält.

*

Maria schiebt den grünbraunen Linsenbrei auf ihrem Teller mit dem Löffel hin und her, vielleicht in der Hoffnung, doch noch ein Stück Fleisch zu entdecken. Ich bin froh, dass sie mit ihrem Essen beschäftigt ist, so kann ich unbemerkt Ausschau nach Jakob halten. Seit dem Tag, an dem er seine Steine mit mir teilte, habe ich ihn nicht mehr gesehen. Das ist jetzt zwei Wochen her und es kommt mir komisch vor. Wie kann ein normaler Student im Vorkurs einfach fehlen? Auch bei den Vorlesungen zur Form- und Farbenlehre, die von Kandinsky und Klee gegeben werden, habe ich ihn nicht gesehen. Vielleicht ist er von der Schule geflogen? Das ist seit der Gründung des Bauhauses angeblich erst einmal passiert, weil ein Student nicht genügend Engagement zeigte. Aber so etwas hätte ich bestimmt mitbekommen. Außerdem war er doch sehr ernsthaft bei der Sache. Und wenn ihm etwas passiert ist? Das hätte mir Maria sicherlich erzählt, sie ist in Sachen Schulklatsch immer auf dem Laufenden. Allerdings habe ich ihr von meiner Begegnung mit Jakob nie erzählt – sie kann also gar nicht wissen, dass es mich interessieren könnte.

Wir sitzen vor dem Prellerhaus im Schatten eines niedrigen Baumes. Dieses unscheinbare Haus ist der einzige Ort, der einigen wenigen Studenten zum Wohnen zur Verfügung gestellt wird. Die Männer, die sich besonders hervortun, dürfen dort in einem der großen Werkräume arbeiten und wohnen.

Frauen können sich nicht bewerben, aus »Gründen der Sitte«. Auf dem großen Platz davor steht die Kantine, das ehemalige Atelier des Tiermalers, der hier mal Direktor war. Sie hat gemauerte Wände und ein Dach, das früher wie eine Glaskuppel aussah. Von den Oberfenstern hat aber kaum eines den Krieg überstanden, die Dachkonstruktion wurde mit schweren Brettern vernagelt. Im Gegensatz zum Hauptgebäude, das mich ein wenig an die Abbildungen der prachtvollen neuen Häuser in Wien erinnert, sieht sie irgendwie traurig aus. Auf dem Boden liegt schon ein wenig Laub, der Spätsommer hat aber immer noch kaum etwas von der Hitze eingebüßt, die jetzt schon seit August über Weimar hängt. Unsere Teller haben wir neben uns auf die Holzbank gestellt. Die anderen Studenten haben sich über den Vorplatz verteilt, manche hocken auf dem Boden, manche haben sich zum Essen Stühle mit nach draußen genommen. Auf der anderen Seite des Hofes haben sich die Kuttenträger niedergelassen. Nur Jakob ist nirgends zu sehen. »Lu, was schaust du denn so? Das fürchterliche Essen kann es nicht sein, das hast du ja noch nicht mal probiert«, sagt Maria und stupst mich an.

Bevor ich antworten kann, kommen ein untersetztes Mädchen und ein langhaariger Junge zu uns. Das Mädchen fängt sofort an, mit Maria zu plaudern, nach einer kurzen Zeit sind die beiden einen regelrechten Wettkampf der Lebhaftigkeit eingegangen. Der Junge hört nur zu, ich kann nicht ganz einschätzen, ob er schüchtern ist oder einfach keine Lust hat, mit den beiden um das Wort zu ringen. Ich finde seine langen Haare irgendwie komisch und bemühe mich, nicht allzu auffällig hinzusehen. Die Mädchen reden über das Drachenfest. Zur Zeit gibt es kaum ein anderes Thema. Es wurde noch nicht offiziell angekündigt und alle spekulieren über den Raum, in dem nach dem Drachensteigen gefeiert werden könnte, über die ausgelobten Preise, aber vor allem geht es natürlich um die eigenen Entwürfe für aufsehenerregende Drachen.

»Hoffentlich müssen wir nicht wieder streiken, so wie im März«, sagt das Mädchen. »Für die Produktion in den Werkstätten macht es ja kaum einen Unterschied, so wenig, wie wir damit verdienen, aber wir können doch nicht unsere Arbeit an den Drachen niederlegen!« Maria lacht und will etwas antworten, aber der Langhaarige wird jetzt lebhaft und sagt: »Niemand musste im Frühjahr streiken, du dummes Huhn! Das war eine freiwillige Solidaritätsbekundung mit den Arbeitern, die in den Kampf gezogen sind. Da sind Leute gestorben, da macht man doch keine Witze darüber.« Das Mädchen verdreht nur die Augen und wendet sich mir zu, woraufhin der Langhaarige wieder in sein Schweigen versinkt.

»Diesmal wird es bestimmt weniger chaotisch. Das war ja unser erstes Fest letztes Jahr, und eigentlich waren wir auch nur ein paar Leute, die spontan Drachen steigen ließen«, erzählt das Mädchen mir. »Dann kamen immer mehr Leute und wollten zuschauen, und bei Einbruch der Dunkelheit war fast das ganze Bauhaus versammelt. Ein paar Studenten brachten Instrumente mit, manche haben getanzt, es wurde immer später, und irgendwann saßen Maria und ich sehr betrunken auf einem Hügel und haben den Sonnenaufgang angeschaut.« »Hör auf! Du machst mich ganz sentimental, so alt sind wir doch noch gar nicht!«, sagt Maria und lacht ihr kratziges Maria-Lachen.

Dieses Jahr, so wird es zumindest behauptet, soll das Fest offiziell beworben werden, mit Einladungskarten, die natürlich in den Bauhaus-Werkstätten entworfen werden. Ein paar musikalisch begabte Studenten haben sich zusammengetan, um zum Tanz aufzuspielen, und üben schon für ihren Auftritt. Es soll einen Ort für das Fest danach geben, den die Lehrer organisieren. Der langhaarige Junge hält das Ilmschlösschen für wahrscheinlich, Maria behauptet, sie habe etwas von weißen Zelten im Park gehört, und das Mädchen sagt, das sei alles Quatsch, schließlich habe ihnen letztes Jahr auch der freie Himmel genügt.

Ich bin ein bisschen neidisch auf die gemeinsamen Erinnerungen der drei an ihre ausschweifenden Feste, aber nächstes Jahr, denke ich, nächstes Jahr werde ich mich mit ihnen gemeinsam daran erinnern können. Das ganze Bauhaus war letztes Jahr versammelt, hat das Mädchen gesagt. Der Gedanke, Jakob spätestens beim Fest wiederzusehen, macht mich euphorisch.

*

In meinem Zimmer gibt es nur einen kleinen Spiegel über der Waschschüssel. Bisher ist mir das kaum aufgefallen, aber heute möchte ich mich schminken. Ich möchte das Ritual vollziehen, nach dem man sich für einen Moment schön findet, um sich dann für einen besonderen Abend gewappnet zu fühlen. Ich grabe also den kleinen, seidenen Beutel aus, den mir Charlotte zum Abschied geschenkt hat und den sie mit allerlei Kosmetika füllte: »Damit du dort nicht verwahrlost.« Auf einmal vermisse ich sie. Wir haben vor den großen Festen am Wochenende Stunden damit verbracht, uns in der Wohnung ihrer Eltern am Kurfürstendamm schönzumachen. Wenn ihr das Kleid, dass ich mir zu Hause angezogen hatte, nicht gefiel, was meistens der Fall war, sah sie mich mit kritischem Blick von oben bis unten an, schüttelte den Kopf und warf mir mindestens vier ihrer kostbaren Kleider hin. Sie drehte das Grammofon auf, wir tranken den Champagner ihres Vaters, der nie zu Hause war, und ich hörte gebannt zu, während sie mir von ihren letzten Eroberungen erzählte. Ich habe Charlotte schon immer dafür bewundert, wie wenig sie sich in Liebesdingen um gesellschaftliche Konventionen schert. Wenn ihr ein Mann gefällt, verwandelt er sich in ihren Augen in ein Wild, das erlegt werden muss. Ist diese Aufgabe erledigt, verliert sie sofort das Interesse an ihm, was dazu führt, dass sie ständig von einer Schar ehemaliger Liebhaber umgeben ist, die sie mit traurigen Hundeblicken bedenken. Ich hatte nie die Freiheit, die ihr durch die ständige Abwesenheit ihrer Eltern vergönnt war, und hätte ich sie gehabt, wäre ich wahrscheinlich zu schüchtern gewesen, sie auszuleben. Meine Eroberungen beschränkten sich auf einen verstohlenen Kuss von einem Familienfreund meiner Eltern, in den ich danach jahrelang verliebt war. Und dann war da noch die Nacht mit dem unbeholfenen, aufdringlichen Jungen, von der ich beschlossen habe, sie nicht zählen zu lassen.

Ich schaue in den angelaufenen Spiegel und versuche, meine Lippen ordentlich mit dem dunkelroten Lippenstift nachzuziehen. Meine dicken braunen Haare haben sich noch nie um meinen Ordnungssinn geschert, ich brauche Unmengen an Klammern und Spangen, um sie einigermaßen unter Kontrolle zu bringen. Wenn Charlotte mich jetzt sehen könnte, würde sie mich wahrscheinlich auf der Stelle wieder nach Berlin mitnehmen wollen. Sie betrachtet meine Entscheidung, ans Bauhaus zu gehen, als eine Verirrung, die ich mit der Zeit selbst erkennen werde. Ebenso würde sie sich nie mit dem kargen Zimmer zufriedengeben, in das mich meine Eltern bei Frau Werner eingemietet haben. Auch ich fand es anfangs unbequem, bis ich begriff, was für ein enormes Privileg es hier ist, überhaupt ein eigenes Zimmer zu haben. Maria wohnt zur Untermiete am Stadtrand. Sie teilt sich ihre winzige Kammer mit einem bösartigen Mädchen, dem sie aus dem Weg geht. Dagegen ist meine Unterbringung geradezu luxuriös, auch wenn ich mein Elternhaus mit seinen hohen Decken, der Kunst an den Wänden und dem dunkel glänzenden Parkett manchmal vermisse. Ich wohne nah am Park und habe immerhin einen Schreibtisch, eine Kommode und ein leidlich bequemes Bett, das ich mit einem Kaschmirschal verschönert habe, den mir meine Mutter mitgegeben hat. Frau Werner ist schrullig, aber nett. Sie ist Beamtenwitwe, und von ihrer Pension bleibt ihr manchmal genug übrig, um echten Kaffee zu kaufen oder die Zutaten für einen Apfelkuchen. Meistens ist sie sowieso mit ihrem Garten beschäftigt.

Trotzdem hoffe ich, dass sie nicht an meine Tür klopft, als ich etwas gebückt vor dem Spiegel stehe und versuche, einen ordentlichen Lidstrich zu ziehen. Ich trete einen Schritt zurück und betrachte mein Werk. Mit dem petrolblauen Rock und der schlichten schwarzen Bluse, durch die meine Augen heller aussehen, als sie sind, finde ich mich zumindest ansehnlich. Das Wichtigste ist heute sowieso der Drachen, an dem ich in den letzten Wochen jede freie Minute gearbeitet habe. Noch liegt die vielköpfige Hydra zerknautscht auf meinem Bett. Im Wind sollen sich dann die einzelnen Köpfe aus Pappmaché in alle Richtungen strecken.

*

Schon von weitem sehe ich Maria. Sie hat sich in den Fäden eines rostroten Ungetüms verheddert, das wohl ihr Drache sein soll. Ihre Ambitionen haben ihre handwerklichen Fähigkeiten überflügelt, aber von so etwas lässt sie sich nicht die Laune verderben. Lachend steht sie inmitten der Bahnen von Stoff und ruft: »Vielleicht hätte ich mir doch lieber ein Ballkleid daraus nähen sollen!«

Über den ganzen Hügel verstreut sind Studenten mit ihren Drachen beschäftigt. Alle laufen herum und begutachten die Werke der anderen. Manche schauen etwas ratlos in den Himmel oder halten ihre befeuchteten Finger in die Luft, denn es ist schon wieder ein heißer, wolkenloser und völlig windstiller Tag. Ich bin froh, als die Ersten trotzdem losrennen, um zumindest den Versuch zu wagen, ihre Drachen in die Höhe steigen zu lassen. Schließlich will auch ich meine Hydra präsentieren. Ich ernte viel Bewunderung, als ihre Köpfe für einen kurzen Moment in den Himmel schweben. Aber es hilft alles nichts, auf Dauer kann man ohne Wind eben keine Drachen fliegen lassen.

Stattdessen setzen sich alle und plaudern. Die ersten Weinflaschen machen die Runde und ich schaue mich etwas weniger unauffällig nach Jakob um. Nichts. Die Heftigkeit meiner Enttäuschung überrascht mich selbst.

Halbherzig lausche ich der Unterhaltung, die Maria mit einem Jungen aus meinem Vorkurs führt. Maria preist den Webstuhl. Sie arbeitet seit einem halben Jahr in der Webwerkstatt und das Gerät beschäftigt sie sehr.

»Wenn man Stoffe in Serie produzieren kann, dann muss man das doch auch tun!«

In dem Jungen hat sie ein dankbares Publikum gefunden.

»Finde ich auch. Deswegen müssen sie ja nicht weniger schön sein«, sagt er.

»Ich verstehe überhaupt nicht, warum sich manche Leute so sehr dagegen wehren. Was ist denn falsch daran, wenn ein Teppich, den wir gestaltet haben, bezahlbar ist?« Maria redet sich in Rage.

»Es ist absurd. Da steckt irgendein miefiger, elitärer Dünkel dahinter«, sagt der Junge.

Gerade habe ich mich genug in die Konversation eingelebt, um wenigstens pro forma zu widersprechen, da marschieren zu unserer Linken die Musiker vorbei. Fünf Männer, die ihren Trompeten und Geigen Klänge entlocken, die so schräg klingen, dass es für mich im ersten Moment eher nach Lärm als nach Musik klingt. Ihnen voran läuft ein kleiner Mann mit wildem Haar, der ein riesiges Dreieck aus Pappe auf dem Kopf trägt und den Umstehenden mit gespieltem Ernst zuruft: »Folgt der Musik! Die Musik weiß, was gut für euch ist!« Eilig kommen die Studenten der Aufforderung nach, hinter der Kapelle bildet sich ein Zug. Auch unser Grüppchen löst sich auf, Maria hakt den Jungen unter und verschwindet mit ihm in der Menge. Nach einem kurzen Fußmarsch erreichen wir ein freistehendes Backsteinhaus mit Garten, über den Fenstern des Erdgeschosses steht in großen Lettern »Ilmschlösschen«. Alle drängeln hinein. Die Musiker positionieren sich auf der Bühne. Die Halle ist leergeräumt, nur ganz am anderen Ende gibt es eine Bar. Neben der schrägen Marschmusik, mit der Einzug gehalten wurde, beherrscht die Kapelle anscheinend auch Tanzmusik. Auf den Partys, zu denen mich Charlotte in Berlin mitnahm, wurde Charleston getanzt, das kam mir damals wild und provokant vor. Aber hier scheint der Tanz überhaupt keinen Regeln zu folgen, niemand schert sich um Schrittfolgen oder feste Partner. So aufregend das ist, es überfordert mich auch. Ich finde die Freiräume, die man sich innerhalb einer gegebenen Struktur schafft, oft spannender als das, was ganz ohne Anhaltspunkte entsteht. Aber vielleicht ist das ein unbrauchbares Axiom, es ist durchaus möglich, dass diese Vorliebe eher etwas über meinen Mangel an Kreativität aussagt.

Auf einmal steht Jakob vor mir. Ich schaue auf den Boden, auf dem ich aus irgendwelchen Gründen immer noch stehe, da nimmt er schon meine Hand und zieht mich aus der Menge an die Bar. »Wein?«, fragt er.

»Willst du mich nicht erst mal begrüßen?«, frage ich zurück, strahle ihn aber trotzdem an. Seine Verunsicherung ist entwaffnend, sie passt nicht zu dem Spiel, das er mit seinem Charme betreibt. Die sofortige Vertrautheit, die er herstellt, ist wohl zumindest für ihn authentisch. Gerade will ich fragen, was er in den letzten Wochen gemacht hat, da kommt Sidonie und stellt sich zu uns. Sie hat zwei Männer im Schlepptau, die natürlich auch die Mönchsjacken mit dem steifen Kragen tragen.

»Willst du uns nicht bekanntmachen, Jakob?«

Ich komme ihm zuvor: »Luise. Freut mich.«

»Mich auch, Luise.«

Ich ärgere mich, dass sie sich nicht vorstellt. Gleichzeitig bin ich überrascht, dass auch sie einen österreichischen Akzent hat. Dann erinnere ich mich, dass Maria mir erzählt hat, die meisten der Itten-Jünger seien aus Wien.

»Und wer bist du?«, frage ich schließlich.

»Wie dumm von mir, entschuldige. Ich bin Sidonie, das sind Erich und Samuel.«

Erich hebt die Hand, Samuel mustert mich neugierig. Ich lasse mir nicht anmerken, dass ich sie alle schon vom Sehen kenne. Erich ist ein kleingewachsener, gutmütig dreinschauender Mann mit schwarzen Haaren und olivfarbener Haut. Er ist etwas älter als die anderen und zieht sein linkes Bein beim Gehen nach. Wahrscheinlich war er an der Front, denke ich, werde traurig und finde das albern, schließlich habe ich überhaupt keine Ahnung, was es bedeutet, im Krieg gewesen zu sein. Es kommt mir vor, als wäre das alles schon sehr lange her, bei Kriegsende war ich ein unbedarfter Backfisch, der nicht über viel mehr nachgedacht hat als die nächste Stunde bei seiner Französischlehrerin.

Ich wäre lieber mit Jakob allein, aber die anderen machen keine Anstalten, sich zu entfernen. Mein plötzlicher Verdacht, dass zwischen Sidonie und Jakob etwas sein könnte, lässt sich auf den ersten Blick weder entkräften noch bestätigen. Allerdings gründet sich dieser Verdacht eigentlich nur auf die vielen Schundromane, die ich heimlich lese. Dort würden die wilde Sidonie und der anmutige Jakob sicherlich zusammengehören.

Die Kapelle setzt aus. Gropius betritt mit gemessenen Schritten die Bühne und es wird sofort still. Ich frage mich, ob er gerade erst gekommen ist. Ich habe heute Abend überhaupt noch keinen der Lehrmeister gesehen.

»Liebe Bauhäusler, dieser Abend ist ein besonderer. Ich freue mich sehr, dass wir heute dieses Bauhaus-Fest zusammen feiern, und ich bin mir sicher, es werden noch viele folgen.« Der Weinpegel ist schon recht hoch, Gropius wird von frenetischem Applaus und Zwischenrufen unterbrochen. Er lächelt und wartet, bis der Lärm versiegt.

»Wir werden uns nicht von der Windstille schrecken lassen! Es wurden Preise für den besten Drachen versprochen, und Preise wird es geben.« Wieder tosender Applaus.

»Wenn ich Sie jetzt alle bitten dürfte, Ihre Werke vorne an der Bühne abzulegen. Die Jury besteht aus den Meistern Itten, Klee und meiner Wenigkeit. Wir werden uns zurückziehen und die Gewinner in einer halben Stunde bekanntgeben. Bis dahin machen Sie unserem Ruf alle Ehre und amüsieren Sie sich!«

Nun entdecke ich Klee, der von den Studenten nur »der liebe Gott« genannt wird, vielleicht weil er so menschenscheu ist. Auch jetzt wandern seine großen, melancholischen Augen entrückt über die Menge. Er steht am rechten Rand der Bühne, direkt neben Itten, der die Hände in seinen Kuttenärmeln verschränkt hat und dessen Blick wach und scharf ist. Sein Aufzug wirkt im Kontrast zu den Tweed-Anzügen um ihn herum noch mönchischer. Der liebe Gott und ein Buddhist, denke ich und muss lächeln. Die Musiker spielen eine aufgeregte Melodie, mit der sie sich wohl über die Hektik mokieren wollen, die im Raum ausbricht. Vor der Bühne gibt es Gedrängel. Ich war mir sicher, meine Hydra die ganze Zeit bei mir gehabt zu haben. Vielleicht habe ich sie irgendwo abgelegt? Auf dem Boden sehe ich sie jedenfalls nicht.

»Du willst doch nicht ernsthaft bei diesem Kindergarten mitmachen?«, fragt mich Sidonie und schaut spöttisch. Unsicher blicke ich zu Jakob, der mich ähnlich mitleidig anguckt. Auf einmal scheint mir das ganze Spektakel lächerlich. Bevor ich mich versehe, habe ich meinen Drachen und damit meine wochenlange Arbeit an ihm verleugnet. Die Mienen hellen sich auf. »Umso besser, dann können wir ja gehen«, sagt Jakob. Gehen? Wohin denn? Gibt es noch ein anderes Fest, von dem ich nichts weiß? Sidonie, Erich und Samuel sind schon fast an der Tür. Jakob nimmt mich an der Hand und zieht mich hinter sich her.

*

Der Park ist größer als ich dachte. Die anderen gehen zielsicher voran. Ich weiß nicht, wohin es geht, meine Nachfrage geht im Gespräch unter. Also füge ich mich und trotte schweigend nebenher. Aus der Unterhaltung schließe ich, dass sie sich alle für einen Schriftsteller namens Hanisch interessieren, dessen neues Buch gerade in deutscher Übersetzung erschienen ist. Sein »Hauptwerk«, wie Sidonie es nennt, scheint bei ihnen eine große Rolle zu spielen. Ich bewundere, wie ernsthaft sie über Bücher und Kunst sprechen. Viel intelligenter als Charlottes Freunde, deren geistreiche Bonmots und witzige Plänkeleien mir immer schrecklich zynisch vorkamen.

Im Dunkeln brauche ich einige Momente, um zu erkennen, dass wir auf das Tempelherrenhaus zusteuern, das Gebäude, vor dem ich Jakob zum ersten Mal getroffen habe. Der wendet sich endlich wieder mir zu und sagt: »Erinnerst du dich noch an die beiden?« Er zeigt auf die Statuen beim Eingang. »Aber natürlich, Vroni und Peter«, sage ich. »Sind das eure Schutzheiligen?« Wenn Sidonie sich unbeobachtet fühlt, trifft mich immer mal wieder einer dieser irritierten Blicke. Als ich sie direkt anschaue, lächelt sie und sagt: »Vielleicht schützen sie uns, ja. Aber wir haben keine Heiligen.« Sie stößt die Holztür auf. Dürfen wir das überhaupt? Steht das Haus leer? Jakob nimmt eine Kerze aus einer Kiste und zündet sie an. Er leuchtet uns den Weg durch einen düsteren Korridor. Wir betreten einen Raum, in dem überall bunte Decken und Teppiche liegen. Es riecht muffig. In einer hinteren Ecke stehen Staffeleien, unfertig bemalte Leinwände und ein kleiner Tisch, auf dem sorgfältig aufgereiht Farbtuben liegen. Ein alter Kamin ist in die Wand eingelassen. Die anderen bewegen sich so sicher an diesem Ort, dass ich mich ein wenig entspanne. Erich zündet noch mehr Kerzen an und verteilt sie humpelnd im Raum, Samuel sucht Wein, und Jakob und Sidonie lassen sich mit mir auf den Decken nieder. »Willkommen im Tempelherrenhaus«, sagt Jakob. »Johannes darf den Raum als Atelier nutzen. Er überlässt uns die Nächte.« Ich verstehe nicht sofort, dass er von Johannes Itten spricht, und bin dann beeindruckt, wie freundschaftlich er von unserem Lehrer redet.

Samuel kommt mit einer Flasche zurück, die er triumphierend in die Höhe hält. Manchmal hat er etwas unfreiwillig Komisches, seine schmale Brille sitzt ein bisschen schief, die braune Hose seiner Mönchskleidung ist zu groß für seinen dünnen Körper, und sein Haar sieht so aus, als hätte er es selbst geschnitten. Gläser gibt es nicht, wir reichen die Flasche im Kreis herum. Jakob und ich basteln kleine Figuren aus dem feuchten Weinetikett, was ich albern finde, aber trotzdem mit großem Eifer betreibe, denn Jakob ist schön und ich bin angetrunken. Auf einmal steht Sidonie auf und sagt: »Wenn ihr euch unbedingt vergiften wollt, ist das eure Sache, aber ich will mir das nicht anschauen. Ich gehe an die frische Luft.« Dann verlässt sie betont langsam den Raum, wie um zu zeigen, dass sie das Türenknallen nicht nötig hat.

Jakob schüttelt den Kopf. »Nach Mazdaznan sollen wir eigentlich auf Alkohol und Tabak verzichten«, erklärt er mir. »Sidonie übertreibt es ein bisschen mit ihrer Regeltreue. Aber die beruhigt sich schon wieder.« Mazdaznan, was das jetzt wieder heißt. Ich entschließe mich, Jakob endlich einige meiner brennenden Fragen zu stellen. »Du weißt nicht, was das ist? Stimmt, woher solltest du auch.« Er scheint sich zu freuen. »Johannes hat uns das alles beigebracht. Es geht bei Mazdaznan darum, so weit wie möglich mit dem eigenen Ich in Einklang zu leben, es im besten Fall zu überwinden. Nur so kannst du Kunst machen. Wir meditieren und machen Körperübungen. Aber weißt du was? Am besten liest du selbst.« Jakob rappelt sich auf und kommt mit einem zerlesenen Buch zurück. Auf dem blauen Einband steht in goldener Schrift: »Mazdaznan – Atmungs- und Heilkunde« und darunter der Name, den ich schon vorhin aufgeschnappt hatte: Dr. O. Z. Hanisch. »Lies es in Ruhe, aber bring es bitte wieder mit, wir haben nur dieses eine Exemplar.«

Erich und Samuel sind aufgestanden. Erich, der mit seiner schleppenden Stimme immer ein wenig behäbig klingt, sagt: »Wir schauen, was mit Sidonie ist. Kommt ihr mit?« Zu meinem Bedauern stimmt Jakob zu, und so treten wir wieder in die laue Nacht hinaus. Es ist unwirklich hell, der Mond wirft Schatten in die Landschaft. An der Sternbrücke finden wir Sidonie. Sie hat es sich am anderen Ufer der Ilm bequem gemacht, lässt die Beine ins Wasser baumeln und ist wieder bester Laune. »Kommt, wir gehen baden«, sagt Samuel, der schon beim Überqueren der Brücke dabei ist, sich hüpfend und ungeschickt bis auf die Unterhose auszuziehen. »Hervorragende Idee«, ruft Sidonie, als er bei ihr ankommt, und schubst ihn. Er bekommt ihre Hand zu fassen und die beiden landen kreischend im Wasser. Auch Jakob macht Anstalten, sich auszuziehen. »Kommst du?«, fragt er und springt in den Fluss. Ich zögere kurz und überlege, wie meine Unterwäsche aussieht, dann überwinde ich mich, ziehe Rock und Bluse aus und folge den dreien. Die Strömung ist stark, mir stockt der Atem und die Kälte des Wassers macht mich wach. Sidonie und Samuel sind schon ein ganzes Stück flussabwärts getrieben. Jakob hält sich an einer Wurzel fest, bis ich bei ihm bin. Die Steine sind glitschig, ich rutsche aus und schreie auf. Jakob hält mich fest und wir lassen uns Arm in Arm vom Wasser mitreißen. Der rasche und nasse Kuss, den er mir gibt, überrascht mich kurz, aber der Triumph darüber, dass ich mir sein Begehren nicht eingebildet habe, vermischt sich mit meiner Aufregung zu einer heftigen Euphorie.

Erich lächelt sanftmütig, als wir tropfend und frierend zurückkommen. »Die jungen Leute und ihre Eskapaden«, spottet er. Der Mangel an Bitterkeit über seine Kriegsverletzung beeindruckt mich. Sidonie und Samuel lassen sich fröstelnd neben ihm nieder. Jakob zieht sich schnell seine Hose über den nassen Körper, wickelt mir seine Mönchsjacke um und rubbelt mich warm. Der schwere Stoff kratzt, aber in diesem Moment kann nichts dem wohligen Gefühl Abbruch tun, das sich in mir ausbreitet.

Zurück im Tempelherrenhaus ist es, als wäre zwischen mir und Jakob nie etwas passiert. Vielleicht ist es zu alltäglich hier, zu öffentlich, jedenfalls schenkt er mir nicht mehr Aufmerksamkeit als den anderen. Samuel reicht uns allen Decken und zündet umständlich ein Feuer im Kamin an. Wir kauern uns schweigend davor, um uns aufzuwärmen. Die Kohle im Kamin glimmt noch, als wir, jeder für sich, auf den Teppichen einschlafen.

Mitten in der Nacht wache ich auf, weil jemand entsetzlich

schreit, langgezogen und voller Furcht. Ich brauche ein wenig, um mich zu orientieren. Es ist Erich. Ängstlich rüttle ich Jakob wach, der mit einigem Abstand neben mir liegt. »Was ist denn?«, fragt er mich schlaftrunken. Die Schreie haben aufgehört. »Erich hat so schrecklich geschrien. Was ist mit ihm? Hat er Schmerzen?«, frage ich flüsternd.

»Ach, das sind nur seine Albträume, die hat er, seit er im Krieg war«, sagt Jakob. »Aber sollten wir ihn nicht aufwecken?« »Nein, das hat keinen Sinn. Leg dich einfach wieder hin«, sagt er und schließt die Augen. Er ist schon wieder eingeschlafen. Ich liege noch lange wach und lausche auf Erichs Wimmern, das ab und zu wiederkehrt, sich in ein Weinen verwandelt und schließlich abebbt.

*

Über das Heimweh, das mich in diesen Wochen manchmal überkommt, bin ich selbst überrascht. Schließlich war ich diejenige, die unbedingt wegwollte. Morgens gehe ich zum Kiosk, kaufe eine Zeitung und breite sie zu Hause auf dem Tisch aus, sobald ich kann. Es ist ein Ritual, das mich tröstet, weil es ein Ritual meiner Eltern ist. Ich sehe dann meinen Vater vor mir, wie er sich ernst über das raschelnde Papier beugt, neben sich eine Tasse schwarzer Kaffee. Ich fühle mich erwachsen oder spiele die Rolle einer Erwachsenen, was am Ende wahrscheinlich auf dasselbe hinausläuft.

Der kleine Kiosk in der Seifengasse schenkt auch Kaffee aus, und an diesem Morgen scheint zum ersten Mal wieder die Sonne, seit es kalt und herbstlich geworden ist. Drei Arbeitslose sitzen auf Hockern vor dem Geschäft, einer sagt etwas

Anzügliches, als ich vorbeigehe. Ich will mir trotzdem einen Kaffee gönnen, bevor der Unterricht anfängt. Als ich mich setze, sind die Männer glücklicherweise schon wieder zu sehr von ihrem Gespräch beansprucht, um mir Aufmerksamkeit zu schenken. Ich blättere durch die Zeitung, aber die Unterhaltung neben mir ist so erregt, dass ich mich nicht konzentrieren kann.

»Dieser verdammte Brandenstein denkt, er kann einfach Versammlungen verbieten, wie es ihm passt!«

»Der feine Herr Staatsminister hatte schon immer etwas gegen die Deutschnationalen. Wenn gute deutsche Handlungsgehilfen sich in Weimar treffen möchten, ist das nicht erlaubt, aber die Kommunisten dürfen machen, was sie wollen.«

»Um Tumulte zu vermeiden, was für eine fadenscheinige Ausrede!«

»War doch klar, dass sie die Sache mit Erzberger für sich nutzen.«

»Dieser Schwächling! Das war schon ganz richtig so. Wenn man den nicht umgebracht hätte, hätte er Deutschland noch in den Ruin getrieben mit seiner Politik. Das war ja gefährlich, was der da gemacht hat!«

»Diese ganze Regierung ist gefährlich. Die Sozialdemokratie will Frieden um jeden Preis – auch wenn diese Hetzer damit dem deutschen Volk den Untergang bringen!«

Ich lasse die halbe Tasse Kaffee stehen, falte meine Zeitung zusammen und gehe. Mein Bruder Otto sagt immer, die Deutschnationalen seien gut, um die Kommunisten loszuwerden. Ich bin froh, dass ihre Versammlung verboten wurde, ich finde diese alkoholisierten Veranstaltungen mit ihrem Gegröle und Gejohle unangenehm. Außerdem scheint mir die Logik dieser Männer ganz schön verquer. Wenn sogar ich erkenne, dass der Mord an Erzberger auch durch das Agitieren der Rechten zustande kam, dann verstehe ich nicht, wie man den Spieß jetzt einfach umdrehen und alle anderen als Hetzer bezeichnen kann. Ich bin immer noch früh dran, also gehe ich in die Weberei, wo Maria arbeitet. Sie hört sich meine Ausführungen an, dann sagt sie: »Weißt du, Lu, du musst auch sehen, dass es Leute gibt, die wirklich unter der schlechten Wirtschaftslage leiden. Die Forderungen, die von der Entente gestellt werden, sind tatsächlich nicht leicht zu erfüllen. Der Krieg war schon schlimm genug, da ist es doch verständlich, dass die Leute sich jetzt Sorgen machen. Dich betrifft das nicht, aber du siehst ja, wie wir hier leben.« Ich will widersprechen, mit harter Arbeit kann man alles schaffen, denke ich, aber dann komme ich mir heuchlerisch vor. Im Gegensatz zu Maria und den meisten anderen hier bekomme ich immer Geld von meinen Eltern, ich musste noch nie darüber nachdenken, wie ich an Essen komme oder wo ich wohnen soll.

Nach dem Vorkurs stehe ich mit Sidonie und den anderen im Hof und versuche noch einmal, meine Gedanken zu ordnen. Samuel setzt gerade zu einer Antwort an, da sagt Sidonie: »Ach, Luise, lass uns nicht über Politik reden, das ist doch öde.« Stattdessen spricht sie über das Bild, an dem Itten gerade arbeitet. Es zeigt seinen Sohn, der letztes Jahr geboren wurde, auf goldenem Hintergrund. Er steht symbolisch für den »neuen Menschen«, die durchsichtige Rasse. Nach und nach lasse ich mich von ihrer Begeisterung anstecken. Ich erlebe ihn ja nur im Unterricht, und wenn es stimmt, was die anderen erzählen, dann kommt dort nicht einmal die Hälfte seines Genies zum Ausdruck. Immer wieder suche ich Jakobs Blick, aber auch wenn er mir vielleicht mehr Aufmerksamkeit als den anderen schenkt, ist seit der Nacht des Drachenfestes zwischen uns nichts mehr passiert.

*

Der auf das Zugfenster prasselnde Regen verwäscht die vorbeiziehende Landschaft in ein graugrünes Farbgemisch. Eher Abstraktion als Impressionismus – Jakob würde das gefallen, er würde bestimmt gleich ein paar Skizzen für eine seiner Malereien anfertigen. Er hat den Zug verpasst, wahrscheinlich hat er wieder mal verschlafen oder war »abgelenkt«, wie er das immer nennt. Das dumpfe Gefühl der Enttäuschung ist mir derart in Fleisch und Blut übergegangen, dass ich es kaum noch spüre. Zwei Monate sind seit unserer Nacht im Tempelherrenhaus vergangen. Zwei Monate schleiche ich nun schon um ihn herum, während der Vorkurs zum Alltag und die spätsommerliche Hitze zur Novemberkälte geworden ist. Über Jakob habe ich dabei vor allem eins gelernt: Dass man sich nur darauf verlassen kann, dass er nahezu nie das tut, von dem er sagte, er würde es tun. Sidonie und Samuel schlafen, sie hat ihren Lockenkopf an seine Schulter gelehnt. Erich nimmt den späteren Zug. Ich kann mich nicht daran hindern, zu hoffen, dass Jakob mit ihm mitkommt und doch noch in Berlin auftaucht.

Charlotte teilte mir in ihrem letzten Brief mit, sie freue sich »unbändig« darauf, endlich den »berühmten Jakob« kennenzulernen. Bei dem Gedanken daran werde ich nun doch wütend auf ihn. Wie soll ich ihr erklären, dass Jakob immer nur vorbeikommt, wenn er anscheinend nichts Besseres zu tun hat? Dass er mich aber trotzdem »so mag, wie ich lange niemanden mehr gemocht habe«, wie er nicht müde wird, mir zu versichern? Das alles passt so offensichtlich nicht zusammen, dass ich es selbst nur glaube, wenn ich mich sehr bemühe.

Wenigstens muss ich mir keine Gedanken darüber machen, wie ich ihn meinem Vater präsentiere. Wie Charlotte auf meine neuen Freunde reagieren wird, ist dagegen schwer einzuschätzen. Sie wird sie entweder wahnsinnig exotisch finden oder die Nase rümpfen.

Samuels Brille fällt gleich schon wieder von seiner Nase. Auch die braune Hose ist unter der Mönchsjacke derart verrutscht, dass sie über seinen knöchrigen Knien spannt. Ich frage mich, ob die beiden ihre Kutten ausziehen werden, wenn wir in Berlin am Anhalter Bahnhof ankommen. Ich will ihnen ungern sagen müssen, dass das nicht der passende Aufzug ist, um meinen Eltern zu begegnen.

Maria schüttelt immer noch den Kopf darüber, dass ich jetzt öfter im Tempelherrenhaus bin. Ich bin mit all meinen Versuchen gescheitert, ihr zu erklären, was ich an diesen Menschen mag. Auch die Einladung nach Berlin hat sie augenrollend abgelehnt.

»Wir hätten etwas für deine Eltern kaufen sollen!«, ruft Sidonie und fährt hoch. Ich muss lachen. Sidonie gefällt sich in der Rolle der unberechenbaren Wilden, aber sie hat es noch immer nicht geschafft, sich ihre perfekte Erziehung abzutrainieren. »Meine Eltern erwarten keine Gastgeschenke«, beschwichtige ich sie. »Mein Vater ist sowieso meistens im Büro, und meiner Mutter ist so etwas egal.« Ich versuche, ihr die Herzlichkeit meiner Mutter zu erklären. Dann sage ich nur: »Ihr werdet sie ja gleich kennenlernen, sie hat versprochen, uns abzuholen.« Auch Samuel ist aufgewacht, er neckt Sidonie für ihre Beflissenheit: »Ah, der höheren Tochter sind ihre Manieren wieder eingefallen.«

»Ach, halt die Klappe!« Sidonie lacht und boxt Samuel in die Seite. Es ist dann aber Samuel, der aufmerksam genug ist und sagt: »Komm Sidonie, wir ziehen unsere Jacken aus, wir müssen uns Luises Mutter ja nicht gleich ausgefallener als nötig präsentieren.«

Der Schaffner kommt am Abteil vorbei. »In wenigen Minuten erreichen wir Berlin Anhalter Bahnhof«, sagt er. Ich werde nervös. Wir sind uns alle einig, dass Weimar provinziell ist. Berlin ist selbst im prächtigen Wien berüchtigt, aber noch kann ich nicht einschätzen, wie sich meine Heimatstadt in den Augen meiner neuen Freunde machen wird.

*

Unsere Wohnung riecht vertraut, nach Bohnerwachs und Après L'Ondée, dem Parfüm meiner Mutter. Die Räume kommen mir auf einmal sehr groß vor. Die Blumen, die unsere Haushälterin Lore überall verteilt, finde ich verschwenderisch, die Kunst an den Wänden altbacken. Samuel schaut sich schüchtern um, ganz im Gegensatz zu Sidonie, die sich so benimmt, als hätte sie schon immer hier gewohnt.

»Für euch Mädchen habe ich das Bett in deinem Zimmer hergerichtet, Luise. Samuel, du schläfst mit Erich im kleinen Gästezimmer«, sagt meine Mutter. »Im kleinen Gästezimmer?«, frage ich. »Otto ist zu Besuch, er hat das große für sich reserviert.« Mit meinem Bruder hatte ich nicht gerechnet. Seit zwei Jahren schon ist er auf Reisen. Er soll eines Tages die

Firma unseres Vaters übernehmen, im Moment wird ihm noch gewaltige Freiheit zugestanden. Mein Vater ist der Meinung, das Reisen würde ihn zu einem besseren Geschäftsmann machen. Wie er die Augen davor verschließen kann, dass Otto sich im Ausland hauptsächlich mit Alkohol und Frauen beschäftigt, ist mir ein Rätsel. Wie Otto an diese Frauen herankommt, auch. Er ist keine Schönheit, er ist klein und ein wenig gedrungen, und obwohl uns nur drei Jahre trennen, sieht er wesentlich älter aus. Manchmal beneide ich ihn um seine Unverschämtheit, mit der er meint, alles in dieser Welt stehe ihm ganz selbstverständlich zu – und meistens bekommt er dann, was er will. »Self fulfilling prophecy« nennen das die Engländer.

Ich zeige Sidonie mein Zimmer, das genauso aussieht, wie ich es vor Monaten verlassen habe. Sie macht es sich auf dem großen, dunkelgrünen Empire-Sofa bequem und schaut mir beim Auspacken zu. »Meinst du, Jakob kommt mit Erich?«, frage ich, und bereue es sofort. Miteinander über Männer zu reden, das ist unbekanntes Terrain für uns. Außerdem habe ich den Verdacht, dass Sidonie solche Mädchenthemen generell ablehnt. Sie zuckt nur die Achseln. Dann erlöst mich der Türklopfer. Erich ist angekommen, ohne Jakob. Natürlich. Ich ärgere mich über mich selbst.

Wie jeden Tag bittet meine Mutter um acht zu Tisch. Mittlerweile sind auch Otto und mein Vater da. Ich mag solche größeren Abendessen. Als ich klein war, setzte sich meine freigiebige Mutter immer mal wieder gegen meinen Vater durch. Es gab Zeiten, da saßen Nachbarskinder, Bekannte und Freunde mit an unserem langen Eichentisch. Dann gewann wieder mein Vater für einige Zeit die Oberhand. Es folgten

Wochen, in denen unsere kleine Familie schweigend die Mahlzeiten zu sich nahm und ich mich schrecklich langweilte. Ich dachte sehnsüchtig an den Trubel und wünschte mir eine echte Großfamilie. Jetzt ist es fast wie zu den lebhafteren Zeiten, die Stimmung ist gut. Ich bin froh, dass wir vor dem Essen nicht beten, mein Vater sagt immer, dass man gute Christen an ihrer guten Arbeit erkennt. Meine Mutter hat ein Gespräch mit Samuel angefangen, der sein Bestes tut, sich seiner Tischmanieren zu erinnern. Otto unterhält sich mit meinem Vater auf seine betont erwachsene Art, die mich wahnsinnig macht. Lore trägt einen prachtvollen Schweinebraten auf. Mir sinkt das Herz, denn meine Eltern wissen ja noch gar nichts davon, dass ich jetzt vegetarisch lebe. Erich, Samuel und Sidonie lehnen der Reihe nach dankend ab und bedienen sich stattdessen an den Kartoffelklößen. Ich tue es ihnen nach und sage so beiläufig wie möglich: »Danke, ich bin Vegetarierin.«

Meine Mutter sieht mich ratlos an.

Otto sticht schwungvoll mit der Gabel in ein Stück Fleisch und sagt: »Was für eine interessante Ausrede, um kein Schwein essen zu müssen.«

»Was soll das denn heißen?«, frage ich empört, obwohl ich genau weiß, was er meint.

»Na, deine Freunde hier … Als ich letzte Woche in Kiel war, hat mir der Direktor der Eisenhandel AG erzählt, dass noch nie so viele Juden in unserem Geschäft tätig waren wie heute. Die Banken kontrollieren sie ja schon, und jetzt ist der ganze deutsche Mittelstand dran. Und die Sozialdemokraten schauen einfach nur zu! Genau wie sie nach dem Krieg nur zugeschaut haben, als uns alles weggenommen wurde. Die

Fehrenbach-Regierung hatte im politischen Chaos ja gar nicht die Zeit, deutsche Interessen zu verteidigen!«

»Ich weiß beim besten Willen nicht, was das mit Lores Schweinebraten zu tun haben soll, Otto.« Mein Sarkasmus reicht nicht aus, um meiner Wut auf ihn Genüge zu tun. Sidonie bedenkt Otto mit einem eisigen Blick. Offenbar hat mein Vater seine Fassungslosigkeit über meine neuen Essgewohnheiten überwunden. Sehr leise und streng sagt er: »Das ist genug jetzt, Otto. Wir reden beim Abendessen nicht über Politik.«

Otto kuscht sofort, vor unserem Vater kuscht er immer. Eine Weile herrscht betretenes Schweigen. Samuel ist wie immer geistesgegenwärtiger, als es scheint. Er erlöst uns, indem er meiner Mutter Komplimente für das Essen macht.

*

Innerlich verfluche ich Sidonie. Dreimal mussten wir umkehren, weil sie irgendetwas vergessen hatte, jetzt stehen wir endlich mit einer halben Stunde Verspätung vor Charlottes Tür. Natürlich weiß ich, dass Charlotte wenig auf Pünktlichkeit gibt, gerade bei ihren »Soirées«, wie sie die Partys nennt, die sie von Zeit zu Zeit im Haus ihrer Eltern gibt. Aber mir geht Sidonies notorische Unpünktlichkeit trotzdem auf die Nerven. Charlotte fällt mir um den Hals. Sie hat wieder eines ihrer irrsinnigen Kleider an, von denen ich mich immer frage, wo sie eigentlich herkommen. Ihre gesamte Garderobe ist exzentrisch, man sieht jedem einzelnen Stoff an, dass er sündhaft teuer war. Sofort fängt sie an, die Gastgeberin zu spielen, holt Champagner, weist auf die riesigen Platten mit Essen hin und stellt uns im Vorbeigehen andere Gäste vor. Ich bin dankbar, dass sie meine neuen Freunde so selbstverständlich akzeptiert. Sie – oder eigentlich: wir fallen hier auf, durch unsere Arbeiterklamotten, durch die Tatsache, dass Sidonie Hosen trägt, durch unsere Haare, die nicht mit Pomade geformt oder von Klammern zusammengehalten sind. Sidonie macht das nichts aus, ihr Blick ist sogar noch hochmütiger als sonst, und auch mir gefällt es komischerweise, mit meinen Freunden aus der Menge herauszustechen.

Im Vergleich zur gutbürgerlichen Wohnung meiner Eltern ist das hier ein Palast. Bei den meisten Räumen weiß ich nicht einmal, welchem Zweck sie dienen. Im Berliner Zimmer, das wir jetzt betreten, wird heute getanzt. Der filigrane Tisch in der Mitte wurde zur Seite gerückt und mit einem Grammofon bestückt. Ich frage mich mal wieder, woher Charlotte diese ganzen Leute hier kennt. Den Dienstbotentrakt hat sie abgesperrt und dem Personal freigegeben, damit man »unter sich« ist, wie sie sagt. Sie wird von einem großen Mann mit Hut auf die Tanzfläche gezogen. Wir sehen uns weiter um. Die drei Räume im vorderen Bereich sind bevölkert von Menschen, die auf Sofas oder großen Kissen auf dem Boden sitzen. Meinen Bekannten aus der Schulzeit winke ich nur zu. Aus dem Augenwinkel sehe ich jemanden, der wie Jakob aussieht, aber diesen Streich spielt mir meine Vorstellung nicht zum ersten Mal. Darauf falle ich nicht mehr rein, denke ich, als Sidonie plötzlich einen komischen Laut von sich gibt und in genau diese Richtung stürzt. Umringt von drei Frauen und einem Mann sitzt Jakob auf einer Chaiselongue und lächelt uns unbefangen an.

»Ich hab mich schon gefragt, wann ihr endlich auftaucht«,

sagt er. »Als ich bei deinen Eltern war, Luise, wart ihr schon weg, und als ich hier ankam, wart ihr noch nicht da. Hast du dich etwa in deiner eigenen Stadt verlaufen?« Er zwinkert mir zu und nimmt einen großen Schluck aus seinem Champagnerkelch. Ich ärgere mich. Wie kommt er darauf, dass sich mit einem Lächeln alles wegwischen lässt? Andererseits: Worüber ärgere ich mich eigentlich? Er ist schließlich nicht verpflichtet, mir Auskunft über seine Pläne zu geben. Während ich mit meiner Empörung kämpfe, setzen sich Sidonie, Erich und Samuel zu dem Grüppchen. Sidonie schafft es durch ihre pure Präsenz, zwei der drei Mädchen zu verscheuchen, nur eines klebt weiterhin an Jakobs Seite und buhlt um seine Aufmerksamkeit. Auch der Mann lässt nicht ab. Jakob flirtet eigentlich mit allen, die an ihm Interesse haben – ob das nun ein Mann oder eine Frau ist, scheint ihm nicht so wichtig zu sein. Ich finde das irritierend, obwohl es in Charlottes Freundeskreis auch nicht gerade an schillernden Gestalten mangelt. Jakob trägt ein kragenloses Hemd, hat die Ärmel aufgekrempelt und kommt im Gegensatz zu allen anderen Männern im Raum ohne Krawatte, Hosenträger oder Fliege aus. Ich vermute, dass er sehr genau um seine knabenhafte Schönheit weiß und jede Ablenkung vermeiden möchte. Wenn er ein Zimmer betritt, wird ihm eine Aufmerksamkeit zuteil, die sonst nur außergewöhnlich hübschen Frauen vorbehalten ist. Diese Tatsache, und in den letzten Monaten habe ich mich davon überzeugt, dass es eine Tatsache ist, erfüllt mich jedes Mal mit einer Mischung aus Missgunst und Stolz.

Charlotte kommt von der Tanzfläche, lässt sich erschöpft neben Jakob auf die Chaiselongue fallen und zündet sich eine Zigarette an. »Dieser junge Mann hier behauptet, er studiere auch am Bauhaus«, sagt sie. »Kennt ihr euch?« Ich brauche eine Sekunde, um die Frage zu verstehen. »Charlotte, das ist Jakob«, sage ich. »Das ist Jakob? Dein Jakob? Luise redet nur von dir!« Sie flüstert noch nicht einmal. Mir wird heiß vor Scham. Charlotte weiß genau, dass zwischen Jakob und mir außer dem einen Kuss noch gar nichts passiert ist. Dass wir weit davon entfernt sind, als Paar aufzutreten. Dass ich beschlossen habe, mich sehr langsam an ihn heranzupirschen, denn jemand wie er lässt sich nicht gerne festnageln, das ist ja offensichtlich. »Angenehm«, sagt Jakob und grinst nonchalant. Charlotte reicht ihm die Hand zum Kuss und lächelt ihn entzückt an. Sidonie verdreht die Augen. Sie kann Charlotte offensichtlich nicht leiden, was ich für den Moment als Genugtuung empfinde, was aber in Wahrheit nur ein weiteres Problem darstellt. Ich fühle, wie mir die Situation entgleitet. »Ich gehe noch eine Flasche Champagner holen«, sage ich und stehe auf. Ich kämpfe mich durch die Menge, bis ich in der Eingangshalle zwischen den Mänteln und Handtaschen, die überall auf dem Boden verteilt sind, einen einigermaßen ruhigen Ort finde. Ich lehne mich an die Wand und schließe die Augen. Zu denken, dass ich mir Sorgen gemacht habe, dass Charlotte sich nicht mit den anderen verstehen würde! Jetzt sitzt sie da, flirtet mit Jakob, stellt mich bloß und gewinnt mühelos die Oberhand im Hennenkampf mit Sidonie. Als ich gerade beschließe, einfach nach Hause zu gehen, steht auf einmal Samuel vor mir. Er hat meine Tasche in der Hand, die ich wohl liegengelassen habe. Charlotte hüllt sich in einen Kaschmirschal, Sidonie, Erich und Jakob suchen ihre Mäntel. Charlotte flötet: »Lu, komm, lass uns woanders hingehen, dieser Party geht der Atem aus.« »Aber wie willst du denn deine ganzen Gäste loswerden?«, frage ich.

»Ach, die finden schon selbst irgendwann den Weg nach draußen. Und wenn nicht, gibt es genügend Sofas zum Schlafen«, gibt sie unbekümmert zurück. Jakob schaut sie bewundernd an. »Ein Freund von mir spielt in einer Bar in der Wielandstraße Trompete, das wird bestimmt lustig«, sagt Charlotte. Sie ist schon im Treppenhaus, die anderen haben endlich ihre Mäntel gefunden, seufzend schließe ich mich an.

*

Als ich aufwache, ist Sidonie schon aufgestanden, mein großes Bett ist leer. Ich höre Geschirr klappern und Stimmengewirr. Wie ich diese Geschäftigkeit am Morgen hasse! Sie klingt wie ein Vorwurf, sie dient dazu, den Langschläfern zu verdeutlichen, was sie in ihrer nächtlichen Ohnmacht alles verpasst haben. Ich verharre reglos, damit auch ja nichts von der Bettwärme entweicht, und lasse den gestrigen Abend Revue passieren. Die Bar, in die Charlotte uns schleppte, entpuppte sich als verrauchte Kaschemme. Ihr Freund, der Trompetenspieler, war nicht zu finden, stattdessen bestand das Personal aus ein paar betrunkenen alten Männern, einer schwer geschminkten jüngeren Dame, die vielleicht eine Prostituierte war, und zwei Jünglingen, die Charlotte offenbar kannte. Sie findet solche Orte exotisch, das weiß ich. Arme Menschen erscheinen ihr wie aufregendes neues Spielzeug. Mir war das nie aufgefallen. Aber jetzt, wo ich Freunde habe, die sich nicht mal das Nötigste leisten können, finde ich ihre Haltung befremdlich. Gerade als ich mir beim grimmigen Barmann ein Bier bestellte, waren Jakob und Charlotte auf einmal verschwunden. Auch die Jünglinge waren nicht mehr da. Zuerst dachte ich, sie seien allesamt auf das Klo verschwunden, um Drogen zu nehmen, denn die beiden Jungs sahen aus, als könnten sie in diese Art von Geschäften involviert sein. Sidonie saß im Eingangsbereich und schmollte, während Samuel, Erich und ich die Kneipe durchsuchten. Nichts. Sidonie wollte nach Hause, aber Samuel und Erich bestanden darauf, auch die umliegenden Straßen abzulaufen. Dann traten wir erschöpft den Heimweg an.

Eigentlich sollte ich mich nicht wundern, denke ich und vergrabe den Kopf in meinem Kissen. Das Verführen schöner Männer ist praktisch Charlottes Lebensaufgabe. Und auf Jakobs Treue zu bauen, die er mir nie geschworen hat, ist lächerlich. Meine Mutter steckt den Kopf zur Tür herein. »Luise, möchtest du nichts essen? Wir sitzen alle schon beim Frühstück«, sagt sie. »Ich komme gleich!«, antworte ich und schäle mich umständlich aus den Laken.

*

Maria sitzt am großen Webstuhl in der hintersten Ecke der Werkstatt. Seit unserem Ausflug nach Berlin haben wir uns nicht mehr gesehen. Ich gebe mir einen Ruck, ziehe einen Stuhl heran und nehme neben ihr Platz.

»Ah, die Dame lässt sich auch mal wieder blicken«, sagt sie nicht ohne Bitterkeit.

Ich entschuldige mich und frage sie dann über ihr neuestes Projekt aus, und langsam scheint sie zu vergessen, dass ich sie vernachlässigt habe. Sie lässt sich sogar dazu hinreißen, mich wieder »Lu« zu nennen. Der Stoff, den sie webt, soll ein Kissenbezug werden, für den Prototypen eines Stuhls, den die Tischlerei seit einigen Wochen konzipiert.

»Wenn alles gutgeht, können wir damit in Serie gehen.«

»Wollt ihr das wirklich in Serie produzieren? Wäre es nicht viel schöner, wenn jeder Stuhl ein Einzelstück wäre?«, frage ich und betaste den Stoff.

»Lu, fang mir jetzt bloß nicht wieder mit der Einzigartigkeit des Kunstwerks an.«

»Aber was ist denn daran so falsch? Von billiger Massenproduktion hat doch niemand etwas.«

»Weißt du, man muss sich auch als Künstler nicht so wichtig nehmen. Außerdem ist der technologische Fortschritt eine Tatsache, an der selbst deine esoterischen Irren irgendwann nicht mehr vorbeikommen werden.«

»Darum geht es also. Hör zu, Maria, es tut mir wirklich leid, dass wir uns in letzter Zeit so wenig gesehen haben. Deswegen musst du jetzt aber nicht schlecht über meine Freunde reden.«

Maria schweigt und setzt umständlich eine neue Spule in das Webschiffchen. Dann räuspert sie sich und sagt: »Von mir aus. Ich dachte, du bist hierhergekommen, um Architektur zu studieren. Wenn du stattdessen bunte Bilder malen und im Wald herumtanzen willst, ist das natürlich deine Sache.«

»Du weißt genau, dass es noch keine Architekturabteilung gibt. Das ist ja wohl nicht meine Schuld!«

»Gropius arbeitet für das Sommerfeld-Haus mit Studenten zusammen. Wenn du nicht so auf diese Kuttenträger fixiert wärst, hättest du das längst mitbekommen.«

Das wusste ich tatsächlich nicht. Ich suche nach einer Antwort, als hinter uns jemand sagt: »Maria, wie geht es voran?« Ich dachte, wir wären alleine in der Werkstatt. Peinlich berührt drehe ich mich um und sehe einen blonden jungen Mann mit breitem Mund und tiefliegenden Augen. Natürlich weiß ich, wer das ist. »Georg!« Marias Wut scheint verschwunden, ihre Augen leuchten. »Ich glaube, wenn ich morgen und übermorgen fleißig bin, können wir am Donnerstag mit dem Bespannen beginnen«, sagt sie. »Überarbeite dich nicht«, sagt Georg und lächelt sanft. Dann wendet er sich mir zu. »Ich bin Georg Muche, ich bin seit einem Monat Formmeister in der Weberei. Dich habe ich hier noch gar nicht gesehen«, sagt er und streckt mir die Hand entgegen. »Das ist Luise«, sagt Maria. »Sie wollte gerade gehen.«

*

Ich habe es mir auf dem Bett bequem gemacht, vor mir die Mappe mit den Architekturzeichnungen, die ich damals zur Bewerbung eingereicht habe. Ihre technischen Details sind mir mit einem Mal fremd. Fast ist es, als hätte eine andere Person diese professionellen Skizzen angefertigt, so lange habe ich sie schon nicht mehr angesehen. Marias Worte hängen mir nach. Vielleicht ist es noch nicht zu spät, bei der Entwicklung des Sommerfeld-Hauses mitzuwirken? Natürlich wusste ich, dass es Pläne gibt, Wohnraum für Studenten zu schaffen. Es wird viel darüber geredet, dass es nicht genügend Platz gibt. Aber dass schon an Entwürfen gearbeitet wird, ist völlig an mir vorbeigegangen, auch wenn ich das Maria gegenüber nie zugeben würde.

Gerade überlege ich, wen ich ansprechen könnte, um mehr zu erfahren, da klopft Frau Werner an die Tür. »Es ist etwas für Sie gekommen, Luise«, sagt sie und reicht mir ein Bündel in Packpapier. Ich will sie fragen, woher das Paket gekommen ist, aber sie hat die Tür schon wieder geschlossen. Das Papier ist nass vom Regen, der seit einigen Wochen ununterbrochen auf uns heruntergeht. Ich reiße es auf und blicke auf eine kratzige braune Jacke mit hohem Kragen und eine weite Hose – die Mönchskleidung! Außerdem eine Karte, auf der bunt bemalten Vorderseite ein Zitat von Hanisch: »Gruss und Heil den Herzen, welche von dem Licht der Liebe erleuchtet, und weder durch Hoffnungen auf einen Himmel noch durch Furcht vor einer Hölle irre geleitet werden.«

Voller Aufregung drehe ich die Karte um. Auf der Rückseite steht in schwungvoller Schrift: »Liebe Luise, wir finden, es ist an der Zeit, Dich endlich auch offiziell in unseren Kreis aufzunehmen. Wir freuen uns, wenn Du am 17. November die Zeit findest, zu uns ins Tempelherrenhaus zu kommen. Um sechs Uhr abends erwarten wir Dich. Dein Johannes.«

»Dein Johannes.« Nicht »Formmeister«, nicht »Meister Itten«, einfach nur »Johannes«. Obwohl mich die gesamte Sendung in euphorische Stimmung versetzt, ist es Ittens Vertraulichkeit, die mir am meisten schmeichelt. Ich habe ihn bis jetzt nur als autoritären Herrscher über den Vorkurs erlebt. Die wenigen Male, bei denen ich Gelegenheit gehabt hätte, mit ihm zu sprechen, übermannte mich eine große Schüchternheit, die bestimmt auch damit zu tun hatte, wie die anderen immer von ihm sprechen. Die Tatsache, dass sich Erich, Samuel und vielleicht sogar Sidonie für mich eingesetzt haben, rührt mich. Nur an Jakob will ich lieber gar nicht denken. Seit unserem Ausflug nach Berlin habe ich ihn nicht mehr gesehen und ich habe fest vor, bei unserer nächsten Begegnung kalte Schultern und verächtliche Blicke walten zu lassen.

*

Kurz vor sechs komme ich zum Tempelherrenhaus. Obwohl mir kalt ist und der Regen den braunen Stoff meiner neuen Jacke durchnässt, mache ich noch eine Runde um das Haus, um nicht zu eifrig zu erscheinen. Als ich den Raum betrete, stehen ungefähr zehn Leute in einem Kreis und haben die Augen geschlossen. Johannes kommt auf mich zu, nimmt mir die Kutte ab und sagt leise: »Dorthin.« Er zeigt auf die Mitte des Kreises. Unsicher folge ich seiner Aufforderung. Hätte ich die Jacke vor meiner Einweihung nicht anziehen dürfen? Erich öffnet kurz die Augen und lächelt mir verstohlen zu. Dann stimmt Johannes ein Lied an, die anderen fallen ein. Der Gesang besteht aus langgezogenen Silben in einer Sprache, die ich nicht kenne. Ich trete von einem Bein auf das andere und fröstle. Die Erhabenheit der Zeremonie um mich herum ist mir unangenehm. Dass alle ihre Augen geschlossen haben, macht die Situation auch nicht besser, es ist, als hätte das seltsame Ritual überhaupt nichts mit mir zu tun. Nach einer gefühlten Ewigkeit endet das Lied und Johannes legt mir die Jacke wieder um. Einer nach dem anderen kommt zu mir, umarmt und beglückwünscht mich. Selbst die Mazdaznan-Anhänger, die ich noch nicht kenne, haben etwas Nettes zu sagen. »Wurde auch Zeit«, sagt Jakob und küsst mich auf die Wange, dort, wo eigentlich schon mein Mund ist. Ich entziehe mich seiner Umarmung und funkle ihn an. Jakob scheint ehrlich überrascht über meinen Zorn. Samuel und Erich kommen zu mir, Samuel hüpfend und Erich wie immer humpelnd. Sie überreichen mir einen Holzstock, in dessen Ende ein sonnenförmiges Emblem und ein *L* eingeschnitzt sind. »Für unsere Ausflüge«, erklärt Erich, er will den Satz noch weiterführen, ist aber zu langsam. Samuel unterbricht ihn ungeduldig: »Jetzt, wo du zu uns gehörst, kommst du auch zu den Leibesübungen mit. Wir machen jede Woche eine lange Wanderung.« Leibesübungen! Wandern! Die Vorstellung überfordert mich, in meinem Berliner Alltag habe ich nicht viele Erfahrungen mit solchen Dingen gemacht. Auf der anderen Seite hört sich das alles ungewöhnlich und aufregend an, und außerdem freue ich mich über die Mühe, die sich die beiden für mich gemacht haben.

Das Knäuel von Menschen um mich herum löst sich langsam auf. Manche verabschieden sich. Irgendjemand hat Tee gemacht, das Kaminfeuer brennt und ich lasse mich neben Erich und Sidonie auf dem Teppich nieder. Johannes steht mit Jakob in der Ecke. Er hat den Arm um Jakob gelegt und redet konspirativ auf ihn ein. Fast sieht es so aus, als seien die beiden ein Liebespaar. Was für ein absurder Gedanke, jetzt brennt meine Vorstellungskraft wohl vollkommen mit mir durch.

»Gut, dass du gekommen bist«, sagt Sidonie und berührt mit ihrer kühlen Hand kurz meinen Arm, für ihre Verhältnisse eine ausgesprochen herzliche Geste. Überhaupt hat sich ihr Benehmen seit unserem Ausflug nach Berlin spürbar verändert. Sie wirft mir keine skeptischen Blicke mehr zu, sie richtet das Wort an mich, sie verhält sich zwar immer noch ein wenig distanziert, aber immerhin. Vielleicht wird diese schöne, unberechenbare Frau ja doch noch meine Freundin. »Ja, wenigstens eine gute Nachricht diese Woche«, sagt Erich. »Was sind denn die schlechten?« frage ich. »Erich muss aus seinem Zimmer ausziehen«, sagt Sidonie. »Die Familie, bei der er wohnt, braucht den Raum angeblich selbst. Das ist ihnen aber erst jetzt eingefallen. Diese verlogenen Kleinstädter! Die ertragen es doch bloß nicht, dass jemand anders ist. ›Galizier‹ nennen sie ihn hinter seinem Rücken. Dabei ist Erich im Gegensatz zu mir noch nicht einmal jüdisch. Und dass er für sie in den Krieg gezogen ist, interessiert sie auch nicht. Undankbares Pack!« Ich habe Sidonie selten so wütend gesehen. Die Sache mit den Galiziern und den Juden verstehe ich nicht, deswegen belasse ich es bei einem möglichst zustimmenden Nicken. »Und wo willst du jetzt wohnen?«, frage ich Erich. Der zuckt die Achseln: »Das Prellerhaus ist voll. Johannes hat mir angeboten, erst einmal hier unterzukommen, bis ich etwas Neues finde.«

Er ist schwer aus der Ruhe zu bringen, trotzdem spüre ich, wie bedrückt er ist. Da fällt mir das Sommerfeld-Haus wieder ein. »Es sind doch neue Räume für Studenten in Planung«, sage ich. »Wisst ihr das schon? Ich arbeite an den Entwürfen für ein Haus mit, und wenn das einmal fertig ist, kannst du da bestimmt einziehen.« In meinem Bedürfnis, nützlich zu sein, übertreibe ich sowohl meine Beteiligung an dem Projekt als auch mein Wissen über den Stand der Dinge. Sidonie runzelt die Stirn. »Meinst du das Sommerfeld-Haus? Das ist doch nicht für Studenten! Das wird von Gropius für Adolf Sommerfeld gebaut, und zwar in Berlin. Ganz normale Auftragsarbeit. Haben die euch das nicht gesagt?« Ich weiß nicht, was ich sagen soll. Meine Angeberei ist mir wahnsinnig peinlich.

Erich versucht eine Rettung. »Aber Sidonie, es gibt doch auch Pläne für eine Bauhaus-Siedlung hier in Weimar, oder? Wahrscheinlich meint Luise das.« Darüber weiß ich nichts Genaues, aber das lasse ich mir nicht anmerken.

»Mag sein. Aber Luise, du willst doch jetzt nicht unter die Handwerker gehen? Ich dachte, du willst Kunst machen …« Sidonie hat den Kopf schief gelegt und schaut mich verwundert an. »Weißt du«, sage ich, »ich interessiere mich für Architektur, das habe ich schon immer. Aber macht mich das denn zu einem Handwerker?«

Sidonie denkt nach. Weniger über meine Frage, vermute ich, als darüber, ob sie die Konfrontation mit mir eingehen will. Da fasst mich Jakob an der Schulter. »Luise, gehen wir kurz spazieren?« Eigentlich wollte ich eine Auseinandersetzung mit Jakob vermeiden und ihn ignorieren. Aber ich kann nicht widerstehen, ich möchte wissen, was er zu sagen hat.

Es hat aufgehört zu regnen. Wir stehen vor dem Tempelherrenhaus und schweigen. Anscheinend hat Jakob überhaupt nichts zu sagen. Mir fällt eine große Statue auf, die ich vorher nicht gesehen habe. Es ist eine Spirale aus blauen, roten und gelben Glasstücken, in denen sich ein paar spärliche Sonnenstrahlen brechen. Sie ist massiv und filigran zugleich, das Glas wird von schwungvollen Metallstreben zusammengehalten, die sich von den warmen Farben silbern abheben. Vor dem gotischen Bauwerk wirkt sie außerirdisch und gleißend. Jakob bemerkt meinen Blick.

»Johannes' neueste Arbeit. Der ›Turm des Feuers‹. Ist er nicht wunderbar?«

»Was weiß ich schon. Ich bin keine Künstlerin.«

»Wie kommst du denn darauf? Und überhaupt, man muss doch kein Künstler sein, um diese Farben auf sich wirken zu lassen.«

»Nutzen tun sie aber niemandem, die Farben. Erich hat kein Dach über dem Kopf, und was macht Johannes? Er baut wunderbare Türme, in denen niemand wohnen kann.«

Jakob schweigt. Dann sagt er: »Warum bist du eigentlich so wütend?«

Ich atme tief durch. Ich hasse mich in der Rolle der irrationalen, eifersüchtigen Frau.

»Weißt du überhaupt, dass wir dich in Berlin überall gesucht haben? Wir haben uns Sorgen gemacht. Es zeugt nicht von besonders viel Rücksicht gegenüber deinen Freunden, einfach so zu verschwinden.«

Jakob versteht. »Ich war nicht bei Charlotte, falls du das denkst.«

Ich warte, aber er scheint nicht gewillt, sich weiter zu erklären. Die Stille zwischen uns wird schwerer und die Wut windet sich in mir hoch, wie an dieser blöden Spirale, die ich immer noch anstarre. Ich muss all meine Willenskraft aufwenden, um Jakob keine weiteren Fragen zu stellen. Stattdessen sage ich schließlich: »Es fängt schon wieder an zu regnen. Ich gehe besser nach Hause.« Jakob macht keine Anstalten, mich aufzuhalten. Er schaut mich nur betrübt an. Mit schnellen Schritten gehe ich los, schon nach ein paar Metern kommen mir die Tränen. Erst als ich Frau Werners Gartentür aufstoße, fällt mir ein, dass ich mich nicht von den anderen verabschiedet habe.

*

Den größten Teil unserer Wandergruppe habe ich längst aus den Augen verloren. Nur Samuel hat sich zurückfallen lassen, um dem humpelnden Erich und mir Gesellschaft zu leisten. Den Stock, den ich bei meiner hastigen Flucht vor Jakob im Tempelherrenhaus vergessen hatte, haben die beiden mir mitgebracht. Angeblich haben wir Glück mit dem Wetter. Dabei ist es einer dieser grauen Tage, an denen man sich nicht sicher sein kann, ob man die Dämmerung schon hinter sich gelassen hat. Seit dem frühen Morgen sind wir auf dem Weg zum Etters-berg. Ich bin außer Atem, mir ist heiß und ich überlege heim-lich, ob ich den Wanderstock unauffällig irgendwo liegenlas-sen könnte.

»Wohin gehen wir eigentlich?«, frage ich Erich keuchend.

»Wir gehen nicht irgendwohin, wir gehen einfach in die Natur.«

Ich finde diese Antwort unbefriedigend und das sieht man mir wohl auch an, denn Erich sagt nach einer Weile gut-mütig: »Ich weiß, es ist nicht so einfach, sich auf diese Dinge einzulassen. Aber versuch es mal. Es lohnt sich, versprochen.«

Der Weg hat sich in einen Trampelpfad verwandelt, es geht immer steiler bergauf. Gerade als ich meiner schlechten Laune nachgeben und mich wie ein kleines Kind auf den nächsten Stein setzen will, ebnet sich der Weg. Die dünnen Buchen auf beiden Seiten bilden eine hohe, blätterlose Wand. Wir sind völlig allein, niemand spricht mehr, nur die Bäume knarren im Wind. Jetzt erreichen wir eine kleine Lichtung. Die anderen sitzen schon im Kreis. In der Ferne erahne ich ein großes Gebäude, ein Schloss vielleicht. Hoffentlich ist das nicht unser Ziel, wir müssen den ganzen Weg ja auch wieder zurücklaufen.

Johannes ist barfuß. Er sitzt auf einem großen Stein, die langen Beine auf komplizierte Art ineinandergeschlungen. Obwohl er die Augen geschlossen hat, scheint er alles wahr-zunehmen, was um ihn herum stattfindet. Er sagt: »Dann sind wir ja jetzt vollständig.« Wir setzen uns zu den anderen Stu-denten in das feuchte Gras. »Wir beginnen im Schneidersitz mit den Händen vorm Herz. Jetzt, da wir unseren Leib gerei-nigt haben, wollen wir etwas für unsere Seele tun«, sagt Johan-nes. »Schließt die Augen und leert euern Kopf vollkommen.«

Ich versuche, seiner Aufforderung nachzukommen, allerdings scheitere ich schon am leeren Kopf. Ich weiß nicht, wie das gehen soll, an rein gar nichts zu denken. Denken besteht ja nicht aus einzelnen Worten, dafür sind die Gedanken viel zu schnell. Es ist sehr still geworden, ich höre nur noch den Atem der anderen. Jakob glänzt mal wieder durch Abwesenheit, anscheinend haben inzwischen auch die Lehrer akzeptiert, dass von ihm kein Pflichtbewusstsein zu erwarten ist. Sein Talent genügt offenbar, um ihm ständig Ausnahmen zu verschaffen. Als wären hier nicht alle talentiert. Endlich kommt die nächste Anweisung: »Erlaubt allen Muskeln, sich zu entspannen. Jetzt füllt die Lunge langsam und ohne Anstrengung. Haltet den Atem ein paar Sekunden. Lasst nur wenig Luft wieder austreten und stellt eure Atmung wieder ein. Das macht ihr so lange, bis sich die Lunge vollständig geleert hat.« Wir wiederholen das Ganze fünfmal, ich fange schon an zu hyperventilieren. Johannes sagt: »Nun schließen wir die Übung mit dem heiligen Vokal ›O‹ ab.« Alle schlagen die langgezogene Silbe in unterschiedlicher Tonlage an, es klingt schrecklich schief und ich kann mir das Lachen kaum verbeißen. Aber mich ärgert auch, dass es da etwas gibt, was ich einfach nicht verstehe. Man braucht sich ja nur Johannes anzusehen, um zu erkennen, dass diese Übungen eine Wirkung haben müssen. Er hat seinen Körper völlig unter Kontrolle, die Askese scheint ihm keinerlei Anstrengung abzuverlangen. Trotz seiner Strenge wirkt er nicht herb, sondern ernst und lebendig zugleich. Immer strahlt er Ruhe aus. Auch die anderen Studenten sehen jetzt ruhiger aus, oder zumindest kommt es mir so vor.

Dann geht es wieder bergab, Richtung Heimat, was meine Laune erheblich verbessert. Jemand stimmt ein Lied an, zur

Abwechslung ein altes Wanderlied, bei dem selbst ich mitsingen kann. Samuel nimmt mich an der Hand, wir springen mehr, als dass wir laufen. Als wir den letzten Abhang erreichen, lassen sich einige ins Gras fallen. Der Übermut greift um sich, und schließlich rollen zehn Kuttenträger den Berg hinab. Lachend und außer Atem bleibe ich liegen und warte darauf, dass die Welt aufhört, sich zu drehen.

Auf der schmalen Landstraße laufen wir zurück in die Stadt. Mir ist kalt, und der Gedanke an das Kaminfeuer im Tempelherrenhaus lässt mich schneller gehen. Ich bilde die Spitze mit einem kleinen Grüppchen, zu dem sich auch Sidonie gesellt hat. Die anderen haben sich zurückfallen lassen, wahrscheinlich, um eines der begehrten Einzelgespräche mit Johannes zu ergattern. Sidonie tut mal wieder so, als würden wir uns kaum kennen. Meine Einwürfe in das Gespräch übergeht sie einfach. Irgendwann gebe ich frustriert auf und gehe schweigend neben ihr her. Es ist Nachmittag geworden und schon wieder dunkel, in der Ferne taucht das schwache Gelb der Gaslaternen von Weimar auf. Am Ortseingang begegnen wir einer Gruppe von Männern in Arbeiterkluft. Sie sagen etwas, das ich nicht verstehe. Ich grüße im Vorbeigehen. »Diese Dirnen!«, »Modeweiber sind das«, höre ich sie hinter mir, viel näher, als ich dachte. Erst jetzt wird mir klar, dass die Männer uns folgen. Wir sind zu viert, ausnahmslos Mädchen. Mir wird noch kälter. »Ihr kommt doch gar nicht vom Bauhaus! Vom Freudenhaus kommt ihr!«, ruft einer. Die anderen johlen und lachen. Wir gehen schneller. Sidonies Augen blitzen, aber auch sie weiß offensichtlich keinen Ausweg. Zwei der Männer laufen an uns vorbei und versperren uns den Weg, die anderen sind noch hinter uns. »Den hübschen Dingern könnte man noch etwas über Moral und Anstand beibringen«, sagt einer. Sidonie hält nicht mehr an sich: »Und das findet ihr anständig? Mädchen auf der Straße zu belästigen?« Der größte der Männer macht einen Schritt auf sie zu. Panisch versuche ich mich zusammenzureißen, aber mein Kopf hat sich ausgeschaltet. Mir fällt rein gar nichts ein, was ich tun könnte.

»Guten Abend, die Herrschaften, kann ich Ihnen irgendwie behilflich sein?« Johannes ruft diesen Satz aus der Entfernung, worüber ich unwillkürlich lachen muss. Die Ankunft der großen Gruppe verfehlt ihre Wirkung nicht. Die Männer treten den Rückzug in eine Seitengasse an. Johannes berührt mich sanft am Arm und löst mich aus meiner Erstarrung. Den restlichen Weg legen wir ebenso zügig wie schweigsam zurück.

*

Die Vorweihnachtszeit vergeht schnell. Allgemeine Geschäftigkeit bricht aus. Über das Sommerfeld-Haus und die Siedlungspläne habe ich noch nicht viel mehr herausgefunden, aber meine Zeit ist auch so gut ausgefüllt. Erich hat eine Mazdaznan-Broschüre mit Anleitungen für die kalte Jahreszeit aufgetan, die ich gewissenhaft studiere. Ich mache täglich meine Übungen, nehme kalte Bäder und trinke heiße Getränke aus gemahlenen Körnern und Früchten. Ob ich irgendeinem Stadium der Transzendenz näherkomme, kann ich zwar nicht sagen, aber ich fühle mich wohl. Es ist ein gutes Gefühl, ein Prinzip zu haben, das mein Leben ordnet. Die anderen haben ihr herbstliches Fasten schon wieder gebrochen, ich nehme mir vor, beim nächsten Mal auch mitzumachen. Die neuen Essgewohnheiten machen mir zwar zu schaffen, aber wahrscheinlich ist das alles nur eine Frage von Übung und Disziplin. Ich habe jetzt mehr als die Hälfte des Vorkurses hinter mich gebracht, schon im Frühjahr wird sich entscheiden, ob ich überhaupt am Bauhaus bleiben darf.»Das hängt davon ab, ob du in eine Werkstatt aufgenommen wirst. Aber für dich als materiell-intellektuelles Temperament wird das ja kein Problem sein. Lass dich nicht verrückt machen«, sagt Erich eines Abends in der Kantine. Es hat Vorteile, dass meine Freunde mir ein Semester voraus sind, aber trotzdem fühle ich mich immer, als würde ich hinterherhinken. Die Einteilung in Temperamente, die die anderen vor allem nach Schädelformen unternehmen, ist mir immer noch etwas fremd, aber ich freue mich über Erichs Zuspruch. Ich betrachte die zugenagelte Decke und bedauere wie immer, wenn ich hier bin, dass es die Glasfenster nicht mehr gibt. Durch die Ritzen fällt weißes, kaltes Dezemberlicht. Der Esssaal ist nicht geheizt, wir sitzen alle nah beieinander und teilen uns ein kratziges Stück Stoff, das Samuel mitgebracht hat,»damit wir uns nicht erkälten«.

Sidonie sagt: »An deiner Stelle würde ich in die Weberei gehen. Johannes hat die Leitung zwar dieses Jahr abgeben müssen, aber Muche ist auch nicht schlecht. Du bist dort ziemlich frei in dem, was du künstlerisch machen willst.«

Anfangs hat es mich verwirrt, dass sie zu mir abwechselnd nett und dann wieder kühl ist, mittlerweile habe ich mich daran gewöhnt. Auch wenn es kein erkennbares Muster gibt, nehme ich es hin, so wie man die Witterung oder die Jahreszeitenwechsel hinnimmt. Gerade will ich abwinken und ihr erklären, dass für mich als Vorbereitung auf die Architektur nur die Tischlerei in Frage kommt, als Jakob die Tür aufstößt. Er nimmt sich einen Hocker und setzt sich uns breitbeinig gegenüber. »Oh, Köstlichkeiten!«, ruft er mit Blick auf unsere Teller. Er hat rote Backen und ist bestens gelaunt. Ich habe ihn so lange nicht gesehen, dass ich ihn versehentlich anstrahle. »Wir müssen doch darauf achten, dass wir ausreichend mit Zwiebeln und Knoblauch versorgt sind«, sage ich. Völlig ohne Budget vegetarisch zu kochen, ohne dass es langweilig schmeckt, gestaltet sich nicht einfach, weswegen die Köche der Kantine gerne ein paar Zehen zu viel in den Eintopf fallen lassen. »Kein Grund, so zimperlich zu sein«, sagt Sidonie. Jakob grinst mich an und verdreht fast unmerklich die Augen. »Habt ihr gehört? Jetzt geht schon eine Liste herum, auf der man sich für oder gegen Zwiebeln aussprechen soll. Das ist doch auch wieder nur ein Versuch, uns zu sabotieren«, empört sich Sidonie. Jakob sagt: »Samuel, warum kochst du eigentlich nicht für uns? Wir wissen doch alle, dass du die geborene Mutter bist.« Samuel lächelt versonnen und rückt seine Brille zurecht, wie immer, wenn er aufgezogen wird. In Jakobs Anwesenheit bringe ich keinen Bissen herunter, obwohl ich genau weiß, dass ich eigentlich Hunger habe.

»Wie stehen die Dinge denn in der Bildhauerei-Klasse?«, fragt Sidonie ihn.

»Johannes unterrichtet uns nach wie vor. Aber dieses Verwirrspiel ist schon bizarr. Wer soll denn noch in Ruhe arbeiten, wenn ständig andere Meister die Verantwortung bekommen?«

»Ich glaube, das liegt nur daran, dass Gropius irgendwann Angst bekommen hat. Johannes hat schließlich fast alle Werkstätten geleitet. Gropius tut immer so freundlich, aber machtbewusst ist er eben doch«, sagt Sidonie und blickt düster auf ihren Teller.

»Ich weiß nicht. Man muss auch nicht immer gleich das Schlimmste unterstellen. Johannes kann sich vielleicht besser auf seine Kunst konzentrieren, wenn er nicht in allen Werkstätten die Verantwortung hat. In der Wandmalerei haben wir jetzt Oskar Schlemmer als Formmeister, und er ist fast immer da«, sagt Erich.

»Stimmt, ich habe mich erst gestern mit Johannes unterhalten«, sagt Jakob. »Für ihn ist das auch eine Erleichterung.«

Mich beunruhigt, wie vertraulich er von Johannes spricht, auch wenn ich nicht genau weiß, warum. »Ich muss jetzt auch los«, sagt Jakob und steht auf. »Ich wollte heute Abend noch mal die Einzelheiten meiner neuen Arbeit mit ihm besprechen. Grüße, ihr lieben Mazdaznan-Brüder!«

Immer wenn er aus dem Nichts auftaucht und gleich wieder verschwindet, fühle ich mich wie jemand, der schon unzählige Male auf denselben Kartentrick hereingefallen ist.

*

Ich stehe vor der Tür zur Tischlerei und zögere. Nur noch eine Woche bis zum Julklapp, dem letzten Fest des Jahres. Es wird bei Gropius stattfinden. Jeder soll ein kleines Geschenk mitbringen, das dann per Zufall an einen anderen Anwesenden weitergegeben wird. Gar nicht so einfach, etwas auszusuchen, das in jedem Fall passt, ganz abgesehen davon, dass der einzige Laden in Weimar, den ich regelmäßig frequentiere, der kleine Kiosk in der Seifengasse ist.

Ich trete ein. Drei ältere Studenten stehen an verschiedenen Werkbänken und schauen nicht einmal auf. Meine rettende Idee kommt mir jetzt schon nicht mehr so genial vor. Die Idee war: Ich schnitze etwas in der Tischlerei und finde dabei endlich heraus, welche Studenten dort an den architektonischen Projekten mitarbeiten. Aber hier schnitzt überhaupt niemand etwas, das hätte ich eigentlich wissen müssen. Ich war so damit beschäftigt, herauszufinden, wann der Formmeister der Werkstatt einmal nicht da sein würde, dass ich gar nicht darüber nachgedacht habe. Natürlich, geschnitzt wird in der Holzbildhauereiwerkstatt. Aber dort arbeitet man eben nicht an Architekturprojekten. Ich versuche also, mir nicht anmerken zu lassen, dass ich noch nie hier war und gehe zielstrebig auf eine Kiste zu, in der verschieden große Holzstücke zur Verarbeitung liegen. Ich weiß weder, was ich anfertigen will, noch, wie man das dann genau anstellt. Klein, denke ich, klein ist immer einfacher, schaue mich noch einmal um und nehme mir ein etwa faustgroßes Stück Holz. Dann halte ich nach Werkzeug Ausschau. In dem Kasten an der Wand hängen fein säuberlich aufgereiht Sägen, Hobel, Beitel, alle mit Initialen versehen. Unschlüssig starre ich die Gerätschaften an. Ich habe mich ja schon am Holz vergriffen, ich kann doch jetzt nicht einfach jemandem sein Werkzeug wegnehmen. Die drei Jungen ignorieren mich weiterhin beharrlich. Also gut, im schlimmsten Fall muss ich mich eben entschuldigen und alles zurückgeben. Ich greife nach dem kleinsten Stichbeitel und einem winzigen Hammer.

Ich hatte mir vage vorgestellt, eine Schatulle zu schnitzen. Aber es muss schnell gehen und eigentlich ist mir klar, dass meine Fähigkeiten dazu nicht ausreichen. Die drei Grundformen sind nie verkehrt. Ein Würfel ist mein Holzstück ja sowieso schon und ein Dreieck traue ich mir nicht zu. Eine Kugel also. Eine schön geformte, polierte Kugel. Ich stelle mich an dieselbe Bank, an der ein rothaariger Junge ununterbrochen an einem Stück Teak herumsägt und einen ziemlichen Krach verursacht. Je länger ich mein Holzstück bearbeite, desto kleiner wird es. Immer wieder finde ich eine Stelle, die noch zu eckig oder zu flach ist. Es wird allmählich schwierig, das Gebilde zwischen den zwei Metallarmen an der Werkbank festzuschrauben. Ich lasse mein Werkzeug sinken und schaue mich hilfesuchend um. Der rothaarige Junge würdigt mich weiterhin keines Blickes. Jetzt kommen die beiden anderen zu ihm und legen einen Plan auf den Tisch. Er lässt von seinem Holzbrett ab.

»Wenn die Tür in der Mitte bleiben soll, bekommen wir ein Problem mit der Treppe«, sagt der kleinere der beiden. »Selbst wenn wir den Auftritt verkleinern, kommt man kaum am Geländer vorbei.«

Der Plan liegt recht nah bei mir, ich versuche über Kopf zu erkennen, worum es gehen könnte. Es ist nur eine Treppe eingezeichnet.

»Die Tür muss auf jeden Fall in der Mitte bleiben. Aber man könnte sie doch einfach ein paar Zentimeter kleiner machen«, sagt der Rothaarige und blinzelt. »Geht nicht, die anderen sind schon seit einer Woche mit der Tür fertig«, sagt der Größere, der eine seltsame Mütze trägt. Ich glaube mittlerweile zu wissen, wo das Problem liegt. Und wie man es lösen könnte. »Und was ist, wenn wir den Raum etwas größer anlegen?«, schlägt der Rothaarige vor. Wieder schütteln die anderen beiden den Kopf. »Dann wird die Spannweite der Decke zu groß.«

Ich werde ungeduldig. »Habt ihr ausprobiert, was passiert, wenn ihr das Geländer erst bei der zweiten Stufe einführt?«, frage ich.

Die drei schauen mich überrascht an. Mein Herz schlägt schnell. Vielleicht hätte ich nichts sagen sollen, aber die Lösung war so offensichtlich. »Bei der zweiten Stufe? Wie sieht denn das aus?« fragt der Rothaarige. »Ja, großartig, das macht ja alles noch komplizierter«, sagt der Kleine und schüttelt den Kopf. »Ich weiß es!«, ruft der Mützenmann. »Wir machen die erste Stufe zum Auftrittspodest. Dann müssen wir die Steigung nicht anpassen. Hier«, sagt er und kritzelt etwas auf das Papier. Die anderen beiden sind begeistert, der Rothaarige klopft ihm anerkennend auf die Schulter. Aber genau das habe ich doch gesagt! Wütend wende ich mich wieder meiner schiefen, längst winzigen Kugel zu und beschließe, sie jetzt nur noch abzuschleifen, um so schnell wie möglich hier wegzukommen.

*

Die Weihnachtsfeier ist schon in vollem Gang, als Samuel und ich Gropius' Wohnung betreten. Ich bin heilfroh, hier nicht alleine auftauchen zu müssen. Samuel ist in den letzten Wochen zu meinem Vertrauten geworden, auch und vor allem, was Jakob angeht. Mit Charlotte kann ich nicht mehr über ihn reden. Als ich sie auf das Wochenende in Berlin ansprach, bestritt sie heftig, je Interesse an Jakob gehabt zu haben. Trotzdem vermeide ich es, auf ihre Fragen nach meinem Liebesleben einzugehen, wenn ich ihre Briefe beantworte. Maria, mit der ich früher über alles reden konnte, kommt nicht mehr bei mir vorbei. Die seltenen Gespräche, die wir in den Fluren oder in der Kantine führen, ähneln steifen höfischen Tänzen, bei denen bestimmte Dinge um jeden Preis ausgespart werden müssen. Es ist jetzt also Samuel, der sich jeden neuen Winkelzug meiner kaum existierenden Geschichte mit Jakob anhören muss. Dafür lasse ich geduldig seine Ausführungen über seine körperlichen Zustände über mich ergehen. Samuel leidet immer an irgendetwas, was daraufhin genau beobachtet werden muss. Trotzdem wundere ich mich manchmal ein wenig über den Eifer, mit dem er sich gemeinsam mit mir in Jakobs Kopf verirrt. »Er ist bestimmt auch hier«, flüstert er mir jetzt zu und zieht mich an der Hand hinter sich her.

Es herrscht fröhliches Chaos. Die Studenten haben sich auf alle Räume verteilt. Sie stehen in der Küche, im Wohnzimmer sitzen sie überall auf dem Boden, und selbst der Flur ist so voll, dass wir kaum durchkommen. »Geschenke zu mir!«, ruft ein dicker Student mit einem Kartoffelsack in der Hand. Am liebsten würde ich so tun als hätte ich vergessen, etwas mitzubringen. Stattdessen warte ich geduldig, bis der Junge die krumme Holzkugel, die ich in bemaltes Zeitungspapier eingewickelt habe, mit einer Nummer versehen und in den Sack gelegt hat.

Samuel hat uns Saft, Kartoffeln und rote Rüben vom prächtigen Buffet besorgt, bei dem es wahrscheinlich auch wertvollen Schinken und Braten gibt, und geht zielstrebig auf die Ecke zu, in der Jakob und Erich auf dem Boden sitzen. Wir sprechen über die Ferien. »Bist du sicher, dass du nicht auch mit zu meinen Eltern kommen willst?« Samuel schaut Jakob treuherzig an. »Ich würde wirklich gern, aber ich kann meine Mutter nicht alleine lassen. Johannes hat mir Geld für die Zugfahrt gegeben«, sagt Jakob. »Außerdem kommt Erich doch mit, oder? Wird das dann nicht sehr voll bei euch?«

»Ach, bei uns ist es doch immer voll. Du kennst ja meine Familie. Und wir fahren auf unser Landhaus, da ist mehr Platz als in der Stadt. Du wärst wirklich sehr willkommen«, sagt Samuel. Aber Jakob hat sich schon entschieden.

Mir fällt auf, dass ich kaum etwas über die Familien meiner Freunde weiß. Ein seltsamer Nebeneffekt, wenn man zusammen in einem Mikrokosmos lebt, den man sich gemeinsam geschaffen hat.

»Fährst du denn nicht zu dir nach Hause, Erich?«, frage ich durch das Stimmengewirr hindurch. »Nein«, sagt Erich leise. Das Schweigen, das ich verursacht habe, ist unangenehm. Samuel, auf den in solchen Situationen immer Verlass ist, steht auf und sagt zu Erich: »Ich fühle mich so komisch, mein Magen spielt schon wieder verrückt. Komm, wir schauen mal, ob es hier auch Tee gibt.«

Jetzt bin ich mit Jakob alleine. Er ist ungewöhnlich aufmerksam, schenkt mir nach und fragt mich über meine Pläne für das kommende Jahr aus. Er erklärt mir, dass Erichs Eltern streng katholisch sind und alle Hoffnung in ihren einzigen Sohn gesetzt hatten. Schon seine Entscheidung, am Bauhaus zu studieren, missbilligten sie, aber als er dann letztes Jahr mit einer Kutte und schwer verständlichen fernöstlichen Überzeugungen in Wien auftauchte, hatte ihre Geduld ein Ende. Jakob sagt: »Erich vermisst seine Eltern sehr, glaube ich. Ich vermisse meinen Vater ja auch.«

Jakobs Vater ist nie aus dem Krieg zurückgekehrt. Lange höre ich ihm zu. Er redet von seiner Mutter, die immer noch glaubt, der Vater sei nur verschollen und würde bestimmt irgendwann nach hause kommen. Er erzählt, wie sicher er sich war, dass sein Vater nicht mehr lebte, als dieser zwei Wochen nach Kriegsende immer noch nicht da war. Wie er lange bei Ämtern und Behörden nach ihm fragte, nur um seiner Mutter die Gewissheit zu verschaffen, die er selbst bereits hatte, ohne es erklären zu können. Es rührt mich, wie er von seiner Mutter spricht, seine plötzliche Offenheit macht ihn noch liebenswerter. Der schöne, rätselhafte Jakob, der sich sonst immerzu hinter seiner koketten Fassade versteckt, offenbart sich. Ausgerechnet mir. Die Nähe, der Punsch und die Bedeutsamkeit, die alle Dinge am Jahresende unversehens annehmen, verbinden sich zu einer Spannung zwischen uns, die mich beinahe überfordert. Als er mich endlich küsst, ist die Verteilung der Geschenke gerade in vollem Gange. Zahlen werden durch den Raum gerufen, Päckchen wechseln die Hände. Niemand beachtet uns. Dieser Kuss ist anders als unser erster, hastiger Kuss im Sommer. Er dauert an. Er ist zielführend.

»Ich würde gern mit dir woanders hingehen.« Die Schüchternheit, mit der Jakob das sagt, überrascht mich. In meinem Kopf tobt ein Konzert von Stimmen. Die meisten bestehen darauf, dass ich auf keinen Fall mit Jakob irgendwo hingehen kann. Ein Mädchen in meinem Alter, unverheiratet und ohne Sicherheiten. Was, wenn es Gerede gibt? Ich denke an meine Mutter und schaudere. So oder so: Es hätte sicherlich Konsequenzen für mich. Und dann auch noch mit einem Mann, der mir hauptsächlich für seine Flüchtigkeit bekannt ist. Ich muss an Charlotte denken. Für Charlotte hat noch nie irgendetwas Konsequenzen gehabt. Den Klatsch wischt sie mit einer lässigen Handbewegung weg, genau wie die vielen Heiratsanträge, die von ihren verzweifelten Verehrern kommen. Und wenn ich ehrlich bin: Der unbeholfene Junge, dem ich auf Charlottes Couch nachgegeben hatte, ließ sich genauso leicht vergessen.

Jakob küsst mich wieder, und damit mischt sich auch noch eine andere Stimme in den Chor. Ich will nicht hierbleiben, wo uns alle sehen können und wir uns irgendwann voneinander lösen müssen. Ich will ihm näher sein, als dieser Kuss es möglich macht. Wieso soll ich mir das verwehren, fragt die neue Stimme trotzig. Ich denke kurz nach. Frau Werner hat einen tiefen Schlaf, und um in mein Zimmer zu gelangen, muss man nur durch den gemeinsamen Flur. Die trotzige Stimme hat gewonnen. Leise sage ich: »Wir können zu mir gehen.« Auf dem langen Spaziergang nach Hause schweigen wir. Nicht aus Verlegenheit, sondern weil jedes Wort bedeuten würde, die Begierde zu riskieren.

Wir schlafen miteinander, vorsichtig, konzentriert, wortlos. Der Augenkontakt ist brüchig. Als ob wir einander die Intimität, die wir gerade teilen, nicht zugeben wollen. Ich öffne die Augen erst, als Jakob kommt. Die Spannung hat sich gelöst, atemlos nimmt er mich in den Arm und lächelt.

Stunden später bin ich immer noch hellwach. Ab und zu öffne ich die Augen, um mich zu vergewissern, dass es wirklich Jakob ist, der da neben mir schläft. Das Ausmaß der Ereignisse dieses einen Abends macht mich nervös, euphorisch, fast schwindelig. Ich bewege mich möglichst wenig, damit ich Jakob nicht aufwecke. Um mich zu beruhigen, starre ich auf die scharfen Schatten, die das fahle Laternenlicht der Straße auf die Zimmerdecke wirft. Die Zeit wird formlos, ich suche meine Armbanduhr auf dem Boden beim Bett. Vier Uhr morgens. Jakob wacht auf. Er streckt sich, steht auf und fängt an, sich anzuziehen. »Ich muss jetzt gehen«, flüstert er. »Aber warum denn? Frau Werner kommt morgens nie in mein Zimmer, und sobald sie im Garten ist, können wir dich vorne rausschmuggeln.« Ich will nicht, dass er geht. Dass unsere gemeinsame Nacht schon vorbei sein soll, erscheint mir ungerecht, ja grausam. »Die Familie, bei der ich wohne, würde sich wundern, wenn ich nicht nach Hause komme. Außerdem soll man im Winter nur die halbe Nacht zusammen in einem Bett verbringen, sagt Hanisch.« Hanisch! Ich finde, Hanisch hat in meinem Schlafzimmer gar nichts zu suchen. Aber ich will nicht drängen, deswegen sage ich nichts. Jakob gibt mir einen kurzen Kuss. »Bis morgen, Schönste«, sagt er, was mich besänftigt. Leise schließt er die Tür. Ich kann seine Schritte noch hören, dann wird es still.

*

Als ich am nächsten Morgen in die Küche taumle, spüre ich, wie wenig ich geschlafen habe. Das Haus ist still, es ist Sonntag und Frau Werner ist wahrscheinlich in der Kirche. Ich bin froh, dass sie nicht da ist und ich ungestört meinen Gedanken nachhängen kann. Die schlagen kleine Volten, blenden Hanisch und die Enttäuschung über das abrupte Ende aus und sezieren stattdessen ununterbrochen einzelne Momentaufnahmen. Ich bilde Hierarchien, je kostbarer der Moment, desto seltener wird er wiederholt.

Als ich vor dem Frühstück sitze, überkommt mich auf einmal das Gefühl, etwas Wichtiges vergessen zu haben. Es muss eine Aufgabe für den Vorkurs sein. Oder etwas, das ich vor Weihnachten noch für meine Familie erledigen muss? Geschenke habe ich für alle besorgt, sogar für Charlotte. Ich würde ihr jetzt gern von meiner Nacht mit Jakob erzählen. Unvermittelt bricht es über mich herein: Charlotte hat mir damals gezeigt, wie man eine Essigspülung macht, um nicht schwanger zu werden. »Das einzig Wichtige ist, dass du es direkt danach machst«, schärfte sie mir ein. Ich werde panisch. Daran habe ich überhaupt nicht gedacht.

Ich muss Charlotte anrufen, denke ich. Sie wird wissen, was zu tun ist. Aber ich weiß nur von zwei Telefonen am Bauhaus: das des Direktors und das seiner Sekretärin. Die Studenten dürfen den Apparat im Sekretariat zwar in Notfällen benutzen, aber ich kann unmöglich riskieren, dass jemand mithört. Ein Brief würde viel zu lange dauern. Maria wird mir nicht helfen können, selbst wenn sie wollte, und Sidonie möchte ich auch nicht fragen. Wenn ich doch nur mit Charlotte reden könnte! Ich starre auf das Stück Brot, das unberührt auf meinem Teller liegt und auf einmal kommt mir die Lösung: ein Telegramm! Ich lasse alles stehen, ziehe mir hastig meinen Mantel über und renne los, am Park entlang, Richtung Zentrum. Ein paarmal rutsche ich aus, der Boden ist eisig. Trotz der Kälte ist mir warm, als ich völlig außer Atem am Postamt ankomme – das geschlossen hat. Natürlich, es ist immer noch Sonntag. Langsam trete ich den Heimweg an und nehme mir vor, gleich morgen früh einen zweiten Versuch zu unternehmen. Um mich von meiner Panik abzulenken, plane ich den Morgen minutiös, bis hin zum Wortlaut meiner Nachricht. »Ruf mich an – Dringend – Luise.« Das würde gehen, aber unter welcher Nummer soll sie mich anrufen? Es hilft nichts, eine Woche werde ich warten müssen, dann fahre ich über Weihnachten zu meinen Eltern nach Berlin und kann Charlotte ausfragen. Als ich das Haus wieder betrete, ist Frau Werner noch immer nicht da. Nur abzuwarten und gar nichts zu tun halte ich nicht aus, also beschließe ich, die Spülung trotz allem vorzunehmen. In der Vorratskammer finde ich Apfelessig, mache einen Topf Wasser warm und nehme die Mischung in einer Schüssel mit ins Badezimmer. Vielleicht machen die paar Stunden gar keinen Unterschied. Obwohl er nichts dafür kann, verfluche ich Jakob, der genau in diesem Moment wahrscheinlich völlig sorglos durch Weimar spaziert.

*

Als ich zwischen den Jahren endlich einen Abend mit Charlotte alleine bin, ist mein Gespräch mit ihr alles andere als beruhigend. Nein, teilt sie mir unbekümmert mit, ihr fiele auch keine Möglichkeit ein, eine ungewollte Schwangerschaft so spät noch zu verhindern. Aber anstatt sich damit aufzuhalten, beglückwünscht sie mich zu meiner Eroberung und will alles ganz genau wissen. Ich erzähle ihr, was passiert ist, aber nicht, ohne mich noch einmal zu vergewissern, dass Jakobs Verschwinden bei meinem letzten Besuch in Berlin nichts mit ihr zu tun hatte. Endlich bin ich einmal diejenige, die eine Geschichte zu erzählen hat. Lange sitzen wir an diesem Abend zusammen, und ich erinnere mich endlich wieder daran, warum ich Charlotte so mag: Sie urteilt nicht, sie hört stundenlang zu, und sie schafft es, auch noch der aussichtslosesten Situation etwas Komisches abzugewinnen.

Das mulmige Gefühl, die Angst, meine Mutter könnte mir etwas ansehen, begleitet mich bis zum Silvestertag. Am Morgen dann die große Erleichterung: Ich bekomme meine Tage. Jetzt bereue ich, wie bedrückt ich die ganze Woche in unserer Wohnung herumgeschlichen bin, die für unsere steifen

Verhältnisse beinahe festlich aussah. Mein Vater war zerstreut, aber nicht unfreundlich, meine Mutter verwöhnte mich und stellte wenig Fragen, und selbst Otto konnte nicht stören, er war auf Geschäftsreise. Die stille Feierlichkeit, die von aller Welt gutgeheißene Tatenlosigkeit, die großen Abendessen, all diese Dinge hätte ich genießen können. Stattdessen verbrachte ich die meiste Zeit in meinem Zimmer, tat so, als würde ich lesen, oder starrte an die Decke.

Charlotte richtet ihr jährliches Silvesterfest aus. Ich stehe herum und vermisse meine neuen Freunde. Während neben mir ein exaltierter Jüngling von irgendeiner neuen Theateraufführung erzählt, arbeite ich im Kopf alle Details meiner nächsten Begegnung mit Jakob aus. Und während um mich herum lautstark das Jahr 1922 eingeläutet wird, führe ich verschiedenste Szenarien für meine zukünftige Liebesgeschichte ins Feld. Mein eigener Groschenroman wird immer abstruser, aber am Ende steht immer der glückliche Ausgang, der eines solchen Romans würdig ist.

*

Weimar kommt mir wieder genauso klein und dekorativ vor wie letzten Sommer, als ich zum ersten Mal vor Frau Werners Tür stand. Der Kontrast dieser unecht wirkenden Häuschen und Gärten zu den großen Wohnhäusern und breiten Straßen Berlins nutzt sich so schnell nicht ab. Mit klammen Fingern stelle ich den Koffer ab und schließe auf. Frau Werner hat wohl schon auf mich gewartet, sie kommt mir entgegen und begrüßt mich. Dann holt sie einen Zettel vom kleinen Wohnzimmertisch und drückt ihn mir mit einem übertrieben vertraulichen

Augenzwinkern in die Hand. »Haben Sie sich etwa schon einen Verehrer zugelegt, Luise?« Ich komme noch nicht einmal dazu, zart zu erröten, so sehr hoffe ich, dass der Zettel tatsächlich von Jakob stammt. Andererseits halte ich es für äußerst unwahrscheinlich, dass schon der erste Schritt meiner imaginären Liebesgeschichte so schnell zur Wirklichkeit wird. Ich schaue nicht nach, sondern lege das Papier auf die Schminkkommode in meinem Zimmer. Dann packe ich mit größter Sorgfalt meinen Koffer aus, während der Zettel in meinem Augenwinkel sehr viel Platz einnimmt. Erst, als alles verstaut ist und mir absolut nichts mehr einfällt, um den Moment hinauszuzögern, falte ich ihn auf. »Luise! Kino? Jakob«, steht da. Von der Kürze der Nachricht lasse ich mich kaum beeindrucken, stattdessen betrachte ich lange und zärtlich das Ausrufezeichen, das mir bedeutsam vorkommt.

*

Jakob holt mich ab, wir laufen gemächlich am Park entlang ins Zentrum. Es hat Wochen gedauert, bis er auf seinen Zettel Taten folgen ließ. Immer wieder hatte er kurzfristig keine Zeit, bis ich mir schon sicher war, dass er es sich einfach anders überlegt hatte. Ab und zu sah ich ihn zwischen Tür und Angel und bemühte mich dann, so entspannt wie möglich zu wirken. Jetzt plaudere ich nervös vor mich hin und lache zu viel, was Jakob aber nicht zu irritieren scheint. Er albert herum, rempelt mich spielerisch an, irgendwann nimmt er sogar meine Hand. Alles an ihm wirkt unbekümmert, seine Hosen, die etwas zu tief sitzen, seine geöffnete Mönchsjacke mit dem steifen Kragen, selbst seine Locken, die ihm ins Gesicht fallen.

Am Frauenplan kommt uns Maria entgegen. Sie ist in Eile oder tut so. Als ich ihr Jakob vorstellen will, ist sie jedenfalls schon an uns vorbeigelaufen. Mir tut es immer noch weh, dass unsere Freundschaft auseinandergegangen ist. Ich nehme mir vor, sie endlich mal wieder zu besuchen. Es hat angefangen zu nieseln, ich hake mich bei Jakob unter und er berührt meine Hand. Weimar ist klein, und es passiert nicht selten, dass man Bekannte auf der Straße trifft. Dennoch bin ich überrascht, als uns jetzt auch noch Samuel entgegenkommt. Er grinst mich schon von weitem verschwörerisch an, er hat ja bei jeder Zu- und Absage Jakobs mitgefiebert. Der bemerkt Samuel jetzt auch und entzieht mir seinen Arm. »Samuel! Wir waren gerade auf dem Weg zum Kintopp. Kommst du mit?« Ich traue meinen Ohren nicht. Ich dachte, das hier sollte ein Rendezvous sein! Leider sagt Samuel viel zu schnell: »Ja, gern. Ich war schon so lange nicht mehr im Kino!« Nach all den Abenden, an denen ich ihm von meinem persönlichen Groschenroman erzählt habe, hätte ich mir ein wenig mehr Loyalität erwartet. Noch ärgerlicher finde ich, dass Jakob für den Rest des Weges jede Berührung mit mir vermeidet.

Das Ladenkino zeigt »Nosferatu«. Ich erinnere mich vage, dass Charlotte erzählt hatte, sie sei zur Premiere im Marmorsaal eingeladen gewesen. Aber das hier ist nicht Berlin. Der schmale Raum fasst ungefähr vierzig Leute. Die harten Stühle wurden wahrscheinlich aus verschiedenen Wirtschaften zusammengeklaubt und die Musik kommt von drei Männern, die sich an der Seite neben dem Klavier zu einer kläglichen Kapelle versammelt haben. Kein Vergleich zum prachtvollen Filmpalast am Zoologischen Garten, in den mich meine Mutter manchmal mitgenommen hat.

Die Wochenschau beschäftigt sich mit einer Pressekonferenz des Reichskanzler Wirth über den Vertrag von Rapallo in Genua und wird von allen Seiten laut kommentiert. Auf der Leinwand steht flackernd: »Wirth erklärt: ›Der Vertrag ist vollständig veröffentlicht worden und enthält keinerlei geheime Bestimmungen politischen oder militärischen Charakters.‹« Weiter vorne wird höhnisch gelacht: »Wer's glaubt!«, »Die Presse macht die Lügen auch noch mit!« Jakob summt geistesabwesend vor sich hin. »Ein Friedensvertrag ist noch lange kein Grund, paranoid zu werden«, halte ich halblaut dagegen. Gerade will mir ein bräsiger Mann aus der ersten Reihe widersprechen, da kündigt die Musik den Filmbeginn an.

Jakob hält wieder meine Hand, aber so, dass Samuel es nicht sehen kann. Ich bemühe mich, Jakob nicht von der Seite anzusehen. Dann umhüllt mich der Film. Es ist mir fast ein bisschen peinlich, wie sehr ich mich von ihm verführen lasse. Schon den Makler Knock finde ich unheimlich, bei Graf Orlok ergreift mich echtes Grauen. Ich bin froh, als der Film vorbei ist und ich mich wieder entspannen kann. Jakob schlägt vor, ausnahmsweise etwas in der Kneipe nebenan zu trinken. Ich hoffe inständig, dass Samuel jetzt versteht und endlich nach Hause geht. Einen Abend in der Kneipe kann sich eigentlich keiner der Beiden leisten, und normalerweise behauptet Samuel auch noch, Alkohol verschlimmere sein ewiges Magenleiden. Meine Hoffnung wird enttäuscht, er bleibt beharrlich an unserer Seite.

Die Kneipe ist leer, nur zwei Gestalten sitzen stumm am Tresen. Der Wirt hört eine Bemerkung von mir darüber, zuckt mit den Achseln und sagt: »Hat ja niemand Geld.«

Zu seiner Enttäuschung bestellen wir nur einen Tee.

»War das nicht großartig, wie der Film das Übernatürliche mit dem Natürlichen verbunden hat?«, fragt Jakob uns. Sein Pathos und seine Begeisterungsfähigkeit, die ich vor ein paar Monaten noch bewundert habe, gehen mir auf einmal auf die Nerven.

Ich fand den Film eigentlich nur unheimlich, deswegen sage ich nichts. Aber Samuel lässt sich von Jakobs Begeisterung anstecken. »Ja, und die Motive aus der Natur! Die Tiere wussten sofort Bescheid«, sagt er.

»Der Bezug zum Okkulten war jedenfalls offensichtlich. Dieser Brief am Anfang, das waren doch kabbalistische Zeichen, oder?«

Es entspinnt sich eine Diskussion, ob der Film ein dionysisches oder ein apollinisches Medium ist. Ich habe *Die Geburt der Tragödie* vor kurzem erst gelesen, aber ich habe keine Lust, mich zu beteiligen. Ich weiß auch nicht, ob man Nietzsches Kriterien überhaupt auf den Film anwenden kann. Immer kommen mir Zweifel, wenn ich meinen Freunden zuhöre. Dass sie nicht alles für berechenbar halten, finde ich zwar einleuchtend und sogar befreiend, aber die totale Willkür will ich deshalb auch nicht gelten lassen. Außerdem hätte ich viel lieber über diesen Friedensvertrag geredet, aber daran scheinen die beiden überhaupt kein Interesse zu haben.

Ich schweife ab und denke darüber nach, wie unverschämt es von Samuel ist, mir einfach so meinen Abend mit Jakob zu stehlen. Ich fröstele, mehr aus Müdigkeit und Überdruss als wegen der Kälte. Samuel ist sofort zur Stelle: »Luise, ist dir kalt? Soll ich dir meine Jacke geben?«

»Nein, danke. Musst du immer den barmherzigen Samariter spielen?«

Jakob schaut mich überrascht an und sagt: »Also Luise, Samuel wollte doch nur helfen. Kein Grund, ihn so anzugehen.«

Er redet mit mir wie mit einem Kind, das man zurechtweist. Ich fühle mich außerstande, meine indignierte Haltung aufzugeben, und sage nur: »Jetzt sind es also schon zwei Samariter. Dann vertragt euch mal gut. Schönen Abend.«

Ich versuche, die Kneipe angemessen dramatisch zu verlassen, bleibe aber mit dem Zipfel meines Mantels an der Türklinke hängen. Voller Scham und Wut laufe ich lange in den kleinen Straßen herum, bis ich plötzlich vor dem Haus stehe, in dem Maria wohnt. Der Gedanke an ihr warmherziges, kratziges Lachen kommt mir irgendwie tröstlich vor. Ohne weiter nachzudenken, schlage ich den altbekannten Weg ein. Durch die separate Eingangstür, die Treppen hoch, im vierten Stock den niedrigen Gang entlang, dann rechts, bis ich vor Marias Zimmer stehe. Auf mein Klopfen höre ich lange nichts, dann raschelt es und Maria macht die Tür auf. Sie sieht überrascht aus. Natürlich, schließlich war ich schon seit Monaten nicht mehr hier. Herzukommen war keine gute Idee, so aufgelöst wie ich bin.

»Was machst du denn hier?« Besonders freundlich klingt sie nicht. Ich stottere. »Ich wollte nur … Als ich dich vorhin gesehen habe … Ich finde es so schade, dass wir uns nie sehen, und da dachte ich …«

Ihre Miene hellt sich etwas auf.

»Komm erst mal rein. Du bist ja ganz durchgefroren.«

Immerhin ist ihre gemeine Mitbewohnerin nicht da. Wir setzen uns auf ihr schmales Bett, über das eine graue Decke gebreitet ist.

»Lu, du siehst furchtbar aus. Was ist denn passiert?«

Ihr Mitgefühl macht es noch schlimmer. »Jakob –«, bricht es aus mir heraus, dann kann ich vor Tränen nicht mehr weiterreden.

Maria tätschelt zwar meine Schulter und macht beruhigende Geräusche, aber ich meine, auf ihren Lippen ein Lächeln zu sehen.

»Ich hab dir ja schon immer gesagt, dass das keine guten Menschen sind. Und dieser Schönling ist der Schlimmste von allen.«

Ich hätte nichts sagen dürfen, denke ich. Aber Marias Arm um meine Schulter fühlt sich gut an, und eigentlich bin ich froh, meiner Wut auf Jakob freien Lauf lassen zu können. Ich erzähle Maria von meinem Abend, aber schon während ich erzähle, fällt mir selbst auf, wie unangemessen mein dramatischer Abgang war.

»Mach dir nichts draus, Luise. Ich bin mir nicht sicher, ob Jakob Frauen in Wahrheit überhaupt mag«, sagt sie.

»Wie meinst du das?«

Maria lächelt immer noch, jetzt allerdings verschwörerisch.

»Das sind natürlich nur Gerüchte, aber es heißt, er ist Meister Itten nah, wenn du verstehst, was ich meine.«

Ich verstehe überhaupt nichts. Ich will nicht verstehen. Jakob und Johannes, das kann gar nicht sein. Andererseits, die viele Zeit, die er mit Johannes verbringt, die vertraute Art, mit der er seinen Namen ausspricht … Aber warum sollte er sich dann mit mir einlassen? Den letzten Satz habe ich laut ausgesprochen.

Maria sagt: »Vielleicht stimmt es ja auch gar nicht. Aber

wenn da etwas dran wäre, wäre es doch gut, wenn Jakob eine offizielle Freundin hätte.«

»Offiziell, schön wär's! Jakob versteckt mich ja sofort, wenn wir jemanden treffen.«

»Vielleicht ist er sich auch selbst nicht sicher. Auf jeden Fall wäre ich vorsichtig.«

Wir spekulieren noch lange über Jakobs mögliche Motive, und der Abend stellt die Nähe zwischen Maria und mir wieder her, auch wenn ich ahne, dass dieser Zustand nicht lange anhalten wird.

*

Ich bin aufgeregt. Im hellen Raum im dritten Stock, in dem normalerweise der Unterricht stattfindet, stellen wir unsere besten Vorkursarbeiten aus. Ein von Johannes angeführtes Komitee geht durch den Raum und begutachtet alles. Er bleibt bei jedem Studenten stehen, bespricht die Arbeit und empfiehlt dann eine Werkstatt, der beigetreten werden soll. Seinen Empfehlungen wird in den wenigsten Fällen widersprochen. Es dauert nicht mehr lange, dann bin ich an der Reihe. Im Moment steht die Gruppe bei dem schmalen Jungen nebenan, der leicht vornübergebeugt etwas am unteren Rand seiner großen Skulptur zeigt, die aus Eisen und Holz gebaut ist und furchtbar martialisch aussieht.

Ich kann mich nicht auf das konzentrieren, was er sagt. Meine fragile Holzkonstruktion steht auf einem Sockel, den ich eigens für sie gebaut habe. Ich habe Angst, dass sie sich als genauso zerbrechlich erweist, wie sie aussieht. In den letzten zwei Wochen habe ich ununterbrochen in der Tischlerei an ihr gearbeitet, um außer den Arbeiten aus dem Vorkurs noch etwas anderes zeigen zu können, etwas, das meine Interessen besser repräsentiert. Die Studenten dort beäugten mich erst misstrauisch, aber dann traf ich eine Vereinbarung mit dem Formmeister und sie gewöhnten sich an meine Anwesenheit. Nach einer Weile lobten sie sogar mein Geschick, und als die Skulptur endlich fertig war, gab es einhellige Bewunderung. Mein Gebilde ist nicht besonders groß, es reicht mir ungefähr bis zur Kniekehle. Filigran geschnittene Holzstücke werden von Fäden und Schnüren zusammengehalten, ein architektonisches Modell ohne jeden Anspruch auf Realisierung. Zart sollte es aussehen, schwebend, und zugleich technisch, wie die Reste der hundertsten Kopie einer Zeichnung.

Jetzt bin ich an der Reihe, und obwohl ich mir genau zurechtgelegt habe, was ich sagen will, gewinnt mein Körper auf einmal die Oberhand. Es surrt in meinen Ohren, ich schwitze schrecklich und mein Herz schlägt so schnell, dass ich die Sätze herauspressen muss. Außerdem stellt Johannes lauter Fragen, die überhaupt nichts mit meiner Skulptur zu tun haben. Ich komme einfach nicht dazu, mein fantastisches Gebäude zu erklären. Meine Frustration darüber, dass Johannes nicht zu verstehen scheint, wird immer größer.

Schließlich höre ich ihn sagen: »Keine Sorge, Luise, die meisten Frauen haben Defizite im dreidimensionalen Sehen. Das hat nichts mit dir zu tun. Ich würde dir allerdings empfehlen, in die Textilwerkstatt zu gehen. Dort kannst du auch dein Talent für Farbgebung weiterentwickeln, das du ja schon unter Beweis gestellt hast.« Ich sehe ihn feindselig an, sage aber nichts. Erst als das Komitee schon zu den Arbeiten eines anderen Mädchens weitergezogen ist, wird mir die ganze Tragweite seines Urteils bewusst. Ich werde nicht in die Tischlerei gehen können, sondern mit Maria und Sidonie in der Weberei sitzen müssen und etwas tun, das nicht mal entfernt mit dem Häuserbau zu tun hat. Dabei habe ich die letzten Wochen nicht nur an der Skulptur gearbeitet, ich habe auch unzählige Architekturzeitschriften gelesen, um mehr vom zeitgenössischen Baugedanken zu verstehen. Die Enttäuschung ist schwer zu ertragen. Ich ärgere mich über meine Naivität. Ich hatte nie daran gezweifelt, dass man mich in der Tischlerei aufnimmt. Und dann kommt mir ein Gedanke, der mich noch mehr erschüttert: Was, wenn Johannes recht hat? Vielleicht fehlt es mir tatsächlich an Talent. Mit Grauen denke ich an mein erstes Treffen mit Gropius zurück. Wahrscheinlich wollte er mir schon damals behutsam zu verstehen geben, dass ich für die Architektur nicht geeignet bin, und ich war zu verblendet, um es mir einzugestehen.

*

Die Semesterferien verbringe ich diesmal fast ausschließlich in meinem Zimmer. So kurz nach Weihnachten lohnt es sich für kaum jemanden, nach Hause zu fahren. Um nicht mehr an Jakob, Johannes und die mir drohende Webwerkstatt denken zu müssen, vergrabe ich mich in Büchern. Ich habe es satt, zwischen meinen Freunden wie eine distanzierte Beobachterin herumzustehen, ich will endlich dazugehören. Es ist ja nicht so, als würde mich jemand davon abhalten, sogar Sidonie hat mich mittlerweile akzeptiert. Es sind nur meine eigenen Zweifel an der Lehre, die mir immer wieder das vage Gefühl geben, unehrlich zu sein. Meine Freunde sind intelligente Menschen, und vor Johannes habe ich großen Respekt, es muss da also etwas geben, das ich noch immer nicht verstanden habe.

Ich habe mir alle Bücher aus der Bibliothek ausgeliehen, deren Titel oder Autoren mir bekannt vorkamen, weil meine Freunde sie bei verschiedenen Gelegenheiten erwähnten. Auf meinem Nachttisch liegt nun ein Durcheinander: ein erschreckend dickes Buch namens »Die großen Eingeweihten«, ein Roman von Knut Hamsun, Afrikanische Märchen und schließlich »Die Bahn und der rechte Weg« des Lao-Tse. Außerdem ein paar alte Ausgaben von »Der Sturm«. Ich fange mit dem Roman an, allerdings sind die ewigen Naturbeschreibungen ermüdend und der Held ist mir so unsympathisch, dass ich schon bald die Geduld verliere. Stattdessen blättere ich in den Zeitschriften. Ich lese ein paar interessante kunsttheoretische Artikel, von denen ich aber nicht das Gefühl habe, dass sie mich auf meiner Suche nach Antworten viel weiterbringen.

Dann fällt mein Blick auf ein kleines Buch mit dem Titel »Die Auflösung der Städte«. Ich habe es mitgenommen, weil mir der Name des Autors, Bruno Taut, schon einmal im Zusammenhang mit Gropius begegnet ist. Es besteht fast nur aus Illustrationen, aus Bildtafeln, die mit ein wenig Text versehen sind. Ich vertiefe mich in die Seiten und bin völlig fasziniert. Da ist sie doch, die architektonische Vision, die nicht einmal Sidonie mit einem abfälligen Lächeln von sich weisen würde. Immer tut sie so, als wäre das Bauen eine rein handwerkliche Angelegenheit, die unserer künstlerischen Ambitionen nicht würdig sei. Aber Taut träumt vom Ende der Städte, von Siedlungen in der Natur, in denen die Menschen ohne Zäune in Gemeinschaften leben. Ich finde nichts, was der Mazdaznan-Lehre widersprechen würde. Im Gegenteil, es gibt sogar ein paar Tempel, das »Heiligtum der Glühenden«, das sich wie eine Flamme in die Höhe reckt, und den »Sterntempel«, der zwar sternförmig angelegt ist, aber eher einer Pflanze gleicht. Zwar spielt auch die Technik eine Rolle, »Die Große Blume« etwa ist eine Art Fruchtbarkeitssymbol, das gleichzeitig ein »Flugzeugweiser« ist, doch steht oben in der Ecke beinahe demonstrativ: »Technik ist jetzt etwas ganz anderes als in der Fabrikschorn-Steinzeit«. Die Zeichnungen sind mehr grobe Skizzen als genaue Pläne, wohl um den organischen Formen mehr Gewicht zu geben. Wenn Architektur auch so aussehen kann, dann gibt es vielleicht doch einen Platz für mich in dieser Weltanschauung.

Ich muss über den schiefen Phallus lachen, der höchstwahrscheinlich blinken soll, um den Flugzeugen den Weg zu weisen. Dann fällt mein Blick auf einen Satz in der unteren Ecke, den ich beinahe übersehen hätte: »Der Begriff des Besitzes ist verschwunden – also auch die Ehe. Alles ist geliehenes Pfund – Lust ist nur Freude.« Ich denke an Jakob. Ich habe zwar nie auch nur angedeutet, dass er mich heiraten soll, aber vielleicht bin ich die Sache trotzdem falsch angegangen. Mir ist klar, dass man einen Menschen nicht besitzen kann, und nicht mal der Wunsch danach passt in mein Selbstbild. Dennoch muss ich mir eingestehen, dass ich mich genau so verhalten habe: besitzergreifend. Meine Enttäuschung, meine nagende Eifersucht, die sich längst in ein gedämpftes, beständiges Ziehen verwandelt hatte, verschwindet auf einmal. Vielleicht steckt in Bruno Tauts Satz vom Ende des Besitzes ja ein Weg, mit Jakob umzugehen. Vielleicht muss ich mir diese Wahrheit so einbläuen, dass sie mir immer gegenwärtig ist. Ich lege das Buch zur Seite und mache mich auf die Suche nach Jakob.

Ich finde ihn in der Bildhauerei-Werkstatt. Er ist erstaunt, mich zu sehen, und mir fällt erst jetzt auf, dass ich gar nicht weiß, was ich ihm sagen will. Statt ihm von meiner neuen Zuversicht zu erzählen, fange ich ein freundliches, oberflächliches Gespräch mit ihm an. Langsam lockert sich die Stimmung. Ich habe das Gefühl, er will gar nicht so genau wissen, wieso ich ihm nicht mehr böse bin. Mit einer Leichtigkeit, die ich mir nicht zugetraut hätte, in der ich mir aber weit besser gefalle als in der verkrampften Skepsis, die ich in den letzten Wochen mit mir herumgetragen hatte, verabschiede ich mich bald wieder – aber nicht, ohne ihm vorher einen Kuss auf die Wange gegeben zu haben.

*

Ermutigt von meiner Lektüre beschließe ich, rigoroser zu werden. Auch, was meinen Körper angeht. Bis jetzt habe ich die Anweisungen, die unser Leben ordnen sollen, eher halbherzig befolgt. Ich habe zwar auf Fleisch verzichtet, Wechselbäder genommen und die gemeinsamen Wanderungen über mich ergehen lassen, aber das Aufstehen bei Sonnenaufgang habe ich nach zwei Tagen wieder aufgegeben. Ich habe mich nie genug mit der Temperamentenlehre beschäftigt, um mit meinen Freunden über die Eigenschaften anderer Studenten spekulieren zu können, und auch die Fastenzeit habe ich ausgelassen.

Jetzt bin ich fest entschlossen, auch die letzten Zweifel, die in meinem Hinterkopf noch wabern, zu beseitigen. Die anderen fasten schon seit einer Woche, aber Erich hat mir versichert, dass auch ein kürzerer Zeitraum zur Reinigung beitragen kann. An Erich wende ich mich jetzt immer, wenn ich Fragen zur

Lehre habe. Im Gegensatz zu Sidonie, die nur die Augenbrauen hebt, und Jakob, vor dem ich mir keine Blöße geben will, erklärt er mir alles geduldig und mit immer gleichbleibender Sanftheit. Nie tut er so, als müsste ich schon längst wissen, wovon die Rede ist.

Er gibt mir eine bittere Tinktur, die als Abführmittel dient. Die ersten drei Tage sind fürchterlich, auch darauf hat er mich vorbereitet. Ich habe Magenkrämpfe und kann nicht schlafen, aber vor allem scheitere ich bei jedem Versuch, mich auf etwas anderes als die Leere in meinem Kopf zu konzentrieren. Das ist, glaube ich, sogar das Ziel der Übung, aber ich empfinde dabei nichts als Langeweile. Noch nie kam mir die Zeit so zäh vor. Gewissenhaft stehe ich bei Sonnenaufgang auf, und immer fühlt es sich an, als sei es mitten in der Nacht. Der Hunger verstärkt die Müdigkeit, und so wanke ich kaum ansprechbar durch die Tage. Ich will mich auch an die vorgeschriebenen Leibesübungen halten, aber schon bei meinem ersten längeren Spaziergang werde ich so zittrig, dass ich umkehren muss. Hätte ich genügend Energie, würde ich wahrscheinlich wütend werden, denn wer denkt sich so etwas aus, in einer Zeit, in der sowieso niemand genug zu essen hat?

Dann, am vierten Fastentag, wache ich auf und alles ist anders. Meine Wahrnehmung ist so intensiv, dass ich den Kaffee, den Frau Werner unten brüht, bis in mein Zimmer rieche. Alles ist farbiger als sonst, eine wilde, schnelle Euphorie breitet sich in mir aus. Das Gefühl der Durchsichtigkeit, das mir gestern noch unangenehm war, hat sich in eine schwebende Leichtigkeit verwandelt. Zum ersten Mal seit Tagen möchte ich wieder unter Menschen sein, möchte mich mitteilen.

Die restliche Fastenzeit verbringe ich tagsüber im Tempelherrenhaus, wo Erich eine nicht ganz offizielle Behausung gefunden hat. Die Spaziergänge fallen mir nicht mehr schwer. Morgens machen wir Turnübungen, mittags und abends wandern wir durch den Park. Die moralische Überlegenheit gegenüber den anderen Studenten bereitet mir Genugtuung, auch wenn ich das natürlich nie zugeben würde. Ich fühle mich zugehörig, und das ist ein warmes, wohliges Gefühl. Bei den Gesprächen über Spiritualität und Kunst kann ich jetzt mitreden, und auch das macht mir Spaß, auch wenn es sich für mich nur anfühlt wie ein Spiel, dessen Regeln ich endlich verstanden habe. In den Momenten, in denen ich widersprechen will, und diese Momente gibt es immer noch, schiebe ich meine kritischen Gedanken beiseite und schweige. Ich stürze mich mit allem Eifer in die Webarbeit – das heißt, eigentlich zeichne und male ich lediglich Entwürfe für Stoffe und stelle mir dabei vor, es seien bunte architektonische Grundrisse. Mich an den Webstuhl zu setzen verschiebe ich immer wieder. Die anderen sind begeistert von meinen Entwürfen, aber ich kann ihr Lob nicht richtig genießen, meine Arbeiten kommen mir immer ein wenig belanglos vor.

*

Der Ilmpark wird immer grüner, während ich meinen komplizierten Tanz mit Jakob weiter aufführe. Zeitweise sehen wir uns fast regelmäßig. Wir verbringen Abende zu zweit, schlafen mit- und, seit es wärmer ist, auch nebeneinander, trinken und reden stundenlang. Ich genieße den Rausch, der mich mit einem Druck auf der Kehle und einem Surren in den Ohren überkommt, wenn wir uns sehen. Dann gibt es wieder Wochen, in denen ich ihn kaum zu Gesicht bekomme und in denen er manchmal gar nicht erst auftaucht, wenn wir uns verabredet haben. Die abrupten Wechsel zwischen der intimen Nähe und den Tagen, an denen er offensichtlich überhaupt nicht an mich denkt, verwirren mich. Er fehlt mir dann, und ich frage mich, was er tut und wen er sieht. Ich versuche, mich an den Moment der Ruhe und Zuversicht in den Semesterferien zu erinnern, doch er kommt mir immer mehr abhanden. Nach wie vor geht Jakob auf Abstand, wenn wir in Gesellschaft sind, und auch das macht mir zu schaffen. Von den anderen weiß nur Samuel Bescheid, dessen Interesse an der Geschichte so ungebrochen ist, dass ich mich manchmal frage, ob er nicht selbst ein wenig in Jakob verliebt ist. Bei Sidonie habe ich das Gefühl, sie ahnt etwas, aber sie würde mich bestimmt nicht darauf ansprechen. Ihre sporadische Freundlichkeit ist seltener geworden. Stattdessen macht sie jetzt manchmal Bemerkungen über die »Notwendigkeit, die fleischlichen Bedürfnisse zu überkommen«, und schaut mich dabei wie einen großen, ekelhaften Käfer an, in den ich mich dann auch pflichtschuldigst verwandle. Wenn ich Jakob und Johannes zusammen sehe, beobachte ich sie genau. Mit beinahe forensischem Interesse verfolge ich jede ihrer Bewegungen und Gesten, aber nie entdecke ich etwas Eindeutiges. Jakob darauf anzusprechen verschiebe ich immer wieder, und schließlich entscheide ich einfach, dass Marias Erzählung tatsächlich nur ein Gerücht war.

Es ist einer der ersten wirklich warmen Sommertage. Wir sitzen auf dem Dach des Tempelherrenhauses. Erich hat diesen Ort für seine Sonnenbäder auserkoren und ich genieße die Hitze auf der schattenlosen Steinfläche. Lachend erzählt Sidonie von einer ihrer ersten Unterrichtsstunden bei Johannes, die Jakob damals wohl verpasst hat.

»Er hat eine Zitrone auf den Tisch gelegt und wir sollten ihr Wesen darstellen. Du glaubst doch nicht, dass auch nur einer von uns es richtig gemacht hat!«

»Aber du warst doch das Wunderkind im Vorkurs«, sagt Jakob, und die Art und Weise, wie er sie anlacht, gefällt mir überhaupt nicht. »Du hast es bestimmt nicht falsch gemacht.«

»Doch! Dann kam es nämlich: Wir zeigten alle unsere Zeichnungen. Erich hatte wilde Abstraktionen gemalt, Samuel eine weiche, fast zerfließende Zitrone, und ich wollte das Gelb mit Farbstiften einfangen. Aber Johannes hielt die Zitrone in die Höhe, biss hinein und verzog ganz furchtbar das Gesicht. ›Das ist das Wesen der Zitrone, das hättet ihr darstellen müssen‹, sagte er.« Jetzt lachen auch Erich und Samuel. »Du hättest unsere Gesichter sehen sollen!«, ruft Sidonie.

Jakob und Sidonie ergehen sich in Lobpreisungen von Johannes' pädagogischem Genie. Ich kann nicht mitreden und fühle mich ausgeschlossen. Immer kreisen die Gespräche nur um unsere eigene kleine Welt. Ich glaube, ich bin die Einzige von uns, die regelmäßig Zeitung liest. Letztes Wochenende ist Walther Rathenau von Rechten ermordet worden, das ganze Land spricht über einen möglichen Bürgerkrieg, und wir? Wir reden über zerfließende Zitronen und unsere Diäten.

Jetzt fängt Sidonie von ihrem anderen neuen Lieblingsthema an. Der holländische Künstler Theo van Doesburg hat sich hier in Weimar niedergelassen und gibt Privatkurse in seinem Atelier, die von vielen Bauhäuslern besucht werden. »Der hofft immer noch, dass Gropius ihn zum Meister beruft«, sagt Jakob.

»Habt ihr die unmögliche Zeichnung von diesem Does-burg-Verehrer Peter Röhl gesehen?«, fragt Sidonie, wartet aber die Antwort nicht ab, sondern erklärt: »Eine Karikatur von Johannes hat er gezeichnet. ›Distelseher‹ nennt er ihn. Ich finde das überhaupt nicht lustig. Überhaupt macht Doesburg in seinen Kursen ständig Stimmung gegen uns.«

»Der soll sich mal lieber auf seinen Unterricht konzentrieren«, sagt Samuel.

»Wenn man alles, auch die Intuition, auf Zahlen reduzieren will, dann gibt es eben nicht viel zu unterrichten«, antwortet Sidonie.

Wir bemerken die zwei dicken Beamten vor dem Tempelherrenhaus erst, als einer von ihnen ruft: »Das gibt es ja wohl nicht, jetzt sitzen diese Flegel schon wieder auf dem Dach.« Der Ältere der beiden brüllt: »He, ihr! Kommt sofort da runter!«

Erich nimmt Haltung an, was mit nacktem Oberkörper und in seiner halb liegenden Position sehr komisch aussieht. »Jawohl! Sofort, Herr … Herr …« Wir anderen können uns kaum halten vor Lachen. »Meine Herrschaften, ich weiß beim besten Willen nicht, was daran so lustig sein soll. Herunter mit Ihnen, aber schnell!« Der Ältere hat sich in Rage geredet, er fuchtelt mit den Armen und sein kleiner Kopf läuft unter dem wilhelminischen Schnurrbart rot an.

»Das ist der Rentamtmann, der war schon einmal hier. Kommt, ich will keine Probleme«, sagt Erich. Ihm zuliebe beeilen wir uns und klettern kichernd die schmale Treppe hinunter. Unten angekommen versucht Erich die beiden Männer zu beruhigen. Eine Weile beobachten wir die Verhandlungen, dann sage ich, dass ich nochmal in die Werkstatt muss.

Jakob will mich begleiten, und zu meiner Überraschung kommen weder Sidonie noch Samuel auf die Idee, sich anzuschließen.

Wir machen einen Umweg durch den Park. Eine Weile schlendern wir schweigend nebeneinanderher, schließlich sage ich: »Versteh mich nicht falsch, ich finde, Johannes ist ein wunderbarer Lehrer. Aber manchmal hat eure Bewunderung etwas Seltsames.«

»Seltsam? Wie meinst du das?«

»Sie ist so unbedingt. Als wäre Johannes unfehlbar. Aber sollte man nicht bei allen Menschen ab und zu hinterfragen, was sie tun?«, frage ich.

Jakob bleibt stehen. »Wieso? Was hat Johannes denn getan?«, fragt er.

»Gar nichts. Nichts Verwerfliches. Zumindest nichts, von dem ich wüsste. Aber ihr tut so, als wäre er ein Gott, ein Guru, der sich überhaupt nie etwas zuschulden kommen lässt.«

»Ich verstehe nicht, was du auf einmal gegen ihn hast. Er zieht sich doch sowieso immer mehr zurück, seit Gropius die Leitung der Werkstätten neu verteilt hat«, sagt Jakob.

»Aber darum geht es doch gar nicht!« Ich atme tief durch. »Wenn er die Regeln macht und ihr ihm blind folgt, was unterscheidet euch denn dann von den Philistern, die ständig in die Kirche rennen? Inwiefern seid ihr besser als Erichs Eltern, die ihren eigenen Sohn verstoßen haben, nur weil er hier studieren wollte?«

Jakob schüttelt den Kopf und sieht mich enerviert an. »Ich finde, jetzt übertreibst du.«

»Vielleicht. Aber weißt du, wenigstens frage ich nach solchen Dingen. Ihr denkt nie über irgendetwas nach, was außerhalb eurer eigenen Welt liegt. Muss Kunst nicht auch politisch sein, gerade in Zeiten wie diesen?«

»Wieso denn? Wenn wir Politiker sein wollten, wären wir doch nicht hier.«

»Ich rede ja nicht von Politik, wie sie im Rathaus gemacht wird. Aber alles wird immer extremer, die Leute schlagen sich die Köpfe ein, und wir beschäftigen uns nur mit uns selbst.«

»Luise, ich verstehe nicht, warum wir uns jetzt streiten müssen. Es ist so schönes Wetter, können wir nicht einfach friedlich spazieren gehen?«

Ich gebe auf. Schweigend schlagen wir den Weg zu den Werkstätten ein, während ich die Diskussion mitsamt allen meinen guten Argumenten in meinem Kopf weiterführe. An der Tür zur Weberei sagt Jakob: »Ich sollte nochmal zu meiner Skulptur«, gibt mir einen schnellen Kuss und verschwindet in Richtung der Bildhauerei. Eine Weile schaue ich ihm nach, dann raffe ich mich auf und trete in die Werkstatt.

*

Trotz des schönen Wetters sind fast alle Webstühle besetzt. Der Raum ist erfüllt von Surren und Klackern, von einem Grundton der Geschäftigkeit und Produktivität, der mir jetzt schon auf die Nerven geht. Wie im Haupthaus sind die Räume hier mit großen Fenstern versehen, die Sonne schlägt heiß durch das Glas. Die Luft ist staubig. Formmeister Muche sitzt an einem Webstuhl in der ersten Reihe, neben ihm Maria. Sie hat mich nicht bemerkt, und ich zögere kurz, bevor ich mich auf dem freien Platz direkt hinter ihr niederlasse.

Beim Einfädeln des Schussfadens stelle ich mich nicht

besonders geschickt an, aber das mag an der Halbherzigkeit liegen, mit der ich mich meiner Arbeit widme. Eigentlich ist das Handwerk des Webens kein großes Geheimnis. Einfädeln, das Schiffchen durch die Kettfäden schieben, anschlagen und dann wieder von vorn, immer weiter, bis ins Unendliche. Diese Monotonie könnte ich ja noch ertragen, aber die Webmaschinen sind keine wohlwollenden Herrscher. Man bedient sie unterwürfig, und trotzdem machen sie einem das Leben schwer: Mal brechen die Kettfäden, mal klemmt das Pedal, und wenn man auch nur ein einziges Mal falsch anschlägt, muss man alles wieder auffädeln.

Immerhin kann ich bei der eintönigen Arbeit meinen grimmigen Gedanken nachhängen. Ich verstehe nicht, warum Sidonie diese Werkstatt hier so bereitwillig besucht, ist sie doch der Inbegriff der Rationalisierung und Technisierung, gegen die sie sich ständig so vehement ausspricht. Aber Sidonie macht eben, was Johannes ihr sagt. So viel zu seinem pädagogischen Genie. Vielleicht hatte er Recht, dass ich nicht für die Arbeit in der Tischlerei geeignet bin, aber ausgerechnet die wilde Sidonie hierher zu schicken, das kann einfach nicht richtig sein.

Mein Schussfaden ist schon wieder zu Ende. Der Stoff, mit dem ich angefangen habe, ist zu locker gewebt und sieht schlampig aus. Anstatt eine neue Spule zu holen, lasse ich das Schiffchen liegen und starre durch den Rahmen meines Webstuhls auf Marias Hinterkopf. Sie spricht leise mit Meister Muche. Ein nicht sehr missgünstiger Neid überkommt mich, eine Sehnsucht fast. Ich beneide Maria darum, dass sie so sicher weiß, was sie denken soll und wo sie hingehört. Darum, dass sie einen Lehrer hat, mit dem sie sich offensichtlich über alles einig ist. Darum, dass sie mit sich, mit ihrer Weltsicht und mit ihren Freunden im Reinen ist.

Vielleicht hat Maria meinen Blick gespürt, jedenfalls dreht sie sich um und ihre großen Augen weiten sich. »Luise! Was machst du denn hier?« Irgendwie habe ich es geschafft, Maria in diesem Semester noch kein einziges Mal in der Weberei zu treffen. Ich war mir sicher, sie wüsste von meiner Zuteilung in die Werkstatt, aber sie sieht überrascht aus. Seit meinem Gefühlsausbruch in ihrem Zimmer habe ich sie gemieden, ich wollte meine Inkonsequenz gegenüber Jakob wohl nicht vor ihr zugeben. Maria hat ihrerseits keinen Versuch gemacht, mich zu sehen. Bestimmt hat sie bemerkt, dass ich zumindest von meinen Freunden nicht gelassen habe. Ich will sie nicht verärgern, aber gerade jetzt, da ich mich derart trostlos fühle, kann ich kein höfliches Gespräch mit dieser Person führen, die sich so fremd und gleichzeitig so vertraut anfühlt. »Ich arbeite jetzt auch hier in der Werkstatt. Aber ich wollte gerade gehen«, ist alles, was ich hervorbringe. Hastig räume ich meinen Platz auf, rufe noch ein »Bis bald« in ihre Richtung und verlasse mit schnellen Schritten den staubigen Raum.

*

Der Bauhaus-Garten gedeiht prächtig. Er wurde erst vor zwei Jahren auf der anderen Seite des Ilmparks angelegt, an einem Hang, gesäumt von einem Kastanienwäldchen und einer Kaserne. Es werden vor allem Kartoffeln, aber auch Zwiebeln, rote Rüben und Rhabarber für unsere Kantine angebaut. Meine Ausdauer hat sich durch das viele Wandern verbessert, trotzdem gerate ich auf den letzten paar Metern außer Atem. Ich bleibe stehen und halte nach Jakob Ausschau. Ich entdecke Sidonie, deren rote Locken hinter einem Himbeerstrauch zum Vorschein kommen. Als ich näherkomme, sehe ich auch Samuel und Jakob, die am Boden knien und jäten.

Samuel schaut mich durch seine schief sitzende, verschmierte Brille an und sagt: »Ah, Luise, hilfst du uns mit dem Unkraut?«

»Ich bin mit Jakob verabredet«, sage ich. Sidonie wirft Jakob einen prüfenden Blick zu und er sagt hastig: »Ja, Luise und ich wollten über ein Projekt reden, das wir vielleicht zusammen machen.« Er klopft sich den Dreck von der Hose und wir verabschieden uns. Es sind noch nicht alle Teile des Geländes bepflanzt, schließlich soll hier bald auch die Bauhaus-Siedlung entstehen. Als wir außer Sicht sind, sage ich: »Wir machen also ein Projekt zusammen, das ist ja interessant.« Er hatte gehofft, dass ich seine Ausflucht übergehe, das sehe ich ihm an. Anstatt mir zu antworten, nimmt er meine Hand und zieht mich an sich. Mit glühender Kälte frage ich: »Was genau ist das denn für ein Projekt?« Er lässt von mir ab, wie jemand, der enttäuscht aufgibt. Schließlich sagt er: »Hör mal, Luise, es ist doch schön so, wie es ist. Wenn wir jetzt allen von uns erzählen, mischen sie sich nur ein. Das würde einen Druck erzeugen, der überhaupt nicht nötig ist.«

»Was würden wir denn da erzählen? Ich weiß ja noch nicht mal, was ›wir‹ eigentlich sind!«

»Aber wieso müssen wir das denn festlegen? Schau sie dir doch an, die bürgerlichen Ehen. Meinst du ernsthaft, Beziehungen werden besser, wenn man sie eingrenzt und beschränkt?«

Jetzt hat er mich. Wenn ich widerspreche, bin ich bürgerlich und fantasielos, wenn nicht, gebe ich ihm recht bei seinem Schlingerkurs. Wir laufen schweigend über das mit feuchtem Klee bewachsene Gelände, das nur von ein paar Villen zu unserer Rechten eingegrenzt ist. Um mich abzulenken, versuche ich mir vorzustellen, wie man wohl das Grundstück mit Wohnhäusern für Studenten und Meister bebauen könnte. Die Kastanien sollen bestehen bleiben, es würde also nicht einfach werden. Vielleicht wäre es aber sogar gerade reizvoll, flach und etwas versprengt zwischen die hohen Bäume zu bauen.

Jakob sagt: »Hast du schon vom Aryana-Haus gehört?« Ich schüttle trotzig den Kopf, aber er lässt sich nicht beirren. »Das ist in der Schweiz, in Herrliberg. Dort gibt es ein Haus, in dem nur Mazdaznan-Anhänger wohnen. Es gibt eine Druckerei und eine Bäckerei. Die stellen dort sogar Seifen her, speziell für die verschiedenen Temperamente. Das Haus liegt direkt am Zürichsee, mitten in der Natur. Klingt das nicht wunderbar?« Ich bin immer noch nicht bereit, meinen Widerstand aufzugeben. Dann sagt Jakob: »Ich überlege, vor den Ferien eine Woche hinzufahren. Zum Drachenfest wäre ich wieder da, und den Meistern kann man das bestimmt als Fortbildung schmackhaft machen. Komm doch mit!« Ungläubig schaue ich ihn an. Eine ganze Woche ohne diese Intervalle der Abwesenheit, die mir immer unnatürlicher vorkommen. »Na gut, von mir aus«, sage ich und verrate mich durch ein seliges Lächeln.

*

Wir fahren erst in drei Tagen los. Trotzdem lege ich schon Kleider raus, sortiere Bücher und überlege, welchen meiner beiden Koffer ich mitnehmen soll. Ich entscheide mich schließlich für den kleineren. Seit ich die Mönchsjacke mit dem steifen Kragen trage, wechsle ich nur noch zwischen zwei Hosen, meine Kleider aus Berlin hatte ich seit Monaten nicht an. Sicherheitshalber lege ich auch den Kosmetikbeutel bereit, den mir Charlotte gegeben hat, obwohl ich bezweifle, dass ich in Herrliberg Anlass haben werde, mich zu schminken. Dass ich nicht gern in der Natur bin, ist mir schon seit unseren ersten Ausflügen klar. Sicher, die Aussicht vom Gipfel des Ettersbergs oder vom Horn ins Ilmtal hinunter ist sehenswert, aber auch sie wiegt die Strapazen einer Wanderung nicht auf. Die Natur kam mir immer feindselig vor, ich verstehe nicht, warum man ganz ohne Not auf den Komfort der Zivilisation verzichten sollte. Aber diese Gedanken behalte ich für mich. Wenn Sidonie über die wunderbaren reinigenden Kräfte der Natur spricht, nicke ich jedes Mal zustimmend.

Es klopft an meiner Zimmertür, Jakob steckt den Kopf herein. Frau Werner hat ein sonderbar gelassenes Verhältnis zu diesem Herrenbesuch. Dass er manchmal die Nacht hier verbringt, ahnt sie hoffentlich nicht einmal, aber Jakobs Jungencharme ist sie gleich bei seinem ersten offiziellen Besuch bei Kaffee und Kuchen verfallen.

»Ich habe gerade einen Brief bekommen«, sagt Jakob und lächelt angestrengt. »Meine Mutter ist krank geworden. Ich muss sofort nach Österreich fahren.« Ich weiß nicht, was ich erwartet habe. Natürlich können wir nicht einfach zusammen wegfahren. Natürlich muss irgendwas dazwischenkommen. Ich schiebe meine Enttäuschung beiseite, ich weiß ja, wie sehr

Jakob seine Mutter liebt. Stattdessen bemühe ich mich, so gut ich kann, um Verständnis und Mitgefühl. Genaueres weiß er selbst nicht, der Brief kam von der Nachbarin. Ihm war nicht viel mehr zu entnehmen als ihre Sorge um Jakobs Mutter und die Bitte, möglichst bald nach Hause zu kommen. Jakob ist sichtlich erleichtert, dass es diesmal keinen Streit mit mir geben wird, mit geistesabwesender Zärtlichkeit sieht er mich an.

»Du kannst ja auch alleine in die Schweiz fahren«, sagt er. »Vielleicht will von den anderen jemand mit, Samuel oder Erich zum Beispiel.« Er weiß nicht, dass ich mich für das Haus in Herrliberg in Wahrheit gar nicht interessiere, dass ich nur zugesagt habe, um ihn eine Woche lang nicht vermissen zu müssen. Und jetzt fährt er ohne mich weg und kann mir noch nicht einmal sagen, wann er wiederkommen wird.

*

In den nächsten Tagen fällt es mir noch schwerer als sonst, mich auf die Arbeit in der Weberei zu konzentrieren. Mein Stoff wird und wird nicht fertig, die anderen Studenten maulen schon, weil ich immer denselben Webstuhl belege. Statt an meinem Entwurf zu arbeiten, gehe ich zum Bahnhof und schaue mir die Fahrpläne an, um zu sehen, welche Zugverbindung Jakob wohl genommen hat. Ich besorge mir eine Karte von Österreich, um herauszufinden, wo genau Auersthal liegt, das kleine Dorf, aus dem er kommt. Näher fühle ich mich ihm trotzdem nicht. Nach einer Woche halte ich es nicht mehr aus und überlege, ein Telegramm zu schreiben. Samuel hat sicher seine Adresse. Aber ein Telegramm wirkt so dringlich, und eigentlich habe ich ihm gar nichts mitzuteilen. Also einen Brief? Aber was, wenn er erst nach Jakobs Abreise in Auersthal ankommt? Schließlich schreibe ich eine möglichst harmlose und kurze Nachricht auf mein Briefpapier, die den Vorwand enthält, Georg Muche wolle wissen, wann man mit Jakobs Rückkehr rechnen könne. Als ich sie abgeschickt habe, fühle ich mich ein wenig besser, dann kehrt meine Nervosität in doppelter Stärke zurück.

Am Abend des Drachenfests laufe ich zum Tempelherrenhaus, wo ich mich mit den anderen verabredet habe. Wir wollen uns nur kurz bei den Festlichkeiten blicken lassen. Es ist warm, windet aber so sehr, als hätte der diplomatische Gropius diesmal einen Pakt mit irgendeinem Wettergott geschlossen, um das Drachensteigen möglich zu machen. Der Gedanke an das Fest letztes Jahr macht mich wehmütig. Ich denke an meine vielköpfige Hydra, an Maria und an meine Aufregung. Alles war damals möglich. Eine große Liebesgeschichte mit Jakob ebenso wie eine Laufbahn als Architektin oder eine Gruppe von Freunden, in deren Welt ich mich vorbehaltlos zu Hause fühle.

Der Wind zerrt an der großen Holztür. Als ich schließlich meinen Weg ins Innere finde, sehe ich nur Sidonies roten Haarschopf. Sie steht an dem kleinen Tisch in der Ecke und bereitet ihren grässlichen Tee zu. Ohne sich umzudrehen, sagt sie: »Samuel und Erich sind noch auf ihrem Abendspaziergang. Möchtest du auch eine Tasse heißen Wurzelsaft?« Weil ich Sidonie immer noch gefallen möchte, sage ich ja und bemühe mich, beim ersten Schluck nicht das Gesicht zu verziehen. Wir schweigen. Die Stille scheint ihr nichts auszumachen, ich dagegen werde nervös und überlege angestrengt, wie ich sie füllen könnte. Johannes ist neutrales Terrain, außerdem spricht Sidonie gerne über ihn. Also frage ich sie, ob er beim Drachenfest sein wird.

»Johannes ist doch schon seit einer Woche in Herrliberg«, sagt Sidonie und wundert sich sichtlich, dass mir die Abwesenheit unseres Meisters nicht aufgefallen ist. Ein mulmiges Gefühl beschleicht mich. Wollte Jakob deshalb dorthin? Aber warum dann mit mir zusammen?

»In der Schweiz?«, frage ich.

»Ja. Ich wäre so gerne mitgefahren. Ich habe gehört, die stellen dort alles selbst her, das Essen wird in einem großen Gemüsegarten angebaut. Es wird gemeinsam meditiert und gewandert. Es ist bestimmt viel einfacher, unseren Regeln zu folgen, wenn man in einer so großen Mazdaznan-Gemeinschaft lebt. Jakob wollte dort gar nicht mehr weg.«

»Jakob war auch dort?«

»Wusstest du das nicht? Er ist doch schon gestern zurückgekommen.«

Sidonies Verwunderung ist echt, aber ihre grünen Augen blitzen triumphierend. Ich fühle mich, als wäre ich von einem sehr hohen Turm in einen bodenlosen Abgrund gestoßen worden. Dann mischt sich noch ein anderes Gefühl dazu, eine ungeduldige Aufregung. Es ist, als ob ich endlich, endlich den Beweis für etwas gefunden hätte, was ich schon immer wusste, was aber immer wieder an der Realität abprallte. Das latent Unwahre unserer Beziehung, das mich immer davon abgehalten hat, Jakob völlig zu vertrauen, ist endlich zum Vorschein gekommen. Immerhin komme ich mir jetzt weniger verrückt vor. Auf Jakob wütend zu sein ist besser als diese ständigen Selbstzweifel. Am liebsten möchte ich ihn sofort zur Rede stellen.

»Kommt Jakob heute auch hierher?« Meine Stimme zittert. Sidonie zuckt nur mit den Achseln und setzt sich mit jungenhafter Grazie schwungvoll auf den Boden. Ich setze mich dazu und verschütte dabei die Hälfte des bitteren Getränks.

Erich und Samuel kommen polternd zur Tür herein. Sie haben rote Wangen und erzählen gutgelaunt von ihrem Ausflug. Mich beherrscht der panische Gedanke an Jakob. Vielleicht wissen die beiden, wo er bleibt, aber vor Sidonie will ich nicht noch einmal nach ihm fragen. Irgendwann wird mir klar, dass er nicht kommen wird. Wahrscheinlich ist er schon beim Fest. Ich werde noch ungeduldiger. Aber Sidonie hat gerade eine neue Kanne Wurzelsaft aufgebrüht und alle drei sind tief in ihr Gespräch verstrickt.

Nach einer unendlich langen halben Stunde sage ich schließlich: »Wollen wir nicht aufbrechen? Das Drachensteigen ist bestimmt schon vorbei.« Zu meiner Erleichterung sagt Sidonie: »Du hast recht, die sind wahrscheinlich schon im Ilmschlösschen«, und steht auf. Ich verfluche den langen Weg durch den Ilmpark und heimlich sogar Erich, wegen dem unser Tempo schrecklich langsam ist. Ich muss mich zusammenreißen, um ihn nicht anzuherrschen. Im Schlösschen trenne ich mich sofort von den anderen und mache mich auf die Suche. Ich hasse diese neugierigen Blicke, die einen treffen, wenn man auf einem Fest alleine die Runde macht. Es ist voll und heiß, immer wieder versperren mir die bunten Drachengebilde den Weg.

Da ist er. Jedes Mal vergesse ich, wie schön er ist. Mit frisch gestärktem Hemd und glänzenden Locken steht er in einer Ecke und redet mit einem Mädchen, das ich noch nie gesehen habe. Als er mich sieht, winkt er mich fröhlich heran.

Meine Hände sind feucht, aber meine Wut verleiht mir eine eisige Klarheit. Ich ignoriere das Mädchen, das sich an einer Begrüßung versucht, und sage: »Lass uns rausgehen, hier ist es laut.« Jakob wirft erst mir einen forschenden, dann dem Mädchen einen entschuldigenden Blick zu und folgt mir nach draußen.

Ohne mich umzusehen, gehe ich die Straße hinab, immer weiter weg vom Ilmschlösschen. »Luise, wo willst du denn hin?«, höre ich Jakob hinter mir sagen. Ich beschleunige nur meinen Schritt. Schließlich erreichen wir den Park. Jetzt bleibe ich stehen und drehe mich zu ihm um. Ich sage: »Du denkst dir aus, deine Mutter sei krank, nur um ungestört mit Johannes Zeit in den Bergen zu verbringen. Das ist schon besonders perfide, sogar für dich, Jakob. Was ich allerdings immer noch nicht verstehe: Warum hast du mich dazu eingeladen? Das hat doch alles noch komplizierter für dich gemacht.« Die Überraschung in Jakobs Gesicht bleibt bestehen, nur das, was darunterliegt, wandelt sich sekundenschnell von freundlich zu verletzt.

»Aber meine Mutter war krank! Nur lange nicht so schlimm, wie ich dachte. Und als dann das Telegramm von Johannes kam, dachte ich, ich könnte ebenso gut den Rest der Zeit in der Schweiz verbringen. Das war doch kein perfider Plan. Du bist ja völlig verrückt.« In seinem Blick liegt so etwas wie Verachtung.

»Aber du bist nicht auf die Idee gekommen, mir auch ein Telegramm zu schreiben?«

»Ich dachte, du wolltest da gar nicht wirklich hin. Du hättest ja auch alleine fahren können.«

Jetzt stellt sich neben der Wut auch noch Trostlosigkeit

ein. Ich will das nicht. Ich will keine lauwarme, unzusammen-hängende Liebesgeschichte.

»Ich will das alles nicht«, sage ich, und die Energie weicht mir aus den Knochen. Ich fühle mich sehr müde.

»Aber Luise, das war wirklich keine böse Absicht, mir war einfach nicht klar, dass du so unbedingt nach Herrliberg woll-test.«

»Gib es doch einfach zu: Du wolltest mich nicht dabei-haben. Du wolltest ungestört mit Johannes Urlaub machen.«

»Was willst du denn damit sagen?«

»Das weißt du vielleicht nicht, aber die ganze Schule redet über euch. Nur ich war das blöde, naive Schaf, das dir einfach vertraut hat.«

»Was soll denn da sein? Johannes ist mein Mentor, weiter nichts.«

So machen wir immer weiter, wir drehen uns im Kreis, wir folgen einer Choreografie aus Wut, Verdruss, Besänftigung und Frustration. Jedes Mal, wenn ich denke, jetzt habe ich die Sache zwischen uns endgültig kaputtgemacht, jetzt habe ich mich befreit, gelingt es Jakob, mich noch einmal an sich zu zie-hen. Dann sagt er irgendetwas, was mich erneut ärgert, und wir gehen in die nächste Runde.

Schließlich sind wir beide schlicht zu erschöpft, um wei-terzumachen. Es ist tiefe Nacht, und ich frage mich, wie wir es geschafft haben, so viele Stunden wie in einem dunklen Rausch auf diesem Hügel zu verbringen. Wir trotten schwei-gend nebeneinanderher, den Berg hinunter durch den Park. Als wir vor meinem Haus stehen, küssen wir uns. Es ist der hoffnungslose Versuch einer Rettung.

Wie schon so viele Male zuvor schleichen wir leise in mein

Zimmer, aber der Sex ist anders. Wir klammern uns aneinander, wir kämpfen, wir dehnen die Sache aus, weil wir beide ahnen, dass es das letzte Mal sein wird. Wir kommen gleichzeitig. Kurz verdrängt mein Orgasmus meine Traurigkeit. Dann muss ich weinen. Trotzig winde ich mich aus Jakobs Umarmung, denn ich finde, die Banalität der Spülung, eine Routine, die ich mir schließlich doch angewöhnt habe, hat in dieser Situation rein gar nichts zu suchen. Als ich zurückkomme, schläft Jakob. Diesmal ist mein Kopf leer und mein Körper ermattet genug, dass auch ich sofort einschlafe.

Am nächsten Morgen bin ich alleine.

*

Wieder beginnt die Fastenzeit, aber die Euphorie, die ich im Frühjahr gespürt habe, stellt sich diesmal auch nach den ersten Tagen nicht ein. Die Spaziergänge im herbstlichen Nieselregen absolviere ich in bedrückter Trance. Durch das frühe Aufstehen bin ich völlig ausgelaugt, müde schleppe ich mich zwischen der Weberei und meinem Zimmer bei Frau Werner hin und her. Das Tempelherrenhaus meide ich. Ein grauer Tag fließt in den nächsten. Nach fünf Tagen denke ich zum ersten Mal darüber nach, heimlich etwas zu essen. Niemand würde es merken, ebenso wenig, wie es irgendjemandem auffallen würde, schliefe ich nur etwas länger. Und der Schlaf ist im Moment meine einzige Rettung vor dem Schmerz, vor den Gedanken an Jakob, die sich zuverlässig verselbständigen und in Rotationen von Selbstzweifeln, Erinnerungen und Vorwürfen münden. Jeden Morgen verhandle ich mit mir selbst und jedes Mal schenke ich mir ein paar Minuten mehr Schlaf.

Sidonie ist die Einzige aus meinem Freundeskreis, die ich regelmäßig in der Weberei sehe. Sie erzählt mir von dem Plan, Johannes an seinem Geburtstag kurz nach Sonnenaufgang zu besuchen und ihm ein Ständchen zu singen. Obwohl ich Jakob nicht sehen möchte, und obwohl Johannes die letzte Person ist, der ich eine Freude machen möchte, vermisse ich doch die Unternehmungen mit meinen Freunden und beschließe mitzukommen.

Heute keine Verhandlungen mit mir selbst. Pünktlich um fünf Uhr morgens stehe ich auf, streife mir meine Kutte über und trotte benommen in Richtung Frauenplan. Dort haben wir uns verabredet, um dann gemeinsam Johannes zu überraschen. Samuel und Erich freuen sich, mich zu sehen, ich werde umarmt und gescholten, weil ich mich so lange nicht gezeigt habe. Die Aufmerksamkeit tut mir gut. Vorsichtig schaue ich mich um – Jakob ist nicht da. Ich bin erleichtert und enttäuscht zugleich. Ein paar Leute haben selbstgemachte Geschenke dabei, jemand hat einen langen Zweig dekoriert und schwenkt ihn feierlich in der Luft. Es ist ein kalter Novembermorgen und die Morgendämmerung breitet sich nur zögerlich auf den leeren Straßen aus. Ich fröstele und wünsche mich in mein warmes Bett zurück. Die anderen scheinen nicht so sehr unter dem Mangel an Schlaf und Essen zu leiden, den wir uns auferlegen. Gedämpft, aber doch lebhaft wird gelacht und geplaudert. Nur Erich sieht schlecht aus, sein dunkler Teint hat sich ins Aschgraue gewandelt. Bei Samuel frage ich mich manchmal, wie sein dürrer Körper die Kuren überhaupt aushält. Aber obwohl er sich immer einbildet, er sei krank, sieht er im Moment nicht leidend aus. Im Gegenteil, bei jedem unserer Gruppenausflüge verfliegt seine Schüchternheit fast sofort.

Schließlich haben sich alle versammelt. Der Zug setzt sich in Bewegung. Das Gemurmel, das eben noch rücksichtsvoll leise war, wird lauter, ein Grüppchen fängt sogar schon mit dem Singen an. Als wir vor Johannes' Haus stehen, stimmen schließlich alle mit ein. »Itten, Muche, Mazdaznan! Maz-daz-nan, Maz-daz-nan«, so geht unsere etwas einfältige Melodie. Etwa zehn Minuten lang geschieht nichts, wir verstummen und manche beraten schon darüber, ob wir nicht lieber wieder gehen sollten. Da öffnet sich endlich die Tür, und Johannes tritt heraus. Er trägt einen Morgenmantel und sieht verschlafen aus.

Empört schaue ich zu den anderen, aber die singen bereits laut ein Geburtstagslied. Dann hält Johannes eine kurze Rede, in der es um die Wichtigkeit der Gemeinschaft geht, um Zusammenhalt und Liebe. Ich kann nicht fassen, dass unser Meister, unser Mentor, wie einige ihn nennen, nicht selbst die Regeln befolgt, die er predigt. Ganz offensichtlich steht er nicht bei Sonnenaufgang auf, und wer weiß, wie es mit dem Fasten hält. Es kann doch nicht sein, dass ich die Einzige bin, die diese Heuchelei widerlich findet. Wieder schaue ich mich um, aber in den Gesichtern der anderen sehe ich nichts als Bewunderung und Respekt. Johannes bittet uns herein und kocht für alle Tee in großen Kannen.

Stumm sitze ich bei den anderen im Wohnzimmer, meinen Tee rühre ich nicht an. Als sich die Zusammenkunft endlich auflöst, verabschiede ich mich schnell und bin froh, meinen Heimweg alleine bestreiten zu können. Zu Hause werfe ich meinen Mantel in die Ecke und gehe schnurstracks zur Kühlkammer. Da steht er, der große, glänzende Schinken, den Frau Werner von einem befreundeten Bauern geschenkt bekommen hat. Ich nehme ein Messer, und ohne einen Teller zu holen, schneide ich scheibenweise saftiges Fleisch ab und stopfe es mir im Stehen in den Mund. Glücklich und satt lege ich mich ins Bett und verschlafe den halben Tag.

*

In den nächsten Wochen esse und schlafe ich viel und nehme auch meine Versuche wieder auf, in der Tischlerei etwas zu lernen. Noch merkt niemand, dass ich immer seltener in der Weberei auftauche. Das liegt vielleicht auch daran, dass sie die größte Werkstatt hier ist. Helene Börner, die Werkmeisterin unter Georg Muche, schaut uns zwar auf die Finger, aber anscheinend behält noch nicht einmal sie komplett den Überblick.

Manche der Studenten in der Tischlerei kenne ich noch aus der Zeit, in der ich an meiner Skulptur für den Vorkurs arbeitete. Gropius hat die Leitung hier übernommen, aber er taucht kaum auf, sodass ich nicht in Erklärungsnot komme. Auch die Studenten stellen keine Fragen. Ich befinde mich in einer Art Limbo, denn alle anderen scheinen an gemeinsamen Projekten zu arbeiten, und nur ich werkle ohne Auftrag vor mich hin. Immerhin gibt mir das Gelegenheit, mich mit den Werkzeugen vertraut zu machen und ein paar Grundlagen zu lernen. Allerdings ohne jedes größere Ziel, und schon bald kommt mir das ziemlich sinnlos vor.

Ich benutze gerade die große Säge, als mir jemand auf die Schulter tippt. Es ist der rothaarige Junge, der damals meine Vorschläge für das Sommerfeldhaus nicht hören wollte. »Woran arbeitest du eigentlich?«, fragt er. Erschrocken weiche ich von der Maschine zurück. Ich weiß nicht, was ich sagen soll. Wenn ich auffliege, muss ich wahrscheinlich zurück an den Webstuhl. So selbstsicher wie möglich sage ich: »Ach, nichts Besonderes. Eine freie Arbeit.« »Aber wir sollen doch an der Ausstellung arbeiten«, wendet der Junge ein. Die Ausstellung. Natürlich weiß ich, wovon er redet. Um die Weimarer Bürger und wahrscheinlich auch die Behörden endlich davon zu überzeugen, dass wir hier sinnvolle Arbeit leisten, soll es im Sommer nächsten Jahres eine große Bauhaus-Ausstellung geben. Alle Werkstätten arbeiten darauf hin.

Ich zucke mit den Achseln und wende mich wieder meinem Holz zu. Aber der Junge lässt nicht locker. »Seit wann bist du denn überhaupt in der Tischlerei?«, fragt er. Es hat keinen Sinn, er wird mich nicht in Ruhe lassen. Kurz entschlossen packe ich ihn am Ärmel und ziehe ihn vor die Tür. »Hör zu, ich bin offiziell gar nicht in dieser Werkstatt, ich habe nur keine Lust mehr auf die öden Webstühle.« Zu meiner völligen Überraschung fängt der Junge an zu lachen. Er hört überhaupt nicht mehr auf damit. Es ist ein kehliges Kichern und klingt ein bisschen irrsinnig. Entgeistert starre ich ihn an. Schließlich beruhigt er sich, wischt sich die Tränen aus den Augen und sagt: »Eine Rebellin also, sehr gut. Ich bin übrigens Friedrich.« »Luise«, sage ich und schüttle seine ausgestreckte Hand. Ich traue dem Frieden nicht ganz, aber aus seinem Blick spricht Bewunderung oder Belustigung, aber zumindest keine Feindseligkeit.

Er fragt, ob wir nach getaner Arbeit vielleicht etwas essen gehen wollen, blinzelt und zupft sich ein paar Sägespäne aus seinen schmutzigen orangefarbenen Haaren. Ein paar Stunden später sitzen wir in der Kantine. Die Wahrscheinlichkeit, an diesem Ort einen meiner Freunde zu treffen, ist gering, in der Fastenzeit kommen sie nicht her. Trotzdem fühlt es sich verboten an, hier vor einem Teller dampfender Linsen zu sitzen. Ich bin so nervös, dass ich mich kaum auf Friedrichs Worte konzentrieren kann. Er hat ein kantiges Gesicht und redet sehr schnell. Häufig klingen seine Sätze wie feierliche Deklarationen, und wenn er eine solche gemacht hat, blinzelt er heftig mit seinen kleinen, etwas tiefliegenden Augen.

Langsam vergesse ich, dass mich hier niemand sehen soll. Friedrich fragt nicht weiter nach meiner Geschichte und es macht Spaß, ihm zuzuhören. Er spricht über Mussolini, redet sich dabei in Rage und erklärt mit einer Dringlichkeit, die ich nicht gewohnt bin, dass wir es in Deutschland auf keinen Fall so weit kommen lassen dürfen wie in Italien.

»Aber unter den Sozialdemokraten ist das doch sowieso nicht sehr wahrscheinlich«, sage ich. Friedrich lacht höhnisch. »Nein, auf die Sozialdemokraten kann man sich im Kampf gegen den Faschismus nicht verlassen.«

Friedrich ist Kommunist. Ich bin fasziniert, ich habe noch nie jemanden kennengelernt, der eine so klare politische Haltung hat. Aber wie auch, meine Freunde interessieren sich ja kaum für Politik. Außerdem hat der Meisterrat doch erst vor Kurzem alle politischen Zusammenschlüsse am Bauhaus verboten. Friedrich lässt sich davon offensichtlich nicht stören, er hat zu allem eine Meinung. Er beschwert sich darüber, dass die Kunst, die wir hier machen, nicht proletarisch genug ist. Ich sehe eine Gelegenheit, endlich jemandem mein Herz auszuschütten. Tastend und unbestimmt versuche ich, ihm meine Gedanken zu erklären: Ich finde es nicht besonders radikal, den radikalen Ideen von vor zehn Jahren nachzuhängen. Wenn

ich allerdings anfange, von Handwerk und Technik zu sprechen, ernte ich misstrauische Blicke. Dabei will ich doch nicht
zurück zur herzoglichen Kunsthandwerksschule, ich will nur
etwas Neues, etwas anderes, etwas, das nicht schon von unseren Lehrern ausprobiert worden ist. Aber sosehr ich auch versuche, mich meinen Freunden verständlich zu machen, alle
Kritik prallt ab und wird als ewiggestrig gewertet.

Friedrich begreift sofort, wovon ich rede. Er sagt, die Itten-
Jünger verstünden nichts von Architektur, sie sähen Gebäude
lediglich als Behausung für Menschen und nicht als Ausdruck
sozialer Gefüge. Er spricht von der Herrschaft der Bourgeoisie,
von Produktionsmitteln, von verbesserten Bedingungen für
die Arbeiter. Ich frage mich, was das alles mit Architektur zu
tun haben soll, das sage ich aber nicht. Ich bin aufgekratzt und
müde, und meine verbalen Energien schwinden. Die Kantine
ist längst leer. Als wir schließlich in die kalte Winterluft hinaus-
treten, ist selbst Friedrich verstummt.

*

Den Weihnachtsbraten esse ich mit großem Appetit, und
meine Mutter ist erleichtert, dass ich mir »diese vegetarischen
Flausen« aus dem Kopf geschlagen habe. Sie hatte sich schon
Sorgen gemacht. Es ist wahr, ich habe abgenommen, meine
Hüften erscheinen mir jetzt noch breiter, und meine Brüste
bedauerlich klein. Aber meine Mutter kann ja nicht wissen,
dass dafür hauptsächlich dieses flaue Gefühl im Magen verantwortlich ist, das ich seit meiner Trennung von Jakob mit mir
herumtrage. Zweimal habe ich ihn vor den Semesterferien
noch gesehen, beidemal nur aus der Ferne. Geredet haben wir

nicht. Es tut mir gut, wieder in der Großstadt zu sein, auch wenn die stillen Abendessen und die Strenge meines Vaters mich jedes Jahr mehr bedrücken. Otto ist diesmal auch da, und wenn mein Vater nicht in der Nähe ist, kommandiert er mich und meine Mutter herum. Früher habe ich seine Kommandos wie selbstverständlich ausgeführt, jetzt gebe ich Widerworte. Otto übergeht das einfach und meine Mutter sabotiert meinen Privatstreik, indem sie sagt: »Jetzt streitet euch doch nicht, Kinder«, und ihm bringt, was er möchte. Ich ärgere mich über meine Mutter, aber insgeheim beneide ich vor allem Otto um seine Durchsetzungsfähigkeit. Beim Essen redet er so lange über Politik, bis mein Vater ihm den Mund verbietet. Das passiert aber erst, wenn Otto sich in eine seiner kleinen Reden hineingesteigert hat. Er fuchtelt dann mit seinen großen Händen, redet über die bayerischen Rechten, über das jüdische Finanzkapital und über die DVP, in der er einige Freunde hat. Wenn mein Vater ihn irgendwann zum Schweigen gebracht hat, hört man nur noch sein demonstratives Schmatzen.

Nach dem Weihnachtsessen möchte mein Vater mit mir sprechen. Wir ziehen uns in sein Arbeitszimmer zurück. Ich fühle mich wichtig und erwachsen, dieses Zimmer ist normalerweise Gesprächen mit Geschäftspartnern und Kunden vorbehalten. Als Kind durfte ich es überhaupt nicht betreten. Die dunkle Holzvertäfelung strahlt den gleichen gemessenen Ernst aus, den ich von meinem Vater so gut kenne. Nichts liegt herum, die Pläne und Konstruktionszeichnungen, die ich mir gerne anschauen würde, sind ordentlich in undurchsichtigen Akten abgelegt. Anders als der Rest unserer Wohnung ist sein Zimmer schlecht beheizt, als wolle er demonstrieren, dass die wärmende Herzlichkeit meiner Mutter nicht in alle Bereiche der Wohnung vordringen kann. Hier herrscht der preußische Geist, der meinem Vater so teuer ist und der mir immer fremder wird.

Lange muss ich nicht grübeln, was er von mir möchte, er kommt sofort zur Sache: »So, Luise, jetzt erklärst du mir mal, was du an dieser Hochschule eigentlich lernst.« Ich weiß, dass es keinen Sinn hat, ihm vom Vorkurs zu erzählen, deswegen spreche ich gleich von der Weberei. Ich gehe ins Detail, rede von Rollenzug und Kontermarsch und bemühe mich, möglichst viele Fachausdrücke fallenzulassen. Mit einer Geste, die ich gut kenne, bedeutet er mir zu schweigen. Ich gehorche. Er scheint nachzudenken. Schließlich sagt er knapp: »Gut, das war auch schon alles.« Er nimmt einen Ordner vom Tisch und schlägt ihn auf. Ich versuche zu erspähen, um welches Projekt es sich handeln könnte, aber er gibt mir mit einem kurzen Blick zu verstehen, dass es an der Zeit ist, sich aus seinem Reich zurückzuziehen.

Gleich am nächsten Morgen nimmt mich meine Mutter beiseite. Ich verstehe lange nicht, worum es ihr geht, weil sie vollendete Diskretion walten lässt, um Fragen zu stellen, die naturgemäß indiskret sind. Als mir klar wird, dass sie wissen will, ob ich Verehrer habe und ob unter diesen Verehrern ein potenzieller Ehemann sein könnte, muss ich an Jakob denken und mir wird schlecht. Darum also ist die gestrige Unterhaltung mit meinem Vater so kurz ausgefallen. Sie haben sich die Aufgabe, mich auszufragen, offensichtlich aufgeteilt. Ich habe mit meiner Mutter noch nie über solche Dinge geredet. Von Jakob zu erzählen kommt überhaupt nicht in Frage. Ich drucke so lange herum, bis ich schließlich die Existenz jeglicher Verehrer verleugnet habe. Meine Mutter sieht mich sorgenvoll an, aber sie stellt keine weiteren Fragen. Wahrscheinlich ist sie genau so erleichtert wie ich, dieses Gespräch hinter sich gebracht zu haben.

Von Charlotte und unseren Berliner Freunden halte ich mich nicht nur fern, weil mir der Gedanke an rauschende Feste und laute Musik zuwider ist. Es ist auch Charlottes fröhliche Art zu plaudern, ihre Unbefangenheit im Umgang mit Fremden, ihre Koketterie, die mich irritieren. Mir kommt es vor, als sei sie eine weibliche Inkarnation Jakobs, und die Dinge, die mir bis vor kurzem an beiden als leuchtende Vorzüge erschienen, haben jetzt nur noch den schalen Geschmack der Oberflächlichkeit. Stundenlang sitze ich in meinem Zimmer und denke nach, als könnte ich auf diese Weise herausfinden, was denn nun eigentlich mit Johannes und Jakob war, warum Jakob und ich gescheitert sind, weshalb er mich nicht genügend liebt. Meine Mutter hat mir zu Weihnachten ein paar edle Lederschuhe geschenkt, mit zierlichen Absätzen und kleinen Verzierungen. Ich finde sie wahnsinnig schön, aber sie drücken und scheuern mir die Füße auf. Ich gebe mir selbst ein Versprechen: Ich werde die Schuhe eintragen, das wird eine Weile dauern. Und wenn es soweit ist, wird es nicht mehr wehtun, an Jakob zu denken.

Silvester sitze ich mit meinen Eltern herum, die ein befreundetes Ehepaar eingeladen haben. Otto ist mit Geschäftspartnern unterwegs und die Gäste gehen bereits kurz nach Mitternacht. Es wird still. Wenig später liege ich in meinem Bett und kann nicht schlafen. Lange starre ich auf die weichen Silhouetten der Polstermöbel in meinem Zimmer und denke über das letzte Jahr nach. Ich würde gerne noch ein bisschen in diesem Kokon aus mütterlicher Liebe und völliger Stagnation verharren. Aber der kalte Januarmorgen, an dem ich schließlich in den Zug nach Weimar steige, kommt unweigerlich und viel schneller, als mir lieb ist.

*

Gerade will ich auspacken, da klingelt es schon an der Tür. Friedrich kommt polternd die Stufen hoch und redet sofort los. Ich glaube, er hat so wenig Gefühl für Takt, weil er ständig mit seinen Theorien, Analysen und Utopien beschäftigt ist. Wahrscheinlich findet er so etwas Oberflächliches wie Umgangsformen auch einfach unwichtig. Jedenfalls bemerkt er nicht, dass meine Kleider samt Unterwäsche im ganzen Zimmer verteilt sind. Er fragt auch nicht, seit wann ich wieder da bin oder wie meine Weihnachtsferien waren. Er setzt sich einfach auf mein Bett und redet immer weiter. »… überrascht mich eigentlich nicht. Der französische Imperialismus hat natürlich die militärische Macht dazu. Aber die sollen sich mal nicht so sicher sein, dass sie damit keinen neuen Krieg anzetteln.« Ich versuche, mich zu konzentrieren. »Krieg? Wovon redest du?«

»Luise, wo hast du denn die letzten Tage gelebt? Die Franzosen und die Belgier haben das Ruhrgebiet besetzt. Die Regierung hat einen Generalstreik angeordnet und zum passiven Widerstand aufgerufen.« Natürlich habe ich das mitbekommen. Ich hatte nur nicht damit gerechnet, dass das Thema so schnell in meinem Schlafzimmer auftaucht. Außerdem wäre es mir nicht eingefallen, jetzt schon wieder an Krieg zu denken.

»Meinst du wirklich, es wird Krieg geben?«, frage ich Friedrich.

»Diese sogenannte Regierung wird das Ruhrgebiet ganz sicher nicht einfach abtreten. Die Kleinbürger und Hakenkreuzler mit ihrem nationalistischen Geschrei denken, sie können die Arbeiter an der Ruhr benutzen, um ihre Interessen durchzusetzen. Und die KPD will nationale Verlässlichkeit demonstrieren und unterstützt den Streik. So ein Burgfrieden nützt doch niemandem etwas.«

»Aber die KPD hat doch den Streik vor zwei Jahren auch unterstützt?«

»Ja, aber das war etwas anderes. Jetzt machen sie sich mit den Kapitalisten gemein«, sagt Friedrich, blickt düster vor sich hin und zwinkert ein paar Mal. Dann sagt er: »Ich gehe mal davon aus, dass du Dinge für dich behalten kannst.« Ich verstehe nicht gleich, dass das eine Frage ist, aber er schaut mich erwartungsvoll an. Also nicke ich heftig mit dem Kopf. »Natürlich!« Er sagt: »Von ein paar Genossen habe ich gehört, dass es Pläne gibt, der Regierung auch aktiv unter die Arme zu greifen.« Friedrich sieht mir wohl an, dass ich nicht verstehe, jedenfalls setzt er nach: »Auf etwas explosivere Weise …« Ich hasse es, wenn Leute in bedeutungsschwangeren Andeutungen sprechen, aber immerhin begreife ich jetzt. »Anschläge? Wollt ihr jetzt einen Krieg verhindern oder ihn anzetteln?« Ganz offensichtlich bin ich Friedrich zu laut, er hebt die Hände und schaut sich erschrocken um. »Hör doch zu, ich bin ja dagegen! Das Proletariat hat kein Vaterland, der Kampf für die Nation ist doch nur eine Ablenkung. Nicht, dass ich etwas gegen drastische Mittel habe, aber wenn man damit die Reaktion stärkt … Außerdem habe ich dir nur erzählt, was ich gehört habe.«

Nachdem ich Friedrich irgendwann hinauskomplimentiert und endlich alles ausgepackt und verstaut habe, denke ich darüber nach, woher er diese Sachen immer weiß. Natürlich lese ich Zeitungen, aber wer sind die Leute in Weimar, von denen er so etwas hört? Telegrafisch werden so sensible Informationen doch sicher nicht verbreitet. Die Vorstellung, dass es ein Netzwerk gibt, in dem sich Mundpropaganda derart schnell ausbreitet, beeindruckt mich. Eigentlich kam mir Friedrich immer wie ein Einzelgänger vor, aber es muss wohl noch mehr Leute am Bauhaus geben, die so denken wie er.

*

Das kleine Atelier am Schanzengraben ist brechend voll. Friedrich hat mich zu einem Vortrag von Theo van Doesburg mitgeschleppt. Obwohl ich es bis jetzt vermieden habe, Sidonie und die anderen zu sehen, fühlt es sich an wie ein Verrat. Aber ich bin auch neugierig. Die Studenten haben sich im Raum verteilt, sie sitzen auf den wenigen Stühlen, auf dem Boden, sogar auf den zwei Ateliertischen, die in die Ecke gerückt wurden. Van Doesburg ist ein großer Mann mit hoher Stirn, dessen Haaransatz unter einer amerikanischen Mütze versteckt ist. Während der Raum sich noch füllt, beginnt er schon mit seinem Vortrag. Er spricht über seine letzten zwei Jahre in Weimar, und mir wird klar, dass das hier seine Abschiedsveranstaltung ist. Das hält ihn nicht davon ab, noch einmal seine Prinzipien kundzutun. Lebhaft, aber routiniert spricht er von einem neuen industriellen Stil, der nur durch »die richtige Verwendung der Maschine« entstehen könne. Das Handwerk reiche einfach nicht mehr aus. Es sei veraltet, von der technischen Entwicklung überholt. Er redet sich in Rage, schimpft über die »romantische Verschwommenheit«, die immer noch am Bauhaus herrsche, und die »Ewiggestrigen«, die sich mit aller Kraft den Neuerungen der Technik widersetzten. Ich finde ihn eitel, wie er da in seiner Sportskleidung steht, aber ich bin auch fasziniert davon, dass es hier eine so gegensätzliche Weltanschauung gibt.

Sieht uns der Rest der Schule so? Spielt die Angst der Arbeiter vor den Maschinen für diese Leute keine Rolle? Heimlich betrachte ich Friedrich, der aufmerksam zuhört. Findet er mich altmodisch?

Van Doesburg beendet seine Rede mit dem Aufruf, die Prinzipien des Konstruktivismus nach seinem Weggang aufrechtzuerhalten. Er erwähnt die Gruppe KURI, von der ich noch nie etwas gehört habe, mit lobenden Worten und verabschiedet sich dann mit ausladenden Gesten. Ein tosender Applaus bricht los, die Leute skandieren: »Van Doesburg soll bleiben!« und: »Macht ihn zum Direktor!« Dann rezitiert ein schlanker Student unter Gejohle und Zwischenrufen ein Abschiedsgedicht, das mir fantastisch sinnentleert vorkommt. Eine verschachtelte, bunte Skulptur wird auf die Bühne geschleppt, van Doesburg nimmt sein Abschiedsgeschenk mit betont demütiger Verbeugung entgegen. Die Aufmerksamkeit löst sich, Wein wird ausgeschenkt, alle reden durcheinander.

Friedrich wird von zwei Leuten in Beschlag genommen, die er mir nicht vorstellt. Er wendet mir sogar den Rücken zu. Lange Minuten rätsle ich, ob das nur Friedrichs soziale Unbeholfenheit ist oder ob ich ihm tatsächlich peinlich bin – meine Mönchsjacke trage ich zwar nicht, aber die Schule ist so klein, dass ich bestimmt als jemand aus dem Itten-Kreis erkannt werde. Als die beiden endlich gehen, scheint er überrascht, dass ich immer noch neben ihm sitze. Ich möchte nach Hause, und Friedrich erklärt sich sofort bereit mitzukommen. Insgeheim schelte ich mich für meine Paranoia. Natürlich ist er viel zu beschäftigt mit seiner Innenwelt, als dass ihm jemand peinlich sein könnte.

Auf dem Weg durch die schwach beleuchteten Straßen erzählt mir Friedrich vom Kongress der Konstruktivisten und Dadaisten, den van Doesburg letzten Sommer veranstaltet hat. »Du hast recht, er ist unglaublich eitel, aber die Sachen, die er zu sagen hat, sind nicht dumm. Damals hat er für kurze Zeit Künstler nach Weimar geholt, die wirklich neue Dinge ausprobierten. Ich war letztes Jahr oft in Berlin und habe mir alles angeschaut, was es zu sehen gab, jede verdammte Ausstellungseröffnung habe ich besucht. Da ist viel Mist dabei. Aber die Leute, die van Doesburg eingeladen hat, haben tatsächlich etwas zu sagen.«

»Und was ist KURI?«, frage ich. Friedrich winkt ab. »Das ist die Gruppe von Bauhäuslern, die van Doesburgs Reden eins zu eins nehmen. Aber du weißt ja, dass ich mit Gruppen nichts anfangen kann. Außerdem sind sie mit Absicht unpolitisch, und das in solchen Zeiten! Sie sind sogar gegen die Berufung von Moholy-Nagy, dem ungarischen Künstler. Es gibt Gerüchte, dass er hier als Meister anfangen soll. Ich habe mir seine Ausstellung in Berlin angeschaut, gute Sachen. Aber van Doesburg stänkert gegen ihn, er ist ihm zu politisch. Ich fände es ja gut, wenn endlich ein Sozialist hier unterrichten würde.«

Mir schwirrt der Kopf. Die Eindrücke des Abends sind

wie eine frische Schicht, die sich über das vertraute, etwas abge-
nutzte Mazdaznan-Weltbild legt. Jakob und die anderen sind
auf einmal sehr weit weg.

*

In die Weberei gehe ich auch in den nächsten Wochen nicht,
aber Johannes gibt einen Vortrag im Tempelherrenhaus, und
ich kann mich nicht länger davor drücken, meine Freunde zu
sehen. Außerdem vermisse ich Samuel und Erich. Ich lege
meine Mönchsjacke an, die mir wieder wie eine Verkleidung
vorkommt, und stapfe durch die Kälte. Es hat diesen Winter
noch nicht geschneit, aber es ist windig und klamm. Den Weg
kenne ich so gut, dass es mich fast schon aggressiv macht.
Noch ein Nachteil am Leben in der Provinz: Nie gibt es Gelegenheit, neue Häuser, Lokale oder auch nur Plakate zu entdecken.

Außer Johannes und Sidonie, die ja sowieso nie pünktlich ist, sind schon fast alle da, als ich die schwere Tür zum Ka-
minzimmer aufstoße. Jakob steht in der Ecke und unterhält
sich mit einem Mädchen, das ich nicht kenne. Die beiden sehen hübsch und unbekümmert aus, wie sie da plaudern, er in
seinem üblichen kragenlosen Hemd, sie in einem strahlend
weißen Kleid. Ich werde wütend und eifersüchtig zugleich und
versuche, keinen Blick mehr in ihre Richtung zu werfen. Zur
Sicherheit spare ich gleich die ganze Ecke aus. Glücklicherweise
stehen Erich und Samuel am anderen Ende des Zimmers, ich
gehe zielstrebig auf sie zu.

»Wo warst du denn nur die ganze Zeit?«, fragt Samuel mich
zur Begrüßung, und ich meine, einen Vorwurf in seiner Stimme

zu hören. Ich zucke mit den Achseln und lenke ab, indem ich die beiden mit Fragen nach ihrem Wohlbefinden bombardiere. Erich wird immer dünner, trotz seines dunklen Teints ist er blass und hohlwangig. Auch seine Stimme, die schon immer etwas Schleppendes hatte, klingt schwach. Dennoch besteht er darauf, dass es ihm hervorragend gehe. Stattdessen übernimmt Samuel dankbar das Klagen und lässt sich über seine verschiedenen Leiden aus. Vorsichtig wage ich einen Blick in Richtung Jakobs, der mich anscheinend noch nicht einmal bemerkt hat. Samuel versteht sofort. »Das Mädchen da in Weiß ist Frida Gerber. Johannes hat sie aus Herrliberg mitgebracht.«

»Mitgebracht? Als Souvenir?«, frage ich und bereue meinen Sarkasmus sofort. Erich und Samuel tauschen einen Blick und wechseln das Thema.

Sidonie stellt sich zu uns und nimmt sofort alle Aufmerksamkeit in Anspruch. Auch sie möchte über diese Frida sprechen, und natürlich lässt sie sich nicht von so etwas wie Feingefühl davon abhalten. »Ich habe gehört, sie ist von ihren Eltern nach der Mazdaznan-Lehre erzogen worden. Und das merkt man sofort! Sie ist so erhaben, ganz ohne Anstrengung. Gegen die sind wir blutige Anfänger.« Jetzt kann sich auch Samuel nicht mehr zurückhalten und nickt eifrig. »Ich habe mich vorhin kurz mit ihr unterhalten. Sie ist unbefangen und freundlich, aber irgendwie strahlt sie gleichzeitig auch etwas Geheimnisvolles aus. Ich wünschte, ich hätte auch so eine Leichtigkeit.« Selbst Erich, der nicht zur Schwärmerei neigt, hat etwas beizutragen: »Ich habe gehört, sie hat Hanisch bei seiner ersten Europareise persönlich begrüßt.« Alle drei wollen gar nicht mehr aufhören. Sie übertrumpfen sich gegenseitig mit Lobpreisungen des Mädchens. Meine Eifersucht macht alle meine Selbstschutzinstinkte zunichte. Ich höre gebannt zu, ich frage sogar nach. Nur nach ihrem Verhältnis zu Jakob frage ich nicht, meine Vorstellungskraft reicht mir völlig aus. Ich sehe die beiden im herbstlichen Herrliberg vor mir, als Jakob heimlich dort war, auf langen Spaziergängen am See, bei den Versammlungen am Abend.

Das Ausmaß seines Betrugs, dessen ich mir nun so sicher bin, erschüttert mich, aber da ist nicht nur Wut und Demütigung, sondern auch Enttäuschung. Ich fühle mich von mir selbst verraten: Anscheinend habe ich an einem Stück Hoffnung festgehalten, anscheinend ist mir das alles doch nicht so gleichgültig, wie ich es gerne hätte. Wie dumm von mir, Jakob wegen Johannes Vorwürfe gemacht zu haben, wo er doch offensichtlich andere Interessen hatte. Ich weiß nicht, ob ich froh sein soll, dass sich die Unterhaltung etwas anderem zugewandt hat, denn jetzt geht es um Johannes' Zukunft am Bauhaus und seine Auseinandersetzungen mit Gropius.

Sidonie spielt die Eingeweihte. »Johannes fühlt sich hier ja schon lange nicht mehr wohl. Eine romantische Insel ist es, auf die wir uns nun zurückgezogen haben, so hat er es mir zumindest erklärt«, sagt sie. »Ist ja auch kein Wunder, so wie Gropius ihn behandelt hat. Erst hat er die ganze Arbeit und Verantwortung an Johannes abgetreten und dann war er auf einmal nicht mehr zufrieden mit seinem Unterricht und hat ihm alles wieder entrissen«, sagt Samuel. Sidonie nickt. »Manche Studenten waren noch nicht einmal fertig mit den Arbeiten, die Johannes beaufsichtigt hat. Aber vielleicht ist es auch ganz richtig, sich herauszuhalten und nicht mehr zu unterrichten. Dieser Technikfetisch hier! Man braucht sich ja nur Frida ansehen, um zu verstehen, dass wir uns in diesem Umfeld nicht weiterentwickeln können.« Ich merke, dass Sidonie sich Erich gegenüber seltsam verhält. Ein paar Mal versucht er, etwas zu sagen, und jedes Mal fällt sie ihm ins Wort. Schafft er es doch, zu einer seiner langsamen Reden anzusetzen, verdreht sie ungeduldig die Augen. Mein Schweigen wird langsam laut. »Luise, was sagst du denn dazu?«, fragt Sidonie und mustert mich scharf.

Ich denke an meine Gespräche mit Friedrich, an meine Abneigung gegen die Natur, an meine heimlichen Gelage während der Fastenzeit, und auf einmal komme ich mir nicht nur ein wenig falsch, sondern regelrecht verlogen vor. Ich will hier weg, weg von diesen Leuten und ihren Ideen. Sidonie wartet auf meine Antwort. »Ich habe nicht das Gefühl, dass ich das Umfeld hier verlassen muss«, sage ich. »Ich glaube, im technischen Fortschritt liegen große Chancen, gerade für die Architektur. Und ehrlich gesagt, weiß ich nicht, wohin euer Reinheitswahn eigentlich führen soll.« Endlich sage ich, was ich wirklich denke. Aber in den Gesichtern der anderen lese ich genau das, wovor ich mich immer gefürchtet habe: Dass ich schon jetzt nicht mehr wirklich dazugehöre. Samuel schaut überrascht, Erich fast ein wenig traurig, und Sidonie triumphiert – endlich hat sich bestätigt, dass sie schon immer recht hatte, was mich anbelangt. Ich bilde mir sogar ein, dass sie eine Atemübung macht, um meine schlechte Energie von sich fortzuhalten. Sanft sagt sie zu Samuel: »Manchen Leuten ist einfach nicht zu helfen.«

Etwas, das ich für gerechten Zorn halte, überkommt mich. Jetzt, wo ich einmal angefangen habe, kann ich die Konfrontation auch eingehen. »Genau davon rede ich, Sidonie, diese –« Ich werde unterbrochen, Johannes ist eingetroffen, steht in der Mitte des Raumes und bündelt alle Aufmerksamkeit. Es wird sehr still. Ich kann in meinem Zustand unmöglich einer von seinen Reden über unsere Einheit und Gemeinschaft lauschen. Möglichst unauffällig versuche ich, mir meinen Weg nach draußen zu bahnen, stolpere, ernte böse Blicke und schaue Jakob zum ersten Mal an diesem Abend direkt in die Augen. Endlich erreiche ich die Tür, gebe jegliche Art von Zurückhaltung auf und lasse sie geräuschvoll hinter mir ins Schloss fallen. Schwer atmend gehe ich weg, immer weiter weg von diesen Leuten und ihrem Kult.

*

Die nächsten Monate schleichen dahin. Ich verbringe viel Zeit mit Friedrich in der Tischlerei. Wir arbeiten an der Umsetzung der Pläne für das Damenzimmer im Musterhaus, das im Sommer präsentiert werden soll. Muche, der den Entwurf für das Haus gemacht hat, der aber auch nach wie vor Johannes als Formmeister in der Weberei vertritt, hat mich ein paarmal in der Tischlerei gesehen. Vielleicht gilt unsere Verabredung von letztem Jahr noch, jedenfalls sagt er nichts. Anders als Johannes neigt er nicht zu Konfrontationen. Für mich ist es also ein Glück, dass sich Johannes zurückgezogen hat.

Friedrich hat mir schon kurz nach den Weihnachtsferien die Verantwortung für eine Schminkkommode übertragen, an der ich wie eine Besessene arbeite, oft bis tief in die Nacht. Es schmeichelt mir, dass er mir so viel zutraut, und ich will mich beweisen. Mein Fleiß bleibt nicht unbemerkt, und auch meine Geschicklichkeit nimmt zu. Obwohl ich die Kommode nicht entworfen habe, finde ich es befriedigend, etwas zu bauen, es entstehen zu lassen und zu wissen, dass es jemandem nutzen wird. Die Kommode besteht aus mehreren Teilen, zwei verschieden große Spiegel sollen noch eingebaut und die Oberflächen mit Milchglas versehen werden. Der kleinere Spiegel wird von langen, verschränkten Metallteilen gehalten, die wie mechanische Arme aus der Konstruktion herausragen. Ein länglicher Schrank bildet die eine Seite der Kommode, ein kleiner Tisch die andere. Die Schubladen und den Rahmen fertige ich aus hellerem Holz.

Ich bin fast fertig, heute will ich Friedrich alles zeigen und die letzten Einzelheiten besprechen. Auf dem Weg zur Tischlerei sehe ich eine Gruppe von Leuten mit Mönchsjacken. Ich muss nur ein wenig genauer hinsehen, um Sidonie, Samuel und Erich unter ihnen zu erkennen. Auch Jakob steht dort, natürlich Hand in Hand mit Frida. Wahrscheinlich bereiten sie sich gerade auf eine ihrer Wanderungen vor. Sie so versammelt zu sehen macht mir endgültig klar, dass ich nicht mehr dazugehöre. Ich habe einen bitteren Geschmack im Mund und ein Ziehen im Magen. Alles ist ungelöst, unausgesprochen, unklar. Ich frage mich, warum man von verbrannter Erde spricht, das suggeriert doch klare Verhältnisse. Aber soziale Gefüge sind chaotisch und sumpfig, die Trennlinien unscharf, das Geflüster unsichtbar. Einen Moment lang verspüre ich den heftigen Wunsch, zu ihnen zu gehen und mit ihnen zu reden, als könne ich alles rückgängig machen, wenn ich nur freundlich genug wäre. Dann meldet sich mein Stolz. Ich gehe weiter.

Friedrich sitzt schon vor meinem Schrank. Obwohl ich weiß, dass ihn solche Dinge kaum interessieren, beschäftigt mich das Zusammentreffen mit meinen verlorenen Freunden. Ich kann es nicht lassen, laut darüber nachzudenken. »Immer habe ich an mir gezweifelt, aber vielleicht kann man der ganzen Sache gar nicht mit Logik beikommen. Bei ihnen geht es ja ständig um das Geheimnis, um das Verrätselte. Logik hat da keinen Platz. Das ist doch alles ein großer Schwindel.«

Friedrich zwinkert ungeduldig. »Natürlich. Aber das ist doch sowieso klar.« Er zeigt auf den Schrank: »Die Schublade hier oben schließt noch nicht.« »Und weißt du, was das Schlimmste ist? Dass sie sofort beschließen, wer schlechte Energien hat, wer unrein ist, und wer ihren Standards nicht genügt. Ich glaube, sie verstehen noch nicht mal, dass diese Exklusivität ihre Ideen von Einheit und Liebe Lügen straft.« Friedrich murmelt irgendetwas, offensichtlich werde ich ihn nicht mehr für das Thema begeistern können. Er sagt: »Ich bin nicht so sicher, ob wir die Schubladen wirklich aus dem hellen Holz machen sollen. Das ist doch auch wieder nur unnötige Dekoration.« Ich versuche, mich auf die Kisten zu konzentrieren. Ich will den Kontrast zwischen dem hellen und dem dunklen Holz unbedingt, weil ich ihn so schön finde, aber ich weiß, dass das nicht der Weg ist, um Friedrich zu überzeugen. Deshalb sage ich: »Die verschiedenen Farben haben durchaus eine Funktion, Friedrich. So kann man viel leichter sehen, wo die Schubladen sind.«

Das leuchtet ihm ein und wir bleiben bei den verschiedenen Holzarten. Einzig die Schubladen muss ich noch mal abschleifen, ansonsten ist Friedrich sehr zufrieden. Die Kommode ist schlicht und gut gearbeitet. Er wird keine Probleme haben, sie als seine eigene Arbeit auszugeben. Das wenige Geld, das er dafür bekommen wird, verspricht er, mit mir zu teilen. »Und ich werde keine Sekunde verlieren!« Das ist ein bitterer Scherz, der im Moment oft gemacht wird, denn alle leiden unter der Inflation, manche sicher mehr als andere. Ich habe mir noch nie Gedanken über mein Auskommen machen müssen, und ich bin hauptsächlich mit der logistischen Seite beschäftigt. Meine Eltern können mir das Geld nur noch telegrafisch schicken, weil es sonst kaum mehr etwas wert ist, wenn es bei mir ankommt. Im Gegensatz zu den anderen habe ich es gut, aber es beunruhigt mich doch, dass ich nicht weiß, was die ganze Sache eigentlich für meine Familie bedeutet. Friedrich kennt sich aus mit Wirtschaftsdingen, weil er in Gedanken die meiste Zeit mit seinem ewigen Klassenkampf beschäftigt ist.

Er muss wissen, dass meine Familie auf der anderen Seite dieses Kampfes steht, aber geredet haben wir darüber nie. Ich weiß, dass meine Eltern es mir nicht sagen würden, wenn es Probleme gäbe, schon gar nicht per Brief oder Telegramm. Also überwinde ich mich: »Meinst du eigentlich, ich muss mir Sorgen um meine Familie machen?«, frage ich. »Was denn für Sorgen?« »Wegen dem Geld, also … Wegen der Inflation?« Friedrich lacht. »Luise, die Großindustriellen in Berlin führen grade Freudentänze auf, weil ihre Schulden schmelzen. Nein, im Gegenteil, deine Familie profitiert von der Hyperinflation«, sagt er und blinzelt bestimmt. »Woher weißt du denn, dass mein Vater in der Industrie ist?« Schon wieder lacht Friedrich mich aus. »So viele Schillings gibt es jetzt auch wieder nicht in Berlin. Und ich sehe es als meine Aufgabe, so viel wie möglich über diese Leute zu wissen.«

Meine Frage ist mir peinlich, aber ein bisschen mulmig ist mir auch zumute. Die ganze Zeit wusste Friedrich, und damit wahrscheinlich sein gesamtes obskures Netzwerk, alles über meine Familie, und nie hat er etwas erwähnt. Vielleicht sollte ich ihm aber auch einfach nur dankbar sein, dass meine Familie nie ein Hindernis für unsere Freundschaft war.

*

Ich bin alleine in der Tischlerei und arbeite immer noch an den Schubladen. Sie wollen einfach nicht reibungslos schließen, egal wie viel ich schleife und poliere. Nachdem ich die eine Seite zum fünften Mal abgeschliffen habe, gebe ich entnervt auf und starre aus dem Fenster in den grauen Himmel. Die Fastenzeit hat wieder angefangen, und ich bin heilfroh, dass ich mich nicht mehr an die Mazdaznan-Regeln halten muss. Es gibt sowieso nicht viel schmackhaftes Essen, aber wenigstens habe ich jetzt die Möglichkeit zuzugreifen, wenn ich unverhofft etwas angeboten bekomme. Gerade überlege ich, ob ich aufhören und in die Kantine gehen soll, als ich hastige Schritte auf der Treppe höre und einen Moment später Samuel vor mir steht.

Er ist völlig außer Atem, seine Brille fällt ihm fast von der Nase. »Luise, du musst sofort kommen ... Es ist Erich ... Er, er ist ... Ich weiß nicht mehr weiter!« Mit Mühe bringe ich ihn dazu, sich ein wenig zu beruhigen und auf einen Stuhl in der Werkstatt zu setzen.

»Langsam. Was ist mit Erich?«, frage ich.

»Er ist krank! Erst dachten wir, es sei nur ein Schnupfen, aber es ist immer schlimmer geworden, und seit gestern Nacht hat er schrecklich hohes Fieber. Er ist nicht mehr bei Bewusstsein, ich glaube, seine Verletzung am Bein hat sich entzündet. Ich mache mir so furchtbare Sorgen, Luise.«

»Habt ihr einen Arzt gerufen?«

»Nein! Sidonie traut den Ärzten nicht, und außerdem sagt sie, wir können uns das nicht leisten. Aber du ja vielleicht, vielleicht kommst du irgendwie an Medikamente?«

Samuels Verzweiflung löst bei mir, zu meiner eigenen Überraschung, völlige Ruhe und Klarheit aus. Ich denke nach. »Frau Werner müsste noch Aspirin zu Hause haben. Komm, das gehen wir jetzt holen und dann bringst du mich zu Erich.«

Hastig gehen wir den Weg zu mir nach Hause. Ich bete, dass das Aspirin, das ich vor nicht allzu langer Zeit im Badezimmerschrank gesehen habe, noch dort ist. Samuel wartet draußen, ich renne die Treppen zum Bad hoch und durchsuche den Schrank, bis ich schließlich die kleine Glasflasche mit dem verblassten Etikett finde. Frau Werner ist nicht zu Hause. Heiligt in diesem Fall der Zweck die Mittel? Medikamente sind knapp, und sie zu stehlen ist kein Kavaliersdelikt. Aber dann denke ich an Samuels verzweifeltes Gesicht, und an den ruhigen, sanften Erich und nehme die Flasche kurz entschlossen mit.

Schon vor dem Tempelherrenhaus hören wir den Gesang. Erich liegt aufgebahrt in der Mitte des Kaminzimmers, jemand hat Kerzen angezündet, alle stehen um Erich herum. Die Szene ist mir unheimlich, sie erinnert mich an das Lazarus-Gemälde von Caravaggio, das wir im Vorkurs analysiert haben. Es sieht aus, als würden alle an Erich zerren, und in der Luft liegt ein beißender Geruch, es riecht nach bitteren Kräutern, Alkohol und Schweiß. Samuel drängelt sich durch. Ich folge ihm und erschrecke bei Erichs Anblick. Sein Hemd ist völlig durchnässt, sein Gesicht schimmert bläulich. Ab und zu stöhnt er und bewegt sich unruhig. Sidonie steht an der oberen Seite des Bettes und ist damit beschäftigt, seine Stirn mit einem feuchten Lappen abzuwischen. »Wir haben Aspirin aufgetrieben«, sagt

Samuel. »Kommt überhaupt nicht in Frage«, sagt sie. »Aber Sidonie, wir können doch nicht einfach ...!« Samuel schaut sie bittend an. Sidonie erwidert seinen Blick nicht einmal. Sie bleibt in ihre Arbeit vertieft, die mir sinnlos vorkommt. Sie wringt einen neuen Lappen aus, rückt an einem Eimer voll Wasser herum und streicht Erich schon wieder über die Stirn. Ihre Beflissenheit macht mich aggressiv. Ich nehme sie an der Hand und zerre sie blindlings hinter mir her aus dem Haus. Samuel läuft uns nach.

Im Freien reißt Sidonie sich los. »Jetzt erklär mir mal bitte, warum du Erich ein fiebersenkendes Medikament vorenthalten willst«, sage ich. Ich hätte nicht gedacht, dass ich je den Mut aufbringen würde, so mit ihr zu sprechen.

»Du brauchst nicht so tun, als würdest du dich auf einmal für Erichs Wohlergehen interessieren. Du hast schon lange nicht mehr das Recht, dich hier einzumischen«, sagt Sidonie und schüttelt ihren Lockenkopf.

»Aber Sidonie, wenn die Medizin schon mal da ist ...«, versucht Samuel es von der Seite. Sidonie dreht sich zu ihm und spricht demonstrativ leise: »Das ist industrielles Gift, das macht die Menschen überhaupt erst krank. Unsere Mittel sind viel wirksamer: Natürliche Kräuter, nichts, was ihn noch mehr verunreinigt. Aber das weißt du doch alles.«

»Aber das machen wir jetzt seit drei Tagen, und es geht ihm immer noch nicht besser. Ich würde ihm so gern die Schmerzen nehmen.« Samuel hat Tränen in den Augen.

Sidonie legt den Arm um ihn und wendet sich noch ein bisschen weiter von mir ab.

»Manchmal kann man den Leuten nicht helfen. Weißt du, Erich war schon immer ein bisschen anders als wir. Das sieht man an seiner Hautfarbe, an seinen Zähnen, sogar an seinem Atem spürt man es. Andere Rassen haben einfach andere Voraussetzungen, um Giftstoffe und Verunreinigungen abzuwehren. Vielleicht haben wir Glück, und sein Körper schafft es. Aber vielleicht müssen wir ihn auch einfach gehen lassen.«

Samuel zieht ein paar Mal die Nase hoch und nickt vor sich hin. Ich kann es nicht fassen. »Ihr armen Irren, euch ist ja überhaupt nicht mehr zu helfen«, stoße ich hervor und meine Stimme versagt mir fast.

Gerade will ich gehen, als dieses Mädchen, diese Frida, aus dem Haus gerannt kommt. »Er ist aufgewacht, es geht ihm endlich besser!« Samuel und Sidonie laufen ins Haus, nur ich bleibe mit rasendem Puls alleine draußen und starre die Statuen am Eingang an. Immerhin habe ich jetzt Gewissheit. Gewissheit darüber, dass all die Regeln, Bräuche und Rituale dieser Gruppe letztlich nicht mehr sind als Instrumente, um andere Leute auszuschließen. Gewissheit darüber, dass mein Unverständnis seine Berechtigung hatte, und zwar abseits von meinen eigenen intellektuellen Grenzen. Darüber, dass ihre Gedankenwelt, die mir so anziehend erschien, an der Realität scheitern muss, eben weil sie so weltvergessen ist.

*

Ostern kommt und geht. Die Vorbereitungen auf die Ausstellung gehen jetzt nicht mehr Schritt für Schritt voran, sie überschlagen sich. »Wie sollen wir das nur in dieser kurzen Zeit schaffen«, das ist der stöhnende Tenor. Aber die allgemeine Verzweiflung, die oft in Albernheit umschlägt, schweißt uns auch zusammen. Irgendwann höre ich von anderen Studenten, dass

Johannes das Bauhaus endgültig verlassen hat – und dass Sidonie, Jakob, Erich und Samuel mit ihm in die Schweiz gegangen sind.

Heute ist das Lampionfest, eines der Bauhaus-Feste, an denen ich nie teilgenommen habe, weil Sidonie auch dafür nur Verachtung empfand. Der Laternenzug findet jedes Jahr an Gropius' Geburtstag statt, was die Sache für die Kuttenträger nicht gerade interessanter machte. Es ist ein warmer, aber bedeckter Tag im Mai, und Friedrich soll mich bei Frau Werner abholen. Meine Mönchsjacke trage ich längst nicht mehr, aber heute wage ich mich zum ersten Mal an meine Sommerkleidung, die ich seit beinahe zwei Jahren nicht mehr anhatte. Ich krame ein hellblaues, geblümtes Kleid aus Seide hervor, das ich völlig vergessen hatte, und die Schuhe, die mir meine Mutter zu Weihnachten geschenkt hat. Nach dem Schminken mustere ich mich lange im Spiegel. Die Person, die mir entgegenschaut, kommt mir fremd vor, aber auch hübsch und mädchenhaft.

Ich fühle mich leicht und begehrenswert, und die Vorfreude auf den Abend hüpft mir im Körper herum. Ich warte im Vorgarten, in dem zu Frau Werners Genugtuung schon einiges blüht. Friedrichs Laterne ist natürlich in martialischem Rot gehalten, und ich kann mir nicht verkneifen, ihm dafür ein spöttisches Lächeln zuzuwerfen. Ich habe mich an chinesischen Lampions orientiert, aber anstatt fernöstliche Motive einzusticken, kleine rote und blaue Dreiecke auf das Papier geklebt. Langsam schlendern wir durch den warmen Abend hinunter zur Sternbrücke. Schon von weitem sehe ich viele Menschen am Ilmufer stehen. Es ist schön, der Begegnung mit ihnen allen nur mit Interesse und Neugier entgegenzusehen und keine Blicke mehr im Rücken zu spüren.

Es ist noch hell, trotzdem haben einige der Studenten ihre Laternen schon angezündet. Andere sind gerade dabei, als wir die Steintreppen an der Brücke hinuntersteigen. Streichhölzer werden herumgereicht, bei manchen besonders ausgefallenen Gebilden ist das Anzünden schwierig. Der Einfallsreichtum meiner Mitstudenten überrascht mich immer wieder. Einige haben riesige Pappmaché-Kugeln gebaut, es gibt ein silbernes Viereck, ein blaues Schiff und sogar einen winzigen Vogel mit echten Federn. Ich frage mich, woher sie alle die Zeit nehmen, neben den Vorbereitungen für die Ausstellung auch noch diesen Aufwand zu betreiben. Wir stellen uns zu einer Gruppe von Friedrichs Freunden. Friedlich und etwas geistesabwesend höre ich den Plaudereien zu, bis schließlich alle Kerzen brennen und sich der Zug in Bewegung setzt. Wir gehen von Haus zu Haus durch ganz Weimar und holen die Meister Klee, Kandinsky und Schlemmer bei ihren jeweiligen Wohnungen ab, wobei es jedes Mal großes Geschrei gibt. Die wenigen Spaziergänger in den Straßen Weimars bedenken uns mit misstrauischen Blicken. Schließlich stehen wir mit versammelter Mannschaft vor Gropius' Haus. Eine Gruppe von Studenten mit Instrumenten stimmt ein lautes, übermütiges Geburtstagsständchen an. Gropius öffnet die Tür und tut überrascht, aber in seiner großen Wohnung stehen schon lange, weißgedeckte Tische mit Essen bereit. Es gibt Brot, Käse, Schinken und Wein, und in einer Ecke entdecke ich eine Torte. Niemand heuchelt Zurückhaltung, alle stürzen sich mit großem Appetit auf die Platten. Die Laternen bilden am Eingang einen bizarren Haufen aus Pappmaché, Draht und Seidenpapier.

Ich kann mich nicht erinnern, wann ich das letzte Mal einen ganzen Abend in so gelöster Stimmung verbracht habe.

Ich lerne viele der anderen Studenten zum ersten Mal richtig kennen, ich unterhalte mich stundenlang, trinke und esse viel und genieße das Gefühl, rein gar nichts von diesem Abend zu wollen. Gegen zwei Uhr nachts brechen auch die Letzten auf. Ich spaziere beschwingt durch die warme Nacht, reiße im Vorbeigehen Blüten ab und balanciere auf der schmalen Bordsteinkante.

22. Mai 1923

Liebe Luise,

Deine Mutter und ich sind zu dem Schluss gekommen, dass Dein Aufenthalt am Bauhaus in Weimar nicht länger sinnvoll ist. Wir haben Dir einen Platz im Pestalozzi-Fröbel-Haus in Schöneberg gesichert, wo Du bereits im Juni anfangen wirst. Deine Mutter kennt Frau Droescher, die Leiterin dieser exzellenten Haushaltsschule, persönlich. Frau Droescher versichert uns, dass Du Dich dort wohlfühlen wirst. Komm umgehend nach Berlin. Wir werden uns darum kümmern, dass Deine Schulden in Weimar beglichen sind.

Dein Vater

Dessau
1926

ch höre Musik aus der Ferne. Die Ohren sind schneller als die Augen, aber in der Dunkelheit erkenne ich etwas Helles. Ich beschleunige meine Schritte, sie knirschen auf dem gefrorenen Schnee. Mir wächst ein riesiger leuchtender Würfel entgegen, der mitten in der Einöde steht. Das Licht, das durch die enorme Glasfassade nach außen dringt, blendet mich. Das Gebäude glänzt und schwebt, es ist durchsichtig und doch massiv. Es ist wie ein Fremdkörper, wie ein gleißendes Raumschiff, das sich sanft auf der Erde niedergelassen hat und jetzt in scharfgestochenem Kontrast aufrecht und weiß auf dem grauen schneebedeckten Boden thront.

Ich nähere mich dem Eingang. Er führt zuerst in einen kleineren Gebäudeteil, der mit Beton ummantelt ist. Die Verkleidung ist mit sieben gerundeten Lettern bestückt, die zur Hälfte von der Dunkelheit verschluckt werden.

»B–A–U–H–A–U–S«, steht dort.

Ich bleibe stehen, mein Blick unabwendbar, mein Körper zitternd. Was wir uns immer vorgestellt haben, gibt es nun wirklich, denke ich und erschaudere. Aus dem Durcheinander unserer Ideen hat sich ein konkretes Objekt gebildet, ist manifest geworden. Es steht vor mir und lässt sich nicht mehr anzweifeln, verwerfen oder aus der Welt schaffen. Ich spüre eine Energie, die sich fremd anfühlt, weil sie jahrelang in eine Hülle aus Resignation und Gleichmut gegossen war.

Ein Haus zu bauen, das bedeutet, eine Welt zu schaffen, in der Leute schlafen und essen, arbeiten und lieben, streiten und sich verbünden. Ein Haus ist nicht nur ein Gefäß für die Menschen, es hat Auswirkungen auf ihr Leben und ihr Denken. Kein Wunder, dass das Leben meines Bruders und seiner Freunde, das Leben meiner Mutter so eng und rigide, so verstaubt und oberflächlich ist. Nichts erscheint mir in diesem Moment sinnvoller als hier, an diesem Ort zu sein, hier, wo die Menschen verstanden haben, dass wir nicht verharren können, dass wir etwas Neues brauchen.

Ich will die Zukunft bauen und die Vergangenheit abreißen.

*

Direkt unter den großen Lettern steht ein Mann, der in so viele bunte Decken eingepackt ist, dass sein Gesicht kaum herausschaut. Ein roter Pfeil aus Pappe hängt um seinen Hals, darauf steht in Kleinschreibung und Druckbuchstaben: »dort entlang!« Als er mich sieht, ruft er gutgelaunt: »Nicht hier entlang! Dort entlang!« und zeigt nach rechts auf das Gebäude.

Ich gehe an der glänzenden Fassade entlang. Hinter der Ecke offenbart sich ein weiterer Quader. Ein Verbindungstrakt bildet eine Brücke zwischen den beiden Häusern.

Ich bewundere die Konstruktion der Glasfassade, die mir in all ihrer Transparenz vollkommen stabil erscheint und die sich wie ein Vorhang über drei Stockwerke erstreckt. Unter der Brücke befindet sich eine große Tür, vor der einige Grüppchen herumstehen. Ich erkenne niemanden.

Seit drei Jahren habe ich Friedrich nicht mehr gesehen, sein Schreiben beinhaltete nicht viel mehr als die Einladung zur Einweihung des neuen Bauhaus-Gebäudes. Am Anfang habe ich noch alle Entwicklungen am Bauhaus, so gut es ging, in der Zeitung mitverfolgt – die Übernahme des konservativen Bürgerblocks in Thüringen, die finanziellen Schwierigkeiten in Weimar, die Übersiedlung nach Dessau. Aber seit dem Umzug ist es schwieriger geworden, aus der Ferne zu erfahren, was vor sich geht. Ich weiß, dass Gropius die Schule immer noch leitet, aber ich bin mir nicht sicher, welche alten Bekannten ich sonst treffen werde.

Kurz zögere ich, bevor ich die große Tür aufstoße. Stimmengewirr und Musik schlagen mir entgegen. Das Foyer ist brechend voll. Die Studenten sind leicht zu erkennen, manche haben Kostüme an, aber auch die in schlichter Arbeiterkleidung heben sich stark ab von den Anzug- und Ehrenträgern mit Hut. Die Bauhaus-Kapelle hat sich in einer Ecke platziert. Ich versuche zu erkennen, ob mir einer der Musiker bekannt vorkommt.

Dann halte ich nach Friedrichs orangenen Haaren Ausschau, ebenfalls erfolglos. Ich stelle mich mit dem Rücken zum großen Fenster neben die Kapelle und beobachte das Durcheinander. Gerade will ich mir zumindest ein Glas Wein besorgen, als mir jemand auf die Schulter tippt. Friedrich lacht, es ist immer noch dasselbe kehlige Kichern, dann nimmt er mich in den Arm. Sein Haarschopf ist jetzt ordentlich mit Pomade nach hinten gegelt und glänzt hellbraun. »Du siehst ja so seriös aus!« sage ich und betrachte seinen Anzug, der allerdings etwas fadenscheinig ist und Flecken an den Ärmeln hat. »Ach, ich tue nur so. Komm, wir holen uns erst mal was zu trinken.«

Wir bahnen uns den Weg durch die Menge. Friedrich zieht mich durch eine der drei Türen in eine Aula. Auch hier sind überall Menschen. Die Stühle sind aus Stahlrohren gemacht, Sitzflächen und Lehnen bestehen lediglich aus Stoff. Ich möchte mir die Konstruktion genauer anschauen, aber Friedrich geht einfach weiter. Als er auf die Bühne klettern will, versuche ich erschrocken, ihn zurückzuhalten. Er schreit irgendetwas gegen den Lärm an und zeigt hinter das Podest, wo drei große Schiebewände offen stehen und den Blick auf einen weiteren Raum freigeben: die Kantine. Sie ist groß und hell erleuchtet, die Decke erstrahlt in verschiedenen Farben, und überall stehen kleine Hocker und Tische herum. Am hinteren Ende ist eine Essensausgabe, dort gibt es heute auch Wein. Wir brauchen ewig, bis wir da sind. Ich frage Friedrich, wie viele Leute für die Eröffnung wohl angereist sind. »Um die tausend, schätze ich.« Er sagt das mit leuchtenden Augen.

Jetzt ertönt scheppernd ein Gong, das Programm soll beginnen. Ich will wieder zurück in die Aula, aber Friedrich hält mich zurück. Die Bühne soll wie ein Amphitheater sein, erklärt er. Die Genehmigung, sie auch zum Garten hin aufzubrechen, habe Gropius zwar nicht bekommen, sie sei nun aber zumindest zu zwei Seiten offen, und von der Kantine aus könne man genauso gut verfolgen, was passiert. Wir halten Ausschau nach Sitzplätzen. Friedrich entdeckt ein paar seiner Freunde an einem der vorderen Tische. Sie rücken für uns zusammen. Ich bin mir nicht sicher, ob ich die Idee mit dem Amphitheater gelungen finde. Gropius, der unter tosendem Applaus die Bühne betritt, versucht, beide Seiten zu adressieren, was aber darauf hinausläuft, dass er vor allem mit der Wand dazwischen spricht.

Ich bin zu neugierig, um seiner Rede zuzuhören. Im Flüsterton frage ich Friedrich aus. Er sei jetzt Assistent in Gropius' Architekturbüro, erzählt er. »Eigentlich waren wir das letzte Jahr nur mit den Gebäuden hier in Dessau beschäftigt, aber ich nehme an, in den nächsten Jahren werde ich öfter nach Berlin kommen. Zumindest hoffe ich das. Ich bin mir nicht sicher, wie sinnvoll meine Arbeit bei Gropius ist, und in Berlin kann ich wenigstens den Genossen beistehen.« Ich will weiterfragen, aber so langsam ernten wir böse Blicke. Gropius, der gerade dazu ansetzt, in seiner Funktion als Direktor feierlich der Stadt Dessau zu danken und den Bürgermeister vorzustellen, erscheint mir beschwingt, aber um Jahre gealtert. Jetzt betritt ein gutaussehender, mittelalter Mann mit schwarz glänzendem Schnurrbart die Bühne.

»Das ist der Mann, der uns nach Dessau geholt hat«, flüstert Friedrich mir ins Ohr. »Fritz Hesse. Der ist von der DDP, aber trotzdem ganz in Ordnung.« Ich muss lächeln. Friedrich scheint immer noch jeden Winkelzug der Lokalpolitik zu verfolgen. Der Bürgermeister ist nicht unsympathisch, hält aber eine Rede, wie nur Politiker sie halten können: zu lang, voller Wiederholungen und ohne wirklich etwas zu sagen. Ich betrachte die Streben an der Decke, deren Farben die Struktur betonen, anstatt sie zu verstecken. Auch die Fenster verbergen ihren Ursprung in der Fabrik nicht. Alles hier ist klar und schnörkellos, alles sieht so neu und licht aus. Ich könnte Stunden damit verbringen, mich einfach nur umzuschauen. Der Bürgermeister hat seine Rede beendet, der Applaus trägt die Kapelle auf die Bühne. Die respektvolle Stille ist gebrochen, man redet wieder miteinander, bis schließlich auf der Bühne ein Lichtkegel auftaucht und das Gemurmel abebbt. Der

Scheinwerfer sucht und findet eine Gestalt, die eine silberne Maske und ein weißes Kostüm trägt.

Ich kenne diese Art von Theater noch aus Weimar, hatte dort aber nie viel mit Oskar Schlemmer und seinen Studenten zu tun. Ihre erste Aufführung gab es bei der letzten großen Ausstellung, in dem Sommer, in dem ich das Bauhaus verlassen musste. Drei Wochen lang sperrte ich mich damals in mein Zimmer ein und dachte verzweifelt an die Festlichkeiten, an meine Freunde, an alles, was ich verpasste – bis mein Vater schließlich ein Machtwort sprach und mich endgültig in den Berliner Alltag zurückholte. Der stumme Mann bewegt sich wie ein Turner zwischen den aufgestellten metallischen Trennwänden hin und her. Sein Tanz ist somnambul, sein Kostüm – zwei Kegel für die Beine, eine Kugel für den Bauch – lässt ihn entkörpert wirken. Nach ein paar Minuten sehe ich nur noch Objekte, die durch einen schwarzen Raum wandern. »Schlemmer hat so etwas wie den architektonischen Tanz erfunden«, erklärt Friedrich leise. »Die Tänzer beziehen sich immer auf die Raumachsen der Umgebung.« Der Tanz dauert nicht lang, bekommt aber den bisher lautesten Applaus. Kurz betritt dann noch einmal Gropius die Bühne, erklärt, dass man morgen die Meisterhäuser und die neue Siedlung besichtigen könne und spricht ein paar Schlussworte.

»Genug Programm!«, sagt einer von Friedrichs Freunden. »Wir gehen ins Haus. Kommt ihr mit?« Ich sehe Friedrich fragend an. »Prellerhaus, dort wohnen wir jetzt.« Als er sieht, dass mich das noch mehr verwirrt, fügt er hinzu: »Das Studentenwohnheim, das wir hier gebaut haben, haben wir einfach nach dem in Weimar benannt.« Die anderen sind schon in der Menge verschwunden, Friedrich muss immer wieder stehenbleiben und mit verschiedenen Leuten reden. Endlich sind wir draußen an der kalten Luft. Zu unserer Rechten führt eine weitere Treppe in den Wohntrakt. Aus dem Treppenhaus höre ich Stimmen, anscheinend sind wir nicht die Einzigen, die sich von dem Fest zurückgezogen haben. Im vierten Stock gehen wir durch einen langen Gang, alle Türen stehen offen. Friedrichs Freunde haben sich in einem der Zimmer versammelt. Einer von ihnen sitzt auf dem Bett, die anderen haben es sich auf dem Boden gemütlich gemacht. Seine Anstellung als Gropius' Assistent hat wohl nicht viel an Friedrichs sozialer Unbeholfenheit geändert, er vergisst, mich vorzustellen und lässt sich der Länge nach auf das Bett fallen. Der große schlanke Mann, der auf dem einzigen Stuhl im Zimmer sitzt und sich als Josua vorstellt, hat offenbar bessere Manieren. Er steht auf und bietet mir seinen Platz an. Auch dieser Stuhl ist aus Stahlrohr gemacht und mit einem fein gewebten Stoff bespannt, der bestimmt aus der Weberei kommt. Er ist erstaunlich bequem.

»Wer von euch wohnt hier eigentlich?«, frage ich, und lasse den Blick durch das Zimmer schweifen. Es ist unordentlich, überall liegen aufgeschlagene Bücher und Notizhefte herum, aber komischerweise wirkt es trotzdem aufgeräumt. Durch riesige Fenster blickt man in die dunkle Weite, und auch hier sehen die Details – die Klinken, die Fensterrahmen, eine Vorrichtung zum Öffnen der oberen Fenster – aus, als kämen sie direkt aus einer Fabrik. Ich kann kaum glauben, dass nur eine Person hier wohnt, ich schätze den Raum auf mindestens zwanzig Quadratmeter, was in Weimar als unerhörter Luxus gegolten hätte. »Das ist mein bescheidenes Heim, Friedrich wohnt nebenan«, sagt Josua. Er ist ungefähr Ende zwanzig, hat dunkelbraune Haare und weit auseinanderstehende Augenbrauen. Friedrichs Freunde fragen mich aus. Ich genieße die Aufmerksamkeit, die mir als altgedienter Bauhäuslerin, aber auch als einziger Frau im Raum zuteilwird. Es ist fast, als hätte sich etwas in der Chemie der Luft verändert, seit ich das Zimmer betreten habe. Nach drei eintönigen Jahren an einer Schule voller Mädchen, unterbrochen nur durch ein paar langweilige Rendezvous mit Männern, die meine Mutter für geeignet befand, schmeichelt mir diese Aufmerksamkeit ungemein.

Die Schnelligkeit der Witzeleien und das Hakenschlagen der Konversation überfordern mich anfangs, aber dann läuft sich mein Geist warm. Meine Einwürfe und Erwiderungen sind gewitzt und schnell – so kommt es mir zumindest vor. Das Gespräch dreht sich um die Dessauer Kommunalpolitik, um die Architekturkritiker, die vorhin beim Festakt gesehen wurden, und um die Berichterstattung, mit der man rechnet. »Ich glaube, ich habe Fritz Stahl vom ›Berliner Tageblatt‹ gesehen«, sagt Josua. »Ich kann mir nicht vorstellen, dass der besonders wohlwollend schreiben wird«, erwidert Friedrich. »Der nennt uns doch immer ›die Modernen‹. Man würde das ja als Kompliment nehmen, wenn es bei ihm nur nicht so abfällig klingen würde.« Josua nickt. »Hans Nanotek war auch da.« »Der ist vom ›Hamburger Anzeiger‹, oder?«, fragt Friedrich. »Nein, der ist jetzt bei der ›Neuen Leipziger‹«, sage ich und bin stolz darauf, etwas beitragen zu können. Die letzten drei Jahre habe ich obsessiv alles gelesen, was ich über Architektur finden konnte. Stunden habe ich in der riesigen Bibliothek Unter den Linden verbracht, in der nicht nur Bücher, sondern auch eine unübersichtliche Auswahl von Tageszeitungen zu finden sind. Irgendwann kannte ich die Namen der Kunstkritiker aller großen Zeitungen, hatte Lieblinge und Feinde, aber nie hatte ich jemanden, mit dem ich darüber reden konnte. Und jetzt auf einmal bin ich in einem Raum mit Leuten, die nicht nur dieselben Referenzen kennen, sondern die sogar Gegenstand der Berichterstattung sind.

Josua fördert immer neue Flaschen zutage, er und Friedrich diskutieren heftig über die KPD, und ich bin irgendwann so betrunken, dass ich nur noch zuhöre. Viel verstehe ich nicht, ich bekomme nur mit, dass Friedrich vor wenigen Jahren ein- und vor kurzem dann wieder ausgetreten ist, und dass Josua sich selbst als sozialistischen Zionisten bezeichnet, der in der Partei keine Zukunft sieht. Die meisten anderen verabschieden sich irgendwann. Ich hatte eigentlich geplant, den letzten Zug nach Berlin zu nehmen, aber dafür ist es längst zu spät. Sowohl Josua als auch Friedrich erklären sich sofort bereit, mir Obdach zu gewähren. Ich entscheide mich für Friedrichs Zimmer, wo er dann natürlich vergisst, mir das Bett anzubieten. Auf einem Teppich, versorgt mit vielen Decken und Kissen, versinke ich innerhalb von Sekunden in dunklen, traumlosen Schlaf.

*

Der Zug nach Berlin fährt ruckartig an. Ich starre aus dem Fenster in das blendende Weiß. Der Schnee ist an manchen Stellen schon wieder geschmolzen und gibt graubraune Äste und Erde auf dem Boden frei. Langsam spiele ich Momente des letzten Abends durch, mein Buch liegt aufgeschlagen auf meinem Schoß. Ich habe das Gefühl, gestern Nacht mehr erlebt zu haben als in den letzten drei Jahren. Diese lähmende Zeit an der Mädchenschule: die Tage, die immer demselben Ablauf folgten, der Unterricht bei Frau Droescher, die mit verkniffenem

Mund und bösen Blicken versuchte, mir Fügsamkeit beizubringen, die dummen Gänse, deren einziges Ziel im Leben es war, einen Mann an sich zu binden. Und schließlich die Wochenenden, die ich im besten Fall zu Hause verbringen durfte, im schlimmsten aber in Kaffeehäusern und Tanzstuben mit den Langweilern, die meine Mutter für mich aussuchte. Ich denke an den armen Kerl, den ich im Tanzpalais sitzengelassen habe, an der Toilette vorbei durch den Kücheneingang nach draußen, und muss lächeln. Weniger schön war das enttäuschte Gesicht meiner Mutter, wenn ich mal wieder viel zu früh zurückkam. Dass ich mich nicht für die Männer interessierte, die sie aussuchte, kam ihr gar nicht in den Sinn. Stattdessen rätselte sie darüber, warum ich so unbeliebt sei. »Sei nicht immer so vorlaut, Luise. Männer haben Angst vor klugen Frauen«, sagte sie.

Und dann war da das langsam einsetzende Grauen, als mir klar wurde, dass mein Vater nicht mehr lange leben würde. Der erste Schwächeanfall war an Weihnachten, vor fast genau einem Jahr. Er erhob sich von der Tafel, betrachtete seine schweigende Familie mit ernstem Blick und fiel einfach um. Sein Sturz war merkwürdig lautlos, er schlug mit dem Kopf auf dem schweren, weichen Teppich auf. Dann, kurz nach Neujahr, kam der Husten. Ein Geräusch, das ich in allen Variationen kennenlernen sollte, verschleimt, verkrampft, verzweifelt, keuchend, krächzend, schwach und schließlich so tief in ihm drin, dass es kaum noch zu hören war. Es war, als hätte sich ein Wesen in seiner Brust festgesetzt, ein Parasit, den er sich mit all seinem preußischen Fleiß beharrlich hustend auszutreiben versuchte. Ich hatte nie besonders zärtliche Gefühle für meinen Vater gehegt, mit seiner ganzen staatstragenden Strenge erlaubte er so etwas einfach nicht. Auch als er immer schwächer wurde, war ich vor allem empört über ihn. Darüber, dass er mit seinen Idealen nicht gegen die Krankheit ankam, dass er zum lebenden Beispiel dafür geworden war, wie fehlerhaft seine Grundsätze von Ehre, Tugend und Pflichtbewusstsein waren. Darüber, dass er sich weigerte, die Arbeit ruhen zu lassen, bald schon nicht mal mehr zum Abendessen kam und sich stattdessen bis tief in die Nacht hustend in seinem Zimmer verbarrikadierte. Aber vor allem darüber, dass er meine Mutter und mich einfach mit Otto alleine lassen würde.

Als ich die Tür zu unserer Wohnung aufschließe, schlägt mir die abgestandene Trauer, die statische Luft meines Zuhauses entgegen. Lore tut ihr Bestes, um eine Art Alltag aufrechtzuerhalten. Jeden Morgen stellt sie uns ein Frühstück hin, das kaum angerührt wird. Sie besorgt jetzt auch die Blumen, die meine Mutter früher samstags vom Markt holte und in der ganzen Wohnung verteilte. Trotzdem ist es, als ob der genügsame Geist meines Vaters, gegen den meine Mutter mit ihrem Überschwang immer das nötige Gegengewicht bildete, stärker als je zuvor in diesen Räumen wohnt. Otto hat die Geschäfte meines Vaters übernommen und ist im Moment auf Reisen, um sich den Handelspartnern vorzustellen. Spätestens an Weihnachten wird er zurück sein, das Arbeitszimmer meines Vaters für sich beanspruchen und sich in genau den rabiaten Patriarchen verwandeln, der er schon immer sein wollte. Bevor das passiert, muss ich hier weg. Bei Charlotte kann ich nicht mehr unterschlüpfen. Sie hat schließlich doch einem ihrer vielen Verehrer nachgegeben – einem wahnsinnig reichen und energischen amerikanischen Dandy, mit dem sie vor einem knappen Jahr nach Amerika ausgewandert ist.

Ich klopfe an die Schlafzimmertür meiner Mutter. Keine Antwort. Ich drücke vorsichtig die Klinke hinunter. Die schweren Vorhänge sind zugezogen, durch die Ritzen fällt streifenweise fahles Dezemberlicht. Meine Mutter hat abgenommen, sie verschwindet fast zwischen all den großen Kissen und Decken.

»Mein Kind«, sagt sie und lächelt matt. Ihr Atem riecht nach dem Cognac, mit dem sie anfangs das Mittagessen ersetzt hat und nun wohl auch das Frühstück. Ich setze mich auf die Bettkante.

»Mama, willst du nicht mal an die frische Luft gehen? Oder aufs Land fahren? Mir hat es so gutgetan, ein paar Tage rauszukommen.«

»Ach nein, ich habe hier doch alles«, sagt sie.

Wir schweigen. Nach einer Weile sage ich: »Brauchst du mich denn hier? Otto wird ja jetzt wieder öfter da sein, und in Dessau war es so schön, dass ich dachte, vielleicht könnte ich …«

»In Dessau? Was hast du denn in Dessau gemacht?«

»Ich war doch am Bauhaus, Mama, bei der Eröffnung des neuen Gebäudes. Wir haben lange darüber geredet, bevor ich gefahren bin.«

Ich weiß nicht, ob ich es auf den Cognac oder auf die Trauer schieben soll, und was von beidem mir mehr Angst machen würde, aber zur Zeit vergisst meine Mutter alles. Dass sie allerdings nicht einmal mehr mitbekommt, wenn ich zwei Tage weg bin, ist neu und zutiefst beunruhigend.

»Ach ja«, sagt sie unbestimmt.

»Ich muss irgendetwas mit meinem Leben machen. In Dessau haben sie jetzt die Unterstützung der Regierung. Sie haben ein unglaubliches Gebäude gebaut, mit Studentenwohnungen und Werkstätten. Ich glaube, da entsteht etwas völlig Neues.«

»Aber du hast doch schon studiert, Luise.«

»Am Bauhaus habe ich doch keinen Abschluss gemacht, ich musste ja zurück nach Berlin. Ich würde das so gerne nachholen. Lässt du mich?«

»Ich weiß nicht, rede doch am besten mit Otto darüber, wenn er zurück ist.«

Das ist natürlich völlig unmöglich. Mein Bruder würde mich nie gehen lassen, und sei es nur, um mir keinen Gefallen zu tun. Aber wenn meine Mutter mir jetzt ein Zugeständnis macht, kann ich zumindest versuchen, am Bauhaus wieder aufgenommen zu werden und ihn dann vor vollendete Tatsachen stellen. Ich bin mir zwar keineswegs sicher, ob Gropius mich nach so langer Zeit zurückkehren lässt, aber meine Situation in Berlin ist zu ausweglos, um es nicht zu versuchen.

»Ich rede mit Otto. Aber dir wäre es recht?«

Ihr schwaches Nicken lässt mich zweifeln, ob sie überhaupt verstanden hat, worum es geht. Mit dem bestimmten Gefühl, etwas Verwerfliches getan zu haben, lasse ich sie alleine und setzte mich an einen Brief an das Bauhaus in Dessau.

*

Die Zusage kommt gerade noch rechtzeitig. Es ist der dritte Advent und in einer Woche soll Otto zurückkommen. Jetzt loszufahren ist meine einzige Chance. Hastig treffe ich alle Vorbereitungen für die Reise und telegrafiere Friedrich, ob ich bei ihm unterkommen kann, bis ich eine eigene Bleibe gefunden habe. Alles geht so schnell, ich habe kaum Zeit, mich zu freuen.

Erst, als ich zum zweiten Mal in meinem Leben die lange Allee vom Bahnhof zum Bauhaus entlanggehe, diesmal mit einem schweren Koffer, den ich durch den Schnee schleife, werden meine Schuldgefühle von unbändiger Vorfreude abgelöst. Meine Anspannung löst sich, so als wäre ich einer schrecklichen Zukunft nur sehr knapp entkommen, und irgendwie stimmt das ja auch.

Friedrich steht am Eingang zum Prellerhaus und wartet auf mich. Nachdem ich ihn ausdrücklich darum gebeten habe, nimmt er mir den Koffer ab, aber nicht, ohne vorher darauf hinzuweisen, dass das Treppenhaus in den Grundfarben gestrichen ist. Und tatsächlich, wenn man durch den rechteckigen Geländerschacht nach oben schaut, ist jedes Stockwerk farbig markiert. Blau, rot, gelb klettert man mit den Augen nach oben. Es sind diese Details, die mir so gefallen, diese kleinen Hinweise darauf, dass jemand bis ins Letzte mitgedacht hat.

Die Nacht verbringen wir redend. Wie immer ist die Unterhaltung mit Friedrich lebhaft, auch wenn ich ihm nicht erzählen kann, was mir wirklich auf der Seele brennt, denn er interessiert sich schlicht nicht für so banale Dinge wie Emotionen. Am nächsten Tag reist er ab, über die Weihnachtstage zu seinen Eltern nach Westfalen. Es wird still. Ich mache lange Spaziergänge durch Dessau, das mir abwechselnd wie eine beschauliche Residenzstadt und dann wieder wie eine postapokalyptische Wüste erscheint. Ich bewundere die Siedlung Törten und die Meisterhäuser, beides von Gropius in Windeseile aus dem Boden gestampft. Sie sind wie Geschwister des Schulgebäudes, die Siedlung eine riesige Ansammlung von kleinen Häusern mit Flachdächern, die Meisterhäuser prächtige, strenge Villen. Weil Dessau selbst so provinziell ist, müssen sich die Bauhaus-Gebäude hier nicht gegen die ausladenden Neubauten der Jahrhundertwende behaupten, wie das in Berlin der Fall wäre.

Ich esse abwechselnd in zwei billigen Gaststätten, denn die Bauhaus-Kantine ist geschlossen. Den Weihnachtsabend verbringe ich in Friedrichs Zimmer und starre aus dem Fenster über den kleinen Balkon hinweg in die Weite. Ich bin einsam, aber all die neuen Eindrücke verhindern, dass mich die Einsamkeit lähmt. Drei Tage nach Weihnachten kommt ein wutentbrannter Brief von Otto, in dem er mir schwere Vorwürfe darüber macht, unsere Mutter im Stich gelassen zu haben, und droht, mir keinen Pfennig mehr zu geben. Mit dem Geld habe ich sowieso nicht gerechnet, aber sein Gerede über unsere Mutter trifft mich. Ich mache mir Sorgen um sie.

Es ist kalt im Prellerhaus, und obwohl ich nachts irgendwann sogar Friedrichs Teppich über die Bettdecke werfe, werde ich kurz nach Silvester krank. Ich schlafe so viel, dass ich jedes Zeitgefühl verliere. Manchmal öffne ich die Augen und kann nicht sagen, ob ich in die Abend- oder Morgendämmerung blicke. Die Fieberträume sind derart lebhaft und schrecklich, dass ich Angst vor dem Schlaf bekomme. Immer hustet jemand in meinen Träumen, spuckt Blut und windet sich, aber nie ist es mein Vater. Bizarre Bilder von riesigen Essenstafeln mischen sich in meine Albträume, Lores Schweinebraten taucht genauso auf wie Charlottes Amuse Gueules und Sidonies bitterer Wurzelsaft. Als ich das nächste Mal die Augen öffne, muss sich das Fieber gelegt haben, meine Wahrnehmung ist wieder schärfer. Ich höre Stimmen auf dem Flur und spüre plötzlich unerträglichen Hunger. Wankend stehe ich auf, schlüpfe in meine Klamotten und stolpere aus dem Zimmer. Ich muss jämmerlich aussehen, die Studenten, denen ich auf meinem Weg nach unten begegne, starren mich erschrocken an. Die Kantine ist wieder geöffnet, anscheinend sind die Semesterferien vorbei. Ich muss tagelang geschlafen haben.

Nachdem ich eine Kartoffelsuppe heruntergeschlungen habe, an der ich mir mehrmals die Lippen verbrenne, wird mir übel. Hastig gehe ich hinaus, klammere mich an das Treppengeländer und sauge die eiskalte Luft ein. Schon nach ein paar Atemzügen wird es besser. Ich schaue hoch und nehme zum ersten Mal wieder bewusst meine Umgebung wahr.

Neben mir stehen ein paar Studenten und rauchen. Falls sie sich über meine Frage wundern, welcher Tag heute ist, geben sie das nicht zu erkennen. Als ich das Zimmer wieder betrete, steht Friedrich inmitten der Unordnung und blickt sich ratlos um. Ich versuche eine Erklärung, aber er fällt mir ins Wort, beordert mich ins Bett, geht hinaus und kommt zehn Minuten später mit Kräutertee zurück. Ich bin erstaunt über seine Fürsorge und füge mich dankbar.

*

In den folgenden Wochen begleitet mich ein vertrautes Gefühl. Wieder beginnt der Schulalltag für alle anderen, bevor ich selbst anfangen kann. Wehmütig denke ich an meine erste Zeit in Weimar, die so unbeschwert war. Alles war für mich geregelt worden, ich musste nur darauf warten, dass ich endlich in den Vorkurs durfte. Jetzt habe ich kein Geld und keine Unterkunft, und zum ersten Mal in diesen Wochen bekomme ich Angst vor meinem eigenen Mut. Habe ich einen schrecklichen Fehler gemacht? Aber selbst wenn ich im Moment so gern von meiner Mutter hören würde, was zu tun ist, diese Möglichkeit gibt es nicht mehr. Ich habe mich mit meiner hastigen Flucht in meiner Entscheidung eingesperrt, und jetzt geht es nicht mehr zurück, nur noch vorwärts. Ich denke an die lebenstüchtige Maria und versuche, mir vorzustellen, was sie tun würde.

Geld bedeutet Unabhängigkeit, sage ich mir, als ich vor einer der Wirtschaften stehe, in denen ich die ersten Wochen gegessen habe. »Kellnerin gesucht«, steht schon eine ganze Weile auf dem Speiseaushang vor der Tür. Ich habe Glück. Der Besitzer, ein grimmiger Mann mit rotem Gesicht, ist da und hat Zeit, mich zu sehen. Er fragt nicht nach meinen bisherigen Erfahrungen als Kellnerin. Stattdessen wandert sein Blick immer wieder an mir hinunter, langsam und lüstern. »So ein feines Mädchen will also als Kellnerin arbeiten?« Er spricht tiefstes Sächsisch. Ich schweige und nicke. Er blinzelt mich noch eine Weile misstrauisch an, dann sagt er: »Also gut, du fängst morgen an. Aber du wirst hier nicht die Prinzessin spielen, ist das klar?« Wieder nicke ich eifrig, aber ich fühle mich niedrig und ekelhaft, und an der frischen Luft muss ich mich zwingen, tief durchzuatmen.

In den nächsten Wochen verblasst diese erste Erfahrung mit dem Wirt. Ich lerne, dass er Frauen nicht nur mit den Augen auszieht, sondern seine Macht über die Kellnerinnen auch mit Griffen an den Hintern und anzüglichen Witzen unter Beweis stellen will. Er hasst das Bauhaus, »diese verrückte Bolschewistenmeute«, mit Inbrunst, und dass er mich eingestellt hat, kann ich mir nur mit der Befriedigung erklären, die es ihm verschafft, seine fleischigen Hände nun auch über eine Studentin von dort walten zu lassen.

Die Wohnungssuche dauert, aber schließlich komme ich über einen Bekannten von Friedrich nach ein paar Wochen in einer kleinen Arbeiterwohnung nicht weit vom Zentrum unter. Es ist kalt dort und dunkel, und der abgestandene Geruch der Wirtschaft und die Sprüche des Besitzers verfolgen mich bis ins Bett. Nachts juckt es mich am ganzen Körper, manchmal mache ich nach Stunden das Licht an, um zu kontrollieren, ob es auch wirklich keine Flöhe sind, die mich plagen. Nachts denke ich auch an meine Mutter, der die Trauer vielleicht gerade den Verstand raubt und die mir immer alles gegönnt hat. Ich habe sie einfach mit Otto alleine gelassen, der seine Wut über meinen Ungehorsam womöglich an ihr auslässt. Fast nie schlafe ich vor dem Morgengrauen ein. Jeden Abend schwöre ich mir, am nächsten Tag bei der Arbeit Paroli zu geben, etwas so Schlagfertiges zu sagen, dass es dem Wirt die Sprache verschlägt, und jeden Tag bleibe ich stumm.

Ich musste noch nie Lohnarbeit verrichten und finde es fast komisch, wie sehr sie in ihrer Monotonie den Aufgaben an der Haushaltsschule ähnelt. Aber so sehr ich mich auch in die Ödnis der letzten drei Berliner Jahre zurückversetzt fühle, etwas ist doch anders: Ich weiß, dass diesmal alles ein Ende haben wird. Sobald auch für mich der Unterricht anfängt, werde ich genug Geld gespart haben, um zumindest ein Semester lang über die Runden zu kommen.

Meine wenigen freien Stunden verbringe ich in der Bauhaus-Kantine mit Friedrich und Josua, oder mit der Arbeit an meinem Siedlungsprojekt. Es soll eine Wohnsiedlung mitten in Berlin werden und ich denke an kaum etwas anderes. Obwohl Josua mein Projekt größenwahnsinnig findet, hilft er mir mit den technischen Details, und Friedrich gibt mir jedes Mal neue Empfehlungen für Bücher, die ich mir in der Bibliothek ausleihen soll. Wenn es in der Wirtschaft ruhiger wird und wir nur noch darauf warten, dass die letzten Gäste gehen, stehe ich manchmal am Tresen und zeichne Grundrisse für meine Wohnhäuser. Einen Wirtschaftsplan erstelle ich auch, stundenlang rechne ich an den Preisunterschieden verschiedener Baustoffe herum. Mit der Verteilung von Licht und Grünflächen zwischen den Bewohnern kämpfe ich am meisten, denn obwohl ich verschiedene Wohnungen entwerfe – für Großfamilien, für Senioren, für kinderlose Paare –, möchte ich die Ressourcen gerecht verteilen. Schließlich sollen alle dieselben Ausgangschancen haben. Immer wieder verwerfe ich meine Konzepte, bis ich durch Bruno Taut auf den Architekten Theodor Fischer und seine neue Siedlung in München stoße. Die Häuser der »Alten Heide« sind schmal, länglich und quer zur Straße nebeneinander angeordnet. Dadurch gibt es für jeden Bewohner genau die gleichen Lichtverhältnisse und genau denselben Zugang zum Garten. Sofort schmeiße ich meine alten Pläne weg und zeichne mit zitternder Hand innerhalb von drei Nächten neue.

Meine relative Armut ist mir nicht unangenehm, im Gegenteil, irgendwie fühle ich mich dadurch sogar auf eine neue Art zugehörig, denn die Studenten um mich herum hatten ja noch nie viel Geld. Als ich versuche, darüber mit Friedrich zu sprechen, gratuliert er mir mit einem sarkastischen Lächeln zu meinem neuen Status als Arbeiterin: »Das muss dir ganz wahnsinnig exotisch vorkommen, Luise.« Aber nach einem Monat halte ich mein erstes selbstverdientes Geld in der Hand und bin außerordentlich stolz auf mich. Otto hat seine Versuche, mich nach Berlin zurückzuholen, mittlerweile aufgegeben. So jemand wie ich sei seine Energie und seine Fürsorge nicht wert, lässt er mich in seiner letzten Nachricht wissen. Eines Tages kommt dann ein Brief von meiner Mutter, der fünfzig Reichsmark und gute Wünsche für mich enthält. Ich bin erleichtert, dass es ihr bessergeht und sie mir keine Vorwürfe macht.

*

Eine Audienz beim Direktor bekommt man nicht mehr so einfach wie damals in Weimar. Von Friedrich, der durch seine Arbeit mit Gropius bestens informiert ist, erfahre ich, wann er überhaupt in Dessau ist und wie sein Terminkalender aussieht. Ich möchte unbedingt in die Architekturabteilung, die zum neuen Semester gegründet werden soll, und mir fällt kein anderer Weg ein, als mit Gropius selbst darüber zu reden. Außerdem habe ich gehört, dass im Prellerhaus ein Zimmer frei wird, das würde viele meiner Probleme lösen. Friedrich überzeugt mich, am besten einfach unangemeldet zwischen zwei Terminen bei Gropius aufzutauchen. Sein Büro liegt in der Mitte des Verbindungstraktes und hat zwei Türen: eine, die direkt in den Raum führt, und eine zum Vorzimmer der Sekretärin. Ich bete, dass ich nicht in ein wichtiges Gespräch hereinplatze und öffne die erste.

Gropius hat gerade über ein paar Zeichnungen gebrütet und blickt gereizt auf. Dann breitet sich ein gutmütiges Lächeln auf seinem Gesicht aus. Er erinnert sich an mich und scheint sich ehrlich über meine Rückkehr zu freuen. Hier ist es komischerweise wärmer als im Rest des Gebäudes. Der Raum riecht seltsam, nach einer Mischung aus Plastik und Dünger. Dafür muss das Triolin verantwortlich sein, von dem ich schon gehört habe, der neuartige, billige Kunststoff, mit dem der Boden belegt ist. Das Direktorenzimmer in Weimar wurde erst nach meiner Abreise fertig, aber ich habe gehört, dass dieses hier fast genauso aussieht. Ein massiver Holztisch dominiert das Zimmer, direkt daneben steht ein gelber, gedrungener Sessel. Gropius lädt mich mit einer Geste ein, darauf Platz zu nehmen.

»Es wird Sie freuen, dass die Weberei jetzt von einer sehr kompetenten, ehemaligen Studentin geleitet wird.« Ich will ihm ins Wort fallen und ihm so schnell wie möglich klarmachen, dass ich unter keinen Umständen zurück in die Weberei gehen kann, da sagt er: »Fräulein Pfister ist erst seit diesem Jahr Meisterin der Webwerkstatt, aber sie hat schon viel Gutes bewirkt.«

»Pfister? Maria Pfister?«

Gropius nickt ahnungslos. »Richtig, Sie kennen sich bestimmt noch aus Ihrer Weimarer Zeit.« Ich bin so überrascht, dass ich mich erst einmal sammeln muss. Meine Maria ist jetzt die Leiterin der Weberei? Wieso habe ich sie noch nicht gesehen? Und warum hat mir Friedrich das nicht erzählt? Dann schiebe ich meine Fragen beiseite und versuche, mich zu konzentrieren.

»Wenn ich ehrlich bin, konnte ich der Arbeit in der Weberei nie viel abgewinnen. Ich habe gehört, dass zum neuen Semester eine eigene Bauabteilung eingerichtet wird. Daran würde ich gerne teilnehmen.«

Gropius' Gesichtsausdruck wandelt sich, er sieht mich prüfend und etwas skeptisch an. Er schweigt. Ich hatte damit gerechnet, dass es nicht einfach wird. Ich hole die Zeichnungen für meine fiktive Großsiedlung in Berlin aus der Tasche, inklusive Umgebungsplan und Modellskizze. Ich sehe ihm seinen Widerwillen an, als er nach ihnen greift. Er wirft einen flüchtigen Blick darauf und will sie mir schon zurückgeben, da scheint doch etwas sein Interesse zu erregen. Er tippt auf den Geländeplan, runzelt die Stirn und sieht genauer hin. Dann fragt er: »Warum haben Sie die Gebäude so angeordnet, Fräulein Schilling?«

Mit dieser Frage testet er mich, denke ich, anders kann es nicht sein. Eifrig fange ich an zu erklären. Als ich das Wort »Zeilenbau« verwende, sieht er mich überrascht an, als ich anfange, von Theodor Fischer zu sprechen, wird sein Blick geradezu ungläubig. Auf einmal sind wir in ein Fachgespräch vertieft, wir reden über die potenzielle Monotonie von Zeilenbebauung, über die Lichtverteilung und schließlich über billige Werkstoffe. Gropius' Sekretärin klopft einmal wegen eines Telefongesprächs an. Zu meiner Freude wimmelt er sie ab.

Schließlich sagt Gropius: »Also gut, Fräulein Schilling. Wir probieren das aus. Den Vorkurs haben Sie ja schon in Weimar absolviert, ich denke, Sie sollten gleich in die Spezialausbildung des dritten Semesters einsteigen. Dort können Sie sich dann auch mit den Grundlagen der Statik vertraut machen.« Ein unsinnig euphorischer Stolz überkommt mich, und ich werde übermütig. »Sagen Sie, ich habe gehört, im Prellerhaus wird ein Zimmer frei …« Aber Gropius ist in Gedanken schon mit anderen Dingen beschäftigt, die Sache ist für ihn erledigt, das sehe ich. »Da reden Sie am besten mit meiner Sekretärin. Ilse!« Die Sekretärin steckt den Kopf zur Tür herein. »Ilse, würden Sie Fräulein Schilling bitte mit einer möglichen Unterkunft im Prellerhaus helfen?« Ich verabschiede mich und folge der Sekretärin ins Vorzimmer.

Diese ist sichtlich der Meinung, sie habe Besseres zu tun, kramt aber so lange in ihren Papieren, bis sie schließlich meine Unterlagen findet. »Wie ich sehe, haben Ihre Eltern das Schulgeld in Weimar gezahlt. Sie sind dort auch privat untergekommen. Und jetzt möchten Sie also im neuen Prellerhaus wohnen?« Ihr strenger Blick dämpft meine Euphorie. Ich nicke. »Ich fürchte, die Warteliste ist lang, und Sie werden einsehen, dass andere auf diese Möglichkeit mehr angewiesen sind als Sie.« Ich überlege, ob ich ihr meine Situation erklären soll, aber sie schaut mich so eisig an, dass ich beschließe, diesen Kampf ein anderes Mal auszutragen. Das Wichtigste ist, dass ich nun offiziell Studentin der Baulehre bin.

*

Es ist der letzte Samstag vor Semesterbeginn, meinem Semesterbeginn, den ich so lange herbeigesehnt habe. Friedrichs Freund Hermann kenne ich bis jetzt nur aus Erzählungen, heute gibt er einen kleinen Umtrunk bei sich im Prellerhaus. Kurz vor neun klopfe ich an Friedrichs Zimmertür, gemeinsam gehen wir ein Stockwerk höher. Im Treppenhaus fällt mir wieder ein, dass ich ihn nach Maria fragen wollte. Gerade will ich ansetzen, da werden wir schon von Hermann begrüßt. Sein Alter ist schwer einzuschätzen, er hat ein pralles, jungenhaftes Gesicht, große Augen und schwarze Haare. Er trägt einen teuren, schlecht sitzenden Anzug, der um seinen kleinen Bauch etwas spannt. Mit großer Geste bittet er uns herein. Sein Zimmer ist viel besser ausgestattet als alle anderen hier. In der Ecke steht eine kleine Bar mit goldbraunen Flüssigkeiten in glänzenden Kristallflaschen, der Boden ist mit bunten Teppichen bedeckt, an den Wänden hängen teuer gerahmte Zeichnungen. Sogar ein Grammofon entdecke ich. Josua ist schon da, seine braunen Haare sind zerzaust. Er sitzt auf einem Stahlrohrstuhl, von denen Hermann ganze vier besitzt. Den Schreibtisch, der zur Ausstattung jedes Zimmers gehört, hat er mit einem weißen Tischtuch bedeckt, darauf stehen Kerzen, Käse und Brot.

Die Stimmung ist albern und verkatert, ich habe als Einzige gestern nicht getrunken. Josua bricht immer wieder in anlassloses Kichern aus, Hermann stellt theatralisch seine Kopfschmerzen zur Schau, nur Friedrich ist nichts anzumerken. Ich lasse mich so sehr mitreißen, dass ich irgendwann selbst das Gefühl habe, ich hätte am Vorabend an ihrem Gelage teilgenommen. Immer wieder wird beteuert, dass man es heute ruhig angehen lassen wolle und früh ins Bett müsse, um morgen frisch zu sein.

»Du bekommst natürlich trotzdem was«, sagt Hermann und stellt ein schweres Glas mit Whiskey vor mich hin. Wo er die Eiswürfel herhat, ist mir ein Rätsel.

»Hermann! Führe mich nicht in Versuchung!«, ruft Josua und sinkt tiefer in seinen Stuhl.

»Wo kein Kläger, da kein Richter«, antwortet Hermann vergnügt und schenkt drei weitere Gläser ein. Seine Gesten sind immer so ausladend wie nachlässig, als würden sie seine eigene Großzügigkeit umschreiben. Wir sitzen um den Tisch herum und essen. Es ist eine Weile her, dass ich Käseplatten gesehen habe, von denen man so viele verschiedene Dinge probieren konnte. In die kurze Stille hinein sage ich: »Friedrich, warum hast du mir eigentlich nicht erzählt, dass Maria immer noch hier ist? Noch dazu als Meisterin?«

Alle schauen mich überrascht an. »Du kennst Maria?«, fragt

Friedrich. Erst jetzt begreife ich, dass sich meine Freundschaft zu Maria schon schmerzlich zerstreut hatte, als ich ihn in Weimar kennenlernte. »Sie wohnt direkt über mir«, sagt Hermann, »aber die Frau Professor gibt sich selten unseren profanen Sinnesfreuden hin.« In seinem Spott schwingt Respekt mit, und als ich vorschlage, sie einzuladen, sind alle begeistert. Ich fühle mich wie auf einer Mission, entsandt von meiner Mannschaft, als ich die Treppe im Zweierschritt hochrenne. Erst vor ihrer Tür denke ich an unser schwieriges Verhältnis und zweifle auf einmal, ob sie sich überhaupt freuen wird, mich zu sehen. Eine sehr ernste Maria öffnet mir die Tür. Aber als sie mich sieht, tritt wieder das alte, gutgelaunte Lächeln in ihr Gesicht. Sie ist noch dünner geworden, und ihre großen, wässrigen Augen treten nun ein wenig hervor, aber sie ist immer noch sehr hübsch. Nach einer überschwänglichen Umarmung nötigt sie mich, in ihr Zimmer zu kommen und ihr auf der Stelle alles zu erzählen. Ich fasse kurz die letzten turbulenten Monate zusammen und frage sie dann, ob sie nicht mit zu Hermann kommen will. Sie bedenkt mich mit einem nicht unfreundlichen, aber doch etwas sarkastischen Lächeln und sagt: »Die Kommunisten also? Weißt du, ich muss eigentlich noch etwas vorbereiten.« Am Ende lässt sie sich doch überreden.

Wir werden mit großem Hallo begrüßt, und ich spüre, dass auch Maria die Atmosphäre gefällt. Sie macht sich sofort über den Käse her, was mich beruhigt: Zumindest an ihrer Verfressenheit hat sich nichts geändert. Das Gespräch springt lebhaft von Thema zu Thema, immer wieder wird nachgeschenkt, der Vorsatz, heute früh ins Bett zu gehen, hat sich unmerklich in den Vorsatz verwandelt, sich so gründlich wie möglich zu betrinken.

Hermann scheint sich für alles zu interessieren. Zu jedem Thema hat er etwas gelesen, kann etwas zitieren und Zahlen nennen, und je länger der Abend wird, desto attraktiver finde ich ihn. Irgendwann kommt die Rede auf Weimar, auf die Dinge, die sich seitdem verändert haben. Wie Veteranen erzählen Friedrich, Maria und ich von unserer Zeit dort. Hermann sagt: »Am schlimmsten stelle ich mir diesen Esoterikwahn vor, diese weltvergessenen Spinner, die so hündisch hinter dem großen Herrn Itten hergelaufen sind.« Maria wirft mir einen Blick zu und sagt: »Da solltest du Luise fragen, die hat Erfahrungen mit den Ittenjüngern gemacht.« Ich fühle mich verraten und will meine Verwicklungen in die Mazdaznan-Gruppe herunterspielen. Dann besinne ich mich eines Besseren und sage: »Ich habe schon lange nichts mehr mit denen zu tun, aber ich habe viel von ihnen gelernt.«

»Ach ja?«, sagt Hermann und zieht die Augenbrauen hoch. »Was denn zum Beispiel? Wie man bitteren Tee kocht?«

Möglichst gelassen sage ich: »Das konnte ich schon vorher. Nein, viele von ihren Glaubenssätzen waren tatsächlich ein bisschen weit hergeholt. Aber ich bin der Meinung, dass sich nicht alles erklären lässt. Und das Verlangen mancher Menschen, die ganze Welt in eine hübsch verpackte Ordnung zu stecken, entsteht doch nur aus Angst.«

»Aber genau das versuchen die ja: Sie wollen die Welt nach ihren Regeln ordnen, alles in leicht verdauliche Kategorien packen, um es dann zu verachten oder zu überhöhen. Da unterscheiden sie sich kaum von den Rechten.«

Jetzt mischt Josua sich ein: »Entschuldige, Luise, aber Hermann hat recht: Genau dort, bei den völkischen Mystikern, da schwelt der Antisemitismus.«

»Diese Gruppierungen sind ja nicht alle gleich! Viele von meinen Freunden in Weimar waren selbst Juden«, protestiere ich.

Hermann wischt unsere Bemerkungen mit einer Handbewegung weg und sagt dann: »Fakt bleibt, dass sie es sich sehr einfach machen, mit ihrem festgefahrenen Weltbild.«

»Da sind sie aber nun wirklich nicht die Einzigen. Die Technikfanatiker, die Aufklärungsanhänger, die« – ich werfe Friedrich einen entschuldigenden Blick zu –, »die Marxisten sind doch viel schlimmer, da gibt es nämlich einen absoluten Wahrheitsanspruch. Die Esoteriker erkennen wenigstens an, dass es Dinge gibt, die über die menschliche Vorstellungskraft hinausgehen.«

»Moment, aber gerade die Wissenschaftler bauen ihre Forschung doch auf Zweifeln auf, eine Korrektur ist jederzeit möglich, ja sogar erwünscht.«

»Aber was ist mit dem Zeitraum, in dem die Korrektur noch nicht stattgefunden hat? Da besteht dann trotzdem genau der Anspruch, von dem ich geredet habe. Diese fixe Idee, dass die Welt in einem gegebenen Moment nur nach den neuesten Erkenntnissen zu werten ist.«

Das hier ist ein intellektuelles Kräftemessen. Obwohl sich am Ende keiner von uns überzeugen lässt, macht es mir Spaß, herausgefordert zu werden. Ich könnte noch ewig so weitermachen, aber die anderen haben das Interesse verloren. Friedrich war überhaupt die ganze Zeit ungewöhnlich still. Der Vorwand, unter dem er sich schließlich verabschiedet, ist durchschaubar. Josua ist damit beschäftigt, Maria polnische Trinksprüche beizubringen, die schließlich die Aufmerksamkeit der ganzen Runde in Anspruch nehmen. Dann dreht er das

Grammofon lauter und fordert Maria mit einem ironischen Kratzfuß zum Tanzen auf. Als ich mich dazugesellen will, merke ich, wie betrunken ich bin. Hermann nimmt mich an der Hand, der Raum dreht sich, ich stolpere über einen Stuhl, und auf einmal ist sein gerötetes Gesicht ganz nah an meinem. Wir küssen uns, wir tanzen, wir küssen uns wieder und tanzen weiter, wie um die Tatsache zu überspielen, dass hier gerade etwas Wichtiges stattfindet. Wie lange wir das machen, weiß ich nicht. Ich blende die anderen aus, berausche mich an der Musik und an diesem Blick, mit dem mich Hermann ansieht.

Als wir uns schließlich allesamt lachend und erschöpft auf das Bett fallen lassen, dämmert durch die großen eisenumrahmten Fenster schon der Morgen. Ich muss sofort nach Hause, denke ich, aber als ich meine Sachen zusammensuche, bricht ein Proteststurm los. »Wir bleiben heute alle hier. Ist doch genügend Platz«, sagt Hermann. Ich lasse mich überreden. Maria schafft es irgendwie, sich abzusetzen, Josua ist schon längst auf dem Boden eingeschlafen, und so teilen Hermann und ich uns das Bett. Als aus Josuas Richtung leises Schnarchen kommt, werden Hermanns Küsse dringlicher. Er scheint sich nicht daran zu stören, dass noch jemand anderes im Zimmer ist, aber der Alkohol und die späte Stunde tun ihr Übriges, und bald fallen auch wir eng umschlungen in einen trunkenen Schlaf.

Ich wache früher auf als die anderen, winde mich aus Hermanns Umarmung und gehe barfuß in die Teeküche, um mir kaltes Wasser ins Gesicht zu spritzen. Ich bin immer noch betrunken, in meinen Schläfen pocht der Schmerz. Als ich das Zimmer wieder betrete, sind die beiden aufgewacht. Josua presst sich stöhnend das Kissen aufs Gesicht, während Hermann beschwingt im Zimmer herumräumt, eine keramische Kaffeemaschine amerikanischer Art zutage fördert und Gläser wegräumt. Er begrüßt mich mit einem Kuss, so selbstverständlich, als wären wir schon seit zehn Jahren verheiratet. Er geht, um bei Maria zu klopfen, und wenig später sitzen wir alle auf seinem Bett, trinken Kaffee und frönen unserem geteilten Leid. Hermann legt den Arm um mich, Josua verharrt immer noch in einer Art stabiler Seitenlage, und Maria hat es sich am Ende des Bettes unter der Decke gemütlich gemacht. Wir erzählen einander den gestrigen Abend nach, der unmäßige Whiskeykonsum wird zu einer immer größeren Heldengeschichte. Alles ist Anlass, in albernes Lachen auszubrechen, Josuas zitternde Hände ebenso wie die Erinnerung an Hermanns gestrigen Vorsatz, nicht trinken zu wollen. Wir schmieden Pläne für die nächsten Tage, Hermann wirft immer abstrusere Vorschläge ein und wird dafür ausgelacht. Ich fühle mich ungewaschen und zerknittert und außerdem habe ich Hunger, aber ich denke: Wenn ich je eine Familie habe, dann möchte ich, dass es sich genau so anfühlt wie das hier.

*

Die erste Vorlesung findet in Hannes Meyers Büro statt, die Baulehre hat noch keine eigenen Räumlichkeiten. Ich habe mich mit Josua verabredet, aber ich bin zu früh und stehe deshalb im langen Gang herum und schaue durch die Glasfassade auf den Werkstattflügel. Heute werde ich nicht den Luxus haben, vertraute Gesichter zu sehen, das weiß ich, weder Klee mit seinen großen Augen und den dunklen Ringen darunter noch den würdevollen Kandinsky. Kurz überlege ich, ob es eine gute

Idee war, den Vorkurs zu überspringen. Dann kommen die anderen Studenten, Meyer öffnet pünktlich die Tür und bittet uns herein. Bis auf ein paar Stühle und einen Tisch ist der Raum völlig leer. Die Wände sind kahl, nirgendwo liegen Notizen, noch nicht einmal Bücher gibt es hier. Meyer beginnt mit ein paar einführenden Worten. Sein Lächeln ist breit und etwas schmallippig, er trägt einen braunen, legeren Anzug und spricht schnell und bestimmt. Er hat einen Schweizer Akzent, aber er bemüht sich, hochdeutsch zu sprechen. Josua kommt zu spät und lässt sich geräuschvoll neben mir nieder. Meyer spricht von der Notwendigkeit, auf die Bedürfnisse der Bewohner eines Hauses zu achten. Sonneneinstrahlung, Licht- und Klimaverhältnisse, die täglichen Wege zum Briefkasten oder die Lärmeinwirkungen durch die Nachbarn, all das ließe sich genau berechnen. Er sagt es nicht direkt, aber ich habe das Gefühl, es geht ihm nicht weit genug, was Gropius in dieser Hinsicht leistet. Mir gefällt es, wie radikal er jede ästhetische Überlegung ablehnt. Ich denke an die eiskalten Temperaturen im winterlichen Prellerhaus, und Gropius' Funktionalismus kommt mir mit einem Mal verlogen vor. Meyer ist konsequenter, er denkt die Sache zu Ende, anstatt sich einfach nur vom Ornamentalen abgrenzen zu wollen. Ich könnte ihm ewig zuhören, aber er fasst sich kurz und stellt uns Alcar Rudelt vor, einen kleinen Mann mit melancholischem Gesichtsausdruck, den ich bis jetzt für einen Studenten gehalten habe. Er ist ein Ingenieur aus Dessau, der uns die Grundlagen der Statik näherbringen soll.

Meyer verabschiedet sich, und die nächste Stunde verbringe ich damit, panisch Begriffe und Formeln mitzuschreiben, die ich nicht verstehe. Bis auf das Gerede eines besonders eifrigen jungen Mannes, der sich offensichtlich mit seinen Kenntnissen der höheren Mathematik hervortun möchte, herrscht konzentriertes Schweigen. Ich weiß nicht, ob ich die Einzige bin, die später in die Bibliothek gehen wird, um Begriffe wie Loslager und Festlager, Wirklinien, Zugkraft, Flächenmoment und Widerstandsmoment nachzuschlagen. Am Ende der Stunde ist das große Blatt Papier, das Rudelt in Ermangelung einer Tafel benutzt hat, vollgekritzelt mit Gleichungen. Zum ersten Mal seit Langem denke ich mit Wehmut an meinen Vater zurück, der diese Dinge im Schlaf gekonnt hätte. Allerdings hätte er sie mir bestimmt nicht erklärt – er wäre der Meinung gewesen, Physik sei nichts, worüber ich mir meinen hübschen Mädchenkopf zerbrechen sollte.

*

Ich weiß nicht, ob das der Gedanke ist, der mich antreibt. Jedenfalls verbringe ich in der nächsten Zeit jede freie Minute in der Bibliothek. Ich schlage mich so lange mit den Fachbüchern herum, bis ich das Gefühl habe, mir die Gleichungen gefügig gemacht zu haben. In der Wirtschaft kellnere ich nur noch zweimal die Woche, was eigentlich eine Erleichterung sein müsste. Stattdessen graut mir immer mehr vor diesem Ort, an dem es nach kaltem Rauch und säuerlichem Bier riecht, je mehr Zeit ich in den sauberen, lichten Bauhaus-Räumen verbringe. Heimlich sehne ich mich nach der Zeit, in der ich immer mit einem Scheck meiner Eltern rechnen konnte. Nach einer besonders zermürbenden Schicht steht auf einmal Hermann vor mir. Unser Fest ist noch nicht lange her, und obwohl mir die Beine wehtun und meine struppigen Haare nach abgestandenem Bratenfett riechen, freue ich mich, ihn zu sehen. Dass er herausgefunden hat, wo ich arbeite, und hier einfach auftaucht, erscheint mir nach meinen Erfahrungen mit Jakob beeindruckend geradlinig.

Wieder begrüßt er mich mit einem Kuss und beschließt dann, dass ich zur Erholung eine heiße Dusche und einen Tee brauche. Ich bin erleichtert, dass ich nicht alleine in meine trostlose kleine Wohnung muss, und dankbar, dass Hermann sich um mich kümmert. Im Prellerhaus lasse ich mir in der leeren Gemeinschaftsdusche das heiße Wasser auf den Kopf prasseln. Eingewickelt in einen seidenen Morgenrock, den mir Hermann bereitgelegt hat, betrete ich sein Zimmer. Ich komme nicht mehr dazu, den Tee zu trinken, der schon auf dem Tisch steht, denn er öffnet die Schleife an meinem Morgenmantel mit so viel Ehrfurcht und Vorfreude wie ein kleiner Junge, der beschenkt wird. All die Souveränität, die ich so attraktiv finde, fällt von ihm ab. Ich wundere mich über seine kleinen, tastenden Berührungen. Ich war davon ausgegangen, dass er mit Anfang vierzig mehr Erfahrung hat als jemand in meinem Alter. Ich schlafe trotzdem mit ihm. Mein Begehren speist sich aus dem Blick, mit dem er mich betrachtet, diesem fassungslosen, euphorischen Blick, der mir schmeichelt und der mich beruhigt.

Wir liegen in den zerwühlten Laken, Kopf an Schulter. Ich erzähle Hermann von der scheußlichen Arbeit in der Kneipe. »Du musst da raus«, sagt er bestimmt. »Das Bauhaus bietet Führungen für Besucher an, das solltest du machen.« Als ich ihm von dem übergriffigen Besitzer berichte, wird er noch vehementer. »Morgen gehst du zu Gropius' Sekretärin und bewirbst dich.« Gerade will ich ihm erklären, dass meine erste Begegnung mit Ilse Schild nicht besonders vielversprechend war, da klopft es an der Tür. Lachend ruft Hermann: »Einen Moment«, wir springen auf und ziehen uns notdürftig an, da öffnet sich schon die Tür und ein ungeduldiger Josua steckt den Kopf herein. Er ist mit Friedrich gekommen, dem die Komik der Situation zu entgehen scheint, während wir uns bereitwillig von Josua auslachen lassen. Einmal mehr fällt mir auf, wie wenig man sich in dieser Gesellschaft zu schämen braucht.

Als wir schließlich alle an Hermanns Tisch sitzen, berichtet Friedrich von den letzten Tagen, die er in Berlin verbracht hat. Er ist noch blasser als sonst. »Am Samstag, als wir hier alle so fröhlich saßen, haben die Faschisten dort einen Eisenbahnwaggon gestürmt und mit siebenhundert Mann auf zwanzig Kommunisten eingeprügelt«, erzählt er. »Ich bin am nächsten Morgen sofort nach Berlin gefahren, die Genossen wollten am Wilhelmplatz protestieren. Natürlich hat der Polizeipräsident das nicht erlaubt. Wir sind trotzdem hingegangen. Die Bullen haben einfach in die Menge geschossen, wir haben uns hinter den Autos versteckt, aber irgendwann mussten wir das Weite suchen. Später habe ich gehört, dass ein Kamerad erschossen wurde.« Er vergräbt den Kopf in den Händen, dann schaut er verzweifelt auf und sagt: »Das kann doch alles so nicht weitergehen!« Josua klopft ihm auf die Schulter. Hermann sagt: »Das machen die nur, um Aufmerksamkeit zu bekommen, Friedrich. Ihr solltet nicht darauf eingehen.«

»Was sollen wir denn sonst machen? Hier in unseren Werkstätten sitzen und diskutieren? Oder Pläne zeichnen? Nein, der Kampf findet nicht hier statt, das musst du doch verstehen.«

Ich habe Friedrich noch nie so außer sich gesehen.

»Ich habe beschlossen, bei Gropius aufzuhören. Ich ziehe

nach Berlin. Wir können den Rechten nicht das Feld über-lassen.«

»Aber Friedrich, Berlin ist doch sowieso voll von Kom-munisten, was willst du denn da ausrichten? Ist es nicht besser, wenn du dich darauf konzentrierst, Wohnraum für die Arbei-ter zu schaffen?«, fragt Josua.

»Ja, das sieht dir ähnlich, du willst nur in sicherem Abstand zu den echten Kämpfen herumsitzen. Du bist ja noch nicht mal in Palästina geblieben!«, sagt Friedrich.

»Ich weiß nicht, warum du jetzt mich angreifst. Das ist doch genau das, was die wollen. Außerdem brauchst du gar nicht so tun, du hast doch bis gerade eben auch nur für Gro-pius gearbeitet.« Josua ist jetzt wütend, das kann ich sehen, aber er spricht mit beherrschter Stimme.

Hermann sagt: »Ich finde, das haben die Rechten gar nicht so schlecht hinbekommen. Jetzt stehen sie in der Zeitung und wir sitzen in Dessau und diskutieren darüber.« Er sieht amü-siert aus, was Friedrich zur Weißglut treibt.

»Dass du das auch noch lustig findest! Aber natürlich, du mit deinen großbürgerlichen Ambitionen. Wahrscheinlich sympathisierst du klammheimlich mit denen. Ich weiß noch genau, wie du letztes Jahr Strasser verteidigt hast.«

Hermann grinst weiterhin. »Friedrich, vielleicht ent-spannst du dich erstmal. Der Klassenkampf läuft dir doch nicht davon.«

Friedrich ist weiß im Gesicht. Er steht auf und sagt mit zu-sammengebissenen Zähnen: »Gut, dann bleibt eben in eurem Elfenbeinturm! Ich will damit nichts mehr zu tun haben.« Er wirft einen Stuhl um, der ihm im Weg steht, dann ist er ver-schwunden.

Es herrscht Stille. Hermann und Josua schauen sich an und fangen gleichzeitig an zu kichern. Mir ist unwohl. »Sollen wir ihm nicht hinterhergehen?«, frage ich. »Nonsens«, sagt Hermann, »der beruhigt sich schon wieder.« »Aber wenn er wirklich bei Gropius kündigt? Außerdem hat er vielleicht gar nicht so unrecht mit dem, was er sagt ...«

»So so, will meine kleine Luise auch eine Revolutionärin werden?«, fragt Hermann spöttisch, nimmt meine Beine und legt sie sich auf den Schoß.

»Unglaublich, dass er mir vorwirft, nicht in Palästina geblieben zu sein«, sagt Josua. »Er weiß doch, dass ich zurückgehe, sobald ich mit meinem Studium hier fertig bin. Ohne Ausbildung nütze ich dort niemandem.«

»Ach, das darf man alles nicht so ernst nehmen«, sagt Hermann. Er steht auf und holt schon wieder die Whiskeykaraffe. »Jetzt trinken wir erst mal etwas und überlegen uns, wie wir Luise in Lohn und Brot bei den Bauhaus-Führungen bekommen.«

*

Ich werde tatsächlich angestellt. Sowohl Josua als auch Hermann haben sich bei Gropius' Sekretärin für mich eingesetzt. Ich nehme an, dass das Wort der beiden Gewicht hat, weil sie schon länger hier in Dessau studieren, frage aber nicht weiter nach. Mein Leben verbessert sich schlagartig. Die Gruppen, die für Besichtigungen des Bauhauses hierher kommen, bestehen aus interessierten, aufgeschlossenen Leuten, meist aus Berlin. Es erfüllt mich mit Stolz, an einer Hochschule zu studieren, die in bestimmten Kreisen so berühmt ist, dass die Menschen deswegen extra nach Dessau reisen. Mein Zimmer bekomme ich kaum noch zu Gesicht, ich bin die meiste Zeit bei Hermann, der mir sogar einen eigenen Schlüssel besorgt. Anfangs bin ich verblüfft über Hermanns Verbindlichkeit, dann gewöhne ich mich einfach daran. Es scheint für ihn niemals in Frage zu stehen, dass wir ein Paar sind. Wir sehen uns fast täglich, immer wieder bedenkt er mich mit kleinen Aufmerksamkeiten und stellt mich stolz allen vor, die wir treffen. Der Kontrast zu meinem hungernden Jahr mit Jakob könnte nicht größer sein.

Maria ist die meiste Zeit in der Weberei. Als wir uns endlich einmal in Ruhe unterhalten, ist es schon sommerlich geworden. Die Balkone, die wie kleine Körbe an der Fassade des Prellerhauses hängen, sind jetzt der Mittelpunkt allen Lebens. Es ist ein freundlicher lauer Junitag, wir sitzen auf dem Betonboden und lassen die Beine durch das Geländer baumeln. Maria ist ernster als früher, ihr fröhliches Pathos ist unter der Art von Anspannung vergraben, die von ständiger Überarbeitung kommt. Ich bin ein wenig nervös, aber Maria scheint mir meine Weimarer Entgleisungen nicht mehr übelzunehmen. Wir sprechen über Josua und Hermann, und ich darf lang und breit von meinem neuen Liebesglück erzählen, das ich selbst noch kaum fassen kann. Dann kommt die Sprache auf Jakob, und auf einmal reden wir doch über die alten Zeiten. Ich erzähle Maria von meinem dramatischen Abschied von den Ittenjüngern, sie berichtet mir von der Ausstellung, die ich knapp verpasst habe.

»Weißt du, was Sidonie jetzt macht? Und Jakob?«, fragt sie mich.

»Nein. Ich nehme mal an, die sitzen immer noch in der Schweiz und baden in Quellwasser.«

»Ich bin froh, dass du doch noch zu Sinnen gekommen bist. Diese Gruppendynamiken können gefährlich sein. Sind sie eigentlich immer. Weißt du, Luise, du musst nicht immer alles mitmachen, nur weil man dich lässt. Pass ein bisschen auf dich auf, diesmal.«

»Meinst du mit den Jungs hier? Die kommen mir recht harmlos vor.«

Maria war schon immer jemand, der alles Mögliche über alle möglichen Leute wusste. Ich frage mich, ob es etwas gibt, was sie mir nicht erzählt.

»Was hörst du denn so?«, frage ich.

Sie schenkt mir einen merkwürdigen Blick, setzt an, scheint es sich aber anders zu überlegen und sagt nur: »Ja, ich glaube, die sind eigentlich in Ordnung. Man sagt, Hermann sei ein ganz schöner Weiberheld, aber er scheint sich sehr in dich verliebt zu haben.« Als sie sieht, wie sehr mich ihre Sätze beunruhigen, fügt sie hinzu: »Wahrscheinlich denke ich das nur, weil Josua mir erzählt hat, dass Hermann ihm einmal die Frau ausgespannt hat. Ich würde mir da keine Sorgen machen.«

Ich weiß nicht genau, was ich mit diesen Informationen anfangen soll. Ich finde Hermann zwar attraktiv, dachte aber immer, er sei eine besondere Entdeckung meinerseits – im Gegensatz zu Jakob ist er nun wirklich keine klassische Schönheit. Ich denke an den Streit mit Friedrich und habe das Gefühl, dass diese Männer einander vielleicht nicht besonders gute Freunde sind. Aber dann denke ich wieder an ihr familiäres Zusammenleben, das sich doch eigentlich nur aus großem Vertrauen speisen kann. Vielleicht verzeihen sie einander großzügiger als andere Menschen. So oder so haben ihre Probleme untereinander wenig mit meiner Beziehung zu Hermann zu tun.

Ich wechsle das Thema und frage Maria nach ihrer Arbeit in der Weberei aus. Sie bedeutet ihr viel, das merkt man sofort. Sie klingt so kompetent, wie nur jemand klingen kann, der derart tief in der Materie steckt, dass er nicht merkt, wenn Dinge erklärungsbedürftig sind. Ich bewundere sie dafür, dass sie nicht nur ihr Handwerk so gut versteht, sondern auch unternehmerisch denkt. Und das offensichtlich mit Erfolg. Die einzige Werkstatt, die im Moment Profit macht, ist die Weberei, erzählt sie. »Es macht mich wahnsinnig: Alle hier tun neuerdings so, als wäre Reklame das Wichtigste. Aber die schönste Reklame bringt uns nichts, wenn wir nichts zu verkaufen haben. Die Bauabteilung produziert rein gar nichts, und trotzdem richtet sich der ganze verdammte Unterricht jetzt nach den Herren Architekten!« Sie unterbricht sich und sagt: »Entschuldige, du gehörst ja jetzt auch dazu.« Ich winke lächelnd ab. Maria lässt eine Schimpftirade auf Gropius los, die in ihrer Boshaftigkeit so witzig ist, dass ich lachen muss. Auch Maria lacht. »Ist doch wahr«, sagt sie, kann aber ihre grimmige Miene nicht weiter aufrechterhalten.

*

Es ist staubig in der Bibliothek, die eigentlich nur aus einem kleinen Raum im dritten Stock besteht, der meist verwaist ist. Ich sitze auf dem Boden, um mich herum stapeln sich Magazine und Bücher. Heute Morgen ist endlich die Katastermappe des Grundstücks in Berlin gekommen, die ich angefordert hatte. Auch Auszüge aus dem Grundbuch habe ich mir schicken lassen, obwohl ich beschlossen habe, die echten Besitzverhältnisse erst mal zu ignorieren. So größenwahnsinnig mein Plan ansonsten ist, ich bilde mir zumindest nicht ein, dass ich diese Siedlung tatsächlich in Berlin bauen könnte. Trotzdem möchte ich etwas präsentieren können, das an die tatsächliche Topografie des Ortes angepasst ist. Ich möchte zeigen, dass ich alle Eventualitäten beachtet habe.

In einer aktuellen Ausgabe der »Bauwelt« stoße ich auf einen Artikel, der am Rande das Münchener Siedlungsprojekt »Alte Heide« erwähnt, das mich schon vor Wochen so interessiert hat. Da ich noch mehr technische Details darüber herausbekommen will, suche ich in Fachzeitschriften weiter. Es ist wie Detektivarbeit, ich springe von einem Artikel zum nächsten, lese mich fest, habe immer neue Fragen und versuche, sie zu beantworten. Ich folge keinem bestimmten System, sondern häufe einfach so viel Wissen wie möglich an, das der Beantwortung meiner Ausgangsfrage dienen soll: Wie lässt sich eine Siedlung in einem bestimmten Gelände so planen, dass einzelne Gebäudeteile günstig repliziert werden können und dass den Bewohnern trotzdem ein möglichst hoher Lebensstandard geboten werden kann? Der erste Teil der Antwort ist nicht so schwer zu finden, zumindest konzeptuell, Gropius hat es mit der Siedlung Törten ja schon vorgemacht.

In das schwarze Notizbuch mit dem Ledereinband, das mir Hermann verehrt hat, schreibe ich eine Liste der Dinge, die ich mir für mein Haus wünschen würde: *Helligkeit, Bequemlichkeit, kurze Wege, Stauraum, neueste Technik.* Der kleine Bibliotheksraum ist unendlich stickig, die Julisonne strahlt unbarmherzig durch die großen Fenster, und ich bekomme drückende Kopfschmerzen. Ich denke an die anderen, die an einen kleinen See gewandert sind und mich nur unter großen Protesten zurückgelassen haben. Nach kurzem Überlegen setze ich mit schwungvoller Schrift meine Liste fort: *Wärme- und Kältedämmung, Belüftung.* Ästhetische Elemente vernachlässige ich, ob sich jemand aus dekorativen Gründen hohe Decken wünscht, ist mir egal. Dann ordne ich die Wünsche nach Priorität. Am Ende stehen *Helligkeit* und *klimatische Regulierung* ganz oben, die Technik bildet den letzten Platz. Ich schaue auf meine alten Pläne mit der Zeilenbebauung und freue mich, wie sich alles fügt. Auf einem habe ich ein längliches Haus mit einer sehr geringen Tiefe entworfen, bei dem ich jetzt das Schlafzimmer nach Osten und das Wohnzimmer nach Westen ausrichte. So haben die Bewohner morgens beim Aufstehen und abends beim Essen Sonne.

Natürlich arbeite ich auch an den Aufgaben, die wir im Unterricht gestellt bekommen. Meist sind wir mit Statik beschäftigt. Ein paarmal analysieren wir existierende Gebäude, untersuchen etwa die Beziehungen zum Nachbarn in einer Siedlung nach bestimmten Kriterien. Aber mir gehen diese ewigen Vergleiche nicht weit genug, ich möchte etwas Großes entwerfen, etwas, das reproduzierbar ist und langfristig Auswirkungen auf den Siedlungsbau haben könnte. Vielleicht hat Josua recht und ich überschätze mich, aber die anderen aktuellen Gebäude und Siedlungen, die ich in all ihrer Neuheit und Nützlichkeit bewundere, hat sich ja auch irgendjemand ausgedacht.

*

Die Glasfenster im Prellerhaus sind wie Brenngläser für die Julisonne, ich wache völlig verschwitzt und benommen auf. Ich habe schon wieder bis in die Morgenstunden getrunken –

teils weil die Unterhaltung so spannend war, teils weil ich mit Hermann mithalten wollte. Er liegt nicht mehr neben mir. Ich trete auf den kleinen Balkon und sehe ihn auf der Wiese vor dem Haus mit Josua und ein paar anderen Studenten Turnübungen machen. Die Obsession mit dem Sport, die jetzt anscheinend alle ergriffen hat, war mir schon in Weimar fremd. Hier in Dessau verlangt immerhin niemand von mir, mich zu beteiligen. Außerdem wird das Ganze pragmatischer gesehen, der Sport dient weder zur Abgrenzung gegen die weniger Tüchtigen, noch ist er mystisch mit der Natur verwoben.

Die Turner bemerken mich nicht. Ich bewundere Josua, dessen Bewegungen mit seinem langen, dünnen Körper immer geschmeidig und mühelos wirken. Dann sehe ich, wie Hermann ein hübsches Mädchen mit schwarzen kurzen Haaren huckepack nimmt, und denke wieder an das, was mir Maria über ihn erzählt hat. Eine heftige Eifersucht durchfährt mich, aber ich beherrsche mich. Zurück im Zimmer mache ich Kaffee und ziehe mich an, beides mit betonter Ruhe, obwohl mich niemand sehen kann. Wenig später sitzen wir alle an einem der langen Tische auf der Terrasse. Hermann hat geduscht, er riecht nach Kernseife und seinem teuren Rasierwasser. Das Mädchen ist auch da, aber Hermann setzt sich neben mich und zieht mich zärtlich auf seinen Schoß, und sofort finde ich mich und meine Eifersucht lächerlich. Das Mädchen ist anscheinend in der Malerei-Klasse, jedenfalls ist die Rede von Klee, der sich immer mehr zurückzieht. Auch Kandinsky soll jetzt seltener unterrichten. Das Mädchen findet es nicht richtig, dass diese großen Künstler von Gropius auf das Abstellgleis geschoben werden. Damit stößt sie auf wenig Gegenliebe, Josua und Hermann finden ihre Sorgen übertrieben.

»Die haben doch ein anständiges Gehalt, und die Meisterhäuser sind nun wirklich keine Bruchbuden. Selbst schuld, wenn sie sich nicht mehr einbringen«, sagt Josua.

Ich empfinde heimliche Befriedigung darüber, dass das Mädchen mit seinen Ansichten nicht ankommt, aber ich wundere mich auch, wie wenig ich immer von den internen Kämpfen am Bauhaus mitbekomme.

Fräulein Schild, Gropius' Sekretärin, die unter uns Studenten ohne ersichtlichen Grund nur »die wilde Ilse« genannt wird, kommt in schnellen Schritten auf uns zu. Sie habe einen internationalen Anruf für Josua in der Leitung. Dass die Sekretärin sich aus ihrem Büro bewegt, noch dazu für einen Anruf an einen Studenten, ist ein derart seltenes Ereignis, dass wir alle aufmerken. Wir sehen uns beunruhigt an, bis Josua mit Fräulein Schild aus dem Blickfeld verschwunden ist. Obwohl wir eigentlich in die Werkstätten müssten, beschließen Hermann und ich, auf ihn zu warten.

Hermann erzählt mir von seinem neuesten Projekt. Seit ich ihn kenne, ist es bereits die dritte Idee, die er hat und dann ein, zwei Wochen obsessiv verfolgt, um sie schließlich wieder zu verwerfen. Obwohl ich diese Geistesblitze nicht mehr so ernst nehme wie am Anfang, macht es mir Spaß, ihm zuzuhören. Er will eine Schriftart für das internationale phonetische Alphabet entwerfen, bei dem es eine allgemeingültige Aussprache für alle Buchstaben gibt. Er erzählt mir von einem französischen Linguisten, der dieses Alphabet vor der Jahrhundertwende erfunden hat. Wieder staune ich darüber, auf welchen obskuren Pfaden sein Interesse wandelt.

Dann kommt er auf eine Leidenschaft zu sprechen, die eine längere Lebensdauer hat, soweit ich das einschätzen kann: die

Werbepsychologie. »Man muss ja nur einmal über den Kurfürstendamm gehen, um zu sehen, dass die Leute überfordert sind«, sagt er. »Von überallher wird man angeschrien, dass man etwas kaufen soll. Das ist die amerikanische Werbetechnik. Die deutschen Reklameleute haben das einfach übernommen, ohne darüber nachzudenken, dass bei uns eine ganz andere Mentalität herrscht. Generell sind die Amerikaner natürlich in den meisten Dingen viel weiter, aber nationale Gepflogenheiten sollte man deswegen nicht ignorieren. Domizlaff sagt, man muss das Vertrauen in die Marke stärken, anstatt ständig neu auf sie hinzuweisen.«

Hans Domizlaff ist der Reklamemann, der hinter den gelben Plakaten für Reemtsma Cigaretten steckt, und nach seinem Gastvortrag letztes Semester hat Hermann sich ihn zum Vorbild erkoren.

»Aber ist das nicht wahnsinnig hochmütig, zu glauben, man könne die Leute so einfach manipulieren?«

»Ich würde das nicht Manipulation nennen, sondern Strategie. Sobald man ein Produkt oder eine Meinung verkaufen will, muss man eine Strategie haben – und die muss noch nicht mal besonders subtil sein. Das Volk ist dumm, Luise, das darfst du nicht unterschätzen.«

Gerade will ich widersprechen, da kommt Josua zurück. Er hat kleine Schweißperlen auf der Stirn und starrt vor sich hin. Es dauert eine Weile, bis wir aus ihm herausbekommen, was passiert ist. Anscheinend gab es ein Erdbeben in Palästina. Der Kibbuz seiner Freunde östlich von Haifa ist komplett zerstört worden. Zwei der Freunde wurden schwer verletzt, was mit den anderen ist, weiß er nicht. Er beschließt, zur Post zu gehen und so viele Telegramme zu verschicken, wie er kann. Hermann drückt ihm einen großen Geldschein in die Hand, dann eilt Josua davon. Ich weiß gar nicht recht, was ein Kibbuz eigentlich ist, aber ich traue mich nicht zu fragen.

*

Zu dritt sitzen wir auf Hermanns Balkon. Josua ist immer noch erschüttert von den Nachrichten vom Morgen. Zum ersten Mal erzählt er uns ausführlicher von seinen Freunden in Palästina, die aus ganz Europa dorthin gereist sind. Er redet von der schweren Arbeit, die alle zusammen auf dem Feld verrichten, von den gemeinsamen Abendessen, von der großen selbstgezimmerten Baracke, die es jetzt nicht mehr gibt. Hermann sagt: »Ist doch gut, dann kannst du etwas Neues dorthin bauen, wenn du wieder da bist. Tabula rasa! Jetzt trinken wir erstmal etwas.« Er steht auf und holt eine Flasche Wein. Er ist immer großzügig, aber im Moment finde ich ihn unsensibel. Ich weiß mittlerweile, dass er aus einer reichen Familie kommt – ob seine weltfremde Sicht auf Verlust, die ich auch von Charlotte kenne, damit zusammenhängt?

Als er zurück in die Sommernacht tritt, will er über die Stuttgarter Werkbund-Ausstellung sprechen. »Lasst uns doch alle zusammen hinfahren! Kann nicht schaden, sich anzusehen, was die Werkbundleute da auf die Beine gestellt haben.« Er will, dass wieder gute Laune einzieht, das merke ich.

Ich spüre aber auch, dass Josua großen Redebedarf hat, also frage ich ihn weiter aus. Er kommt tatsächlich aus Galizien, und kurz muss ich an Erich denken, den die Weimarer Kleinbürger damals ständig »Galizier« nannten, obwohl er weder von dort kam noch Jude war. Nach dem Krieg wurde Josuas Bedürfnis nach einem Neuanfang so groß, dass er mit ein paar Freunden die lange Reise antrat und an den Jordangraben zog. Der Anfang war hart, obwohl viele seiner Landsmänner sich mit dem Ackerbau auskannten. Aber der Boden war unfruchtbar, es gab kaum etwas zu essen, und ein paar erkrankten schließlich an Malaria. Er sagt den Namen seiner Gruppe: »Hashomer Hatzair«. Ich versuche, ihn nachzusprechen und scheitere kläglich. Zum ersten Mal an diesem Abend bringt Josua so etwas wie ein Lachen zustande.

»Wir waren ständig hungrig«, sagt er. »Hätten wir nicht alles geteilt, wir hätten die erste Zeit nicht überstanden. In den Jahren danach kamen immer mehr Auswanderer, die Dinge wandten sich langsam zum Besseren. Das Teilen haben wir beibehalten. Es gibt kein Privateigentum, sogar die Werkzeuge werden nachts weggeschlossen, weil sie nicht einer einzigen Person gehören sollen.« Er wirft Hermann einen Blick zu, der demonstrativ nicht zuhört, sondern schon wieder aufspringt, um einen Korkenzieher zu holen, ihn wieder wegbringt, dann sein Zigarettenetui rauszieht und mit dem Feuerzeug herumspielt.

Ich stelle mir Josuas Leben in Palästina vor, die kargen Hügel, die brennende Sonne, die vereinzelten Olivenbäume. »Fühlst du dich hier denn überhaupt wohl?«, frage ich ihn.

»Naja, wie manche hier am Besitz festhalten, finde ich schon seltsam. Aber letztlich bin ich hierhergekommen, um zu lernen, wie ich eine Unterkunft für meine Kameraden bauen kann, die zu unserem Leben passt. Und der Unterricht ist gut. Unsere bisherige Unterkunft war sowieso nur provisorisch gedacht.« Hermann nickt, als hätte er genau das doch gerade eben gesagt.

»Aber die gesamte Ernte für dieses Jahr ist zerstört. Und ich weiß immer noch nicht, ob alle überlebt haben.« Josua reibt sich die Augen, um nicht zu zeigen, dass ihm die Tränen kommen. Ich versuche, ihn zu trösten, ohne großen Erfolg. Schließlich verabschiedet er sich. Hermann scheint erleichtert. Er schenkt uns Wein nach und will wieder über sein Projekt reden. Es ist die erste Nacht seit langem, in der ich den Heimweg in meine eigene kleine Wohnung antrete.

*

Maria vergräbt ihre Füße in den warmen Kieseln und schaut träge in die flirrende Luft. Ich halte mir die Hand über die Augen und schaue Hermann und Josua halbherzig dabei zu, wie sie den Ball unermüdlich zwischen ihren Tennisschlägern hin- und herwandern lassen. Wie so oft in den letzten Wochen haben Hermann und ich bis in den frühen Morgen geredet und getrunken, und wie immer habe ich nach einer verzweifelten Stunde über meinen Plänen beschlossen, die Arbeit auf den nächsten Tag zu verschieben. Die Mulde ist breiter als die Ilm, und es gibt außerhalb der Stadt sogar ein paar kleine Strände, an denen uns niemand stört. Hermann und Josua haben sich komplett ausgezogen. Ich trage einen alten Badeanzug von Charlotte, der sowohl extravagant als auch völlig aus der Mode ist und für den ich mich ein wenig schäme.

Ich suche in Hermanns großer Ledertasche nach meinem Badetuch, da gerät mir ein schmaler, winzig beschriebener Briefbogen zwischen die Finger. Ich widerstehe meinem ersten Impuls, ihn heimlich zu lesen, und rufe hinüber: »Von wem ist denn der Brief?« Hermann und Josua sind erschöpft, sie kommen herüber und setzen sich auf die große Decke, die Maria mitgebracht hat. »Ach, Friedrich musste mir mal wieder seine paranoiden Fantasien mitteilen.« »Darf ich den lesen?«, frage ich. »Natürlich«, sagt Hermann, und ich bin froh und stolz, dass wir keine Geheimnisse voreinander haben.

Der Brief ist verworren, es ist die Rede von geheimer Aufrüstung und von faschistischen Kampfverbänden, die angeblich durch die Reichswehr unterstützt werden. Friedrichs Ton ist dringlich, beinahe hysterisch. Er spricht von einem Brand im Justizpalast in Wien, es bleibt unklar, wer ihn angezündet haben soll, aber er ist Friedrichs wichtigstes Indiz für einen kommenden Bürgerkrieg. Der Brief endet mit dem Appell an uns, nicht länger die Augen vor der Wahrheit zu verschließen. Angeblich sollen auch hier in Dessau, in den Junkers-Flugzeugwerken, geheime Übungen mit Senfgas stattfinden.

Ich weiß nicht, was ich denken soll. Ist Friedrich verrückt geworden? Oder hat er tatsächlich recht mit seinen Vermutungen? Aber das hätten wir doch mitbekommen, wenn die Reichswehr ein ganzes Heer zusammengestellt hätte. Der Schlafmangel und die Hitze helfen mir nicht gerade dabei, Ordnung in meine Gedanken zu bringen. Sie fühlen sich an wie die glitschigen Steine, auf die ich starre. Hermann plaudert mit Maria, also frage ich Josua, was er davon hält. Er studiert den Brief und sagt dann: »Irgendwas wird schon dran sein. Aber das ändert nichts daran, dass Friedrich ziemlich verwirrt klingt.«

»Verwirrt? Komplett durchgedreht ist der«, sagt Hermann, der anscheinend doch zugehört hat. »Senfgas in Dessau, so ein Blödsinn!«

»Macht ihr euch keine Sorgen um ihn?«, frage ich.

»Der kommt schon klar. Hat ja jetzt seine Genossen, die

auf ihn aufpassen.« Hermann lacht. Ich denke an seine Reaktion auf Josuas Sorgen vor ein paar Tagen. Vielleicht sollte ich alleine nach Berlin fahren, um nach Friedrich zu sehen? Aber Hermann und Josua kennen ihn viel besser als ich, eigentlich wäre es ihre Aufgabe. Und sie sind nicht besorgt, das beruhigt mich etwas. Außerdem fahren wir in den Semesterferien im Herbst sowieso alle zusammen nach Berlin, dann kann ich immer noch nach ihm sehen.

Hermann und ich gehen früher los. In den Büschen am Fluss knarzen Feldgrillen, in der Luft liegt der Geruch von frisch geschnittenem Gras. Nach ein paar hundert Metern fragt Hermann unvermittelt: »Bist du eigentlich eifersüchtig auf Maria?«

»Auf Maria?« Ich denke nach. Manchmal sehe ich Hermanns Blick seltsam glänzen, wenn er mit anderen Mädchen spricht. Dann werde ich kurz eifersüchtig, beruhige mich aber ebenso schnell wieder. Auf Maria wäre ich nie gekommen.

»Nein, überhaupt nicht«, sage ich, aber schon seine Frage hat das zu einer Lüge gemacht. Ich verstehe nicht, warum er sie überhaupt stellt.

Hermann ist schon wieder woanders. Er spricht von Hans Domizlaff, mit dem er seit neuestem in Korrespondenz steht und der seine große Amerikabegeisterung teilt. Ich kann mich nicht auf seinen langen Monolog konzentrieren. Der Sommertag, der eben noch von berückender Schönheit war, ist nun drückend und schwül. Der Geruch der blühenden Hecken steht penetrant und süß in der Luft, unser Rückweg auf dem staubigen Pfad kommt mir wahnsinnig lang vor. Schließlich breiten sich zu unserer Linken die Junkers-Werke aus. Der aus den Schloten steigende Rauch flimmert in der Hitze. Ich denke wieder an Friedrichs Brief, und Hermann wohl auch, denn er sagt: »Geheime Aufrüstung, was für ein Blödsinn. Bis vor ein paar Jahren durften hier überhaupt keine Flugzeuge gebaut werden. Das ist nämlich die andere Seite des Revanchismus, weißt du, die einfachen Arbeiter leiden auch darunter. Nach dem Krieg haben hier gut fünfhundert Mann ihre Arbeit verloren. Jetzt dürfen sie immerhin wieder Friedensflugzeuge bauen, aber genug Arbeit ist das natürlich nicht. Und seit sie letztes Jahr die Luft Hansa gegründet haben, haben sie doch überhaupt keinen Grund mehr, krumme Dinger zu drehen.« Die Art, wie er »Revanchismus« sagt, erinnert mich an Ottos ständiges Gefasel über Versailles und den Dolchstoß, und es erschreckt mich. Ich schaue ihn von der Seite an. Hermann ist nicht Otto, sage ich mir. Hermann ist vergnügt und liebevoll, und wenn er so etwas sagt, wird er sich etwas dabei gedacht haben. Vielleicht hat er ja sogar recht. »Was schaust du denn so finster?«, fragt er jetzt, wartet aber die Antwort nicht ab, sondern nimmt mich in den Arm und küsst mich lange.

*

Unser neuer Unterrichtsraum versinkt jetzt schon im Chaos. An den Wänden hängen Berechnungen und Entwürfe, auf dem Boden liegen Papierknäuel und das Waschbecken ist voller dunkelblauer Tintenflecken. Hannes Meyer ist seit seiner Einführung nicht mehr bei uns aufgetaucht. Jetzt steht er vorne und es herrscht gespannte Aufmerksamkeit.

»Ich hoffe, Sie haben in den letzten Monaten gut aufgepasst«, sagt Meyer mit seinem leichten Schweizer Akzent und lächelt breit. »Heute darf ich Ihnen den ersten Auftrag geben, der Anwendung finden könnte. Die Firma Suchard will in der

Leipziger Innenstadt ein Geschäft eröffnen. Ihre Aufgabe ist es, den Innenraum und die Fassade zu gestalten. Sie haben bis Semesterende Zeit, also noch einen Monat. Tun Sie sich dazu bitte zu Zweiergruppen zusammen.« Sofort bricht Unruhe aus, die Studenten rufen Namen durch den Raum und bilden Gruppen. Ich drehe mich zu Josua, aber der hat sich schon mit seinem Nachbarn verabredet. Er macht eine entschuldigende Geste. Ich schaue mich um und werde panisch. Ich habe so viel Zeit mit Hermann verbracht, dass ich kaum jemanden aus der Klasse kenne.

»Ist noch jemand übrig?«, ruft Meyer in den Lärm hinein, und es wird still. Zögerlich hebe ich die Hand. Ich bin die Einzige. Meyer sagt: »Die Herren hier vorne, wären Sie so nett und würden Fräulein – ?« »Schilling«, sage ich und mein Kopf wird heiß. »… Schilling bei sich aufnehmen?«

»Wenn's sein muss, nehmen wir sogar Hühner auf«, sagt der kleine Mann in der ersten Reihe und im Raum gibt es vereinzeltes Gelächter. Es ist Karl, der Besserwisser, der schon seit der ersten Stunde versucht, sich zu produzieren. Der andere ist ein blasser, stiller Junge, der mir noch nie aufgefallen ist. Ich lasse mir nicht anmerken, wie sehr ich mich ärgere, nehme meine Sachen und setze mich zu den beiden.

»Gut, dann sind jetzt alle untergebracht«, sagt Meyer. »Ich lasse Ihnen den Lage- und Fassadenplan, einige Fotografien und den Grundriss hier. Ihre Entwürfe erwarte ich dann bis zum 1. September. Wenn Sie in der Zwischenzeit Fragen haben, wenden Sie sich an die Herren Rudelt und Köhn.«

Kaum ist er verschwunden, stürzen sich alle auf die Pläne. Mehrere Gruppen verlassen den Raum, auch Josua und sein Partner. Ich frage mich, warum Josua so schnell jemand anderen gewählt hat, ich bin doch diejenige aus der Klasse, mit der er am meisten Zeit verbringt. Außerdem weiß er, was ich kann. Karl hingegen weiß es offensichtlich nicht. Er verbringt die nächste Stunde damit, mir zu erklären, wie man den Fassadenplan liest. Meine Einwürfe, ich hätte mich damit schon beschäftigt, ignoriert er beharrlich. Der blasse Junge heißt Augustin, er hört Karl mit großen Augen zu.

Dann geht es an den Entwurf. »Wir brauchen auf jeden Fall eine zweite Auslage im Laden, direkt bei der Theke«, sagt Karl.

»Der Laden ist schon sehr klein«, gebe ich zu bedenken. »Vielleicht sollten wir auf unnötige Dekoration verzichten und stattdessen deckenhohe Regale bauen. Dann könnte ganz oben gelagert werden, und die Schokolade würde man auf Augenhöhe präsentieren.«

»Das ist nicht zu klein! Hier kommt die Theke hin«, sagt Karl und zeichnet sie gleich in den Grundriss. »Die Kunden müssen auch sehen, was sie kaufen, Luise. Glaub mir, ich kenne mich mit kaufmännischen Dingen aus.«

Augustin hat die ganze Zeit geschwiegen, aber jetzt gibt er Karl recht. Bei der Fassadengestaltung habe ich auch nicht mehr Glück, wieder werde ich überstimmt. Nachdem ich noch zwei-, dreimal versucht habe, meine eigenen Ideen einzubringen, gebe ich auf und höre nur noch zu. Ich möchte nicht, dass mein Name auf diesem langweiligen und unpraktischen Entwurf steht, aber alleine kann ich nichts gegen Karl ausrichten. Ich tröste mich mit dem Gedanken an meine Siedlungsentwürfe, auf die ich mehr Zeit verwenden kann, wenn ich mich hier nicht verausgabe.

*

Ich sperre die Tür auf, schüttle meinen nassen Regenschirm aus und stelle ihn in den Behälter aus Holz. Ich muss lächeln: Nur Hermann kann auf die Idee kommen, sich einen Schirmständer zu kaufen. Ich bin froh, dass ich trotz meines sozialen Abstiegs nichts entbehren muss. Die Führung war anstrengend. Etwa fünfzig Buchdrucker aus dem ganzen Land waren angereist, um sich die Bauhaus-Werkstätten anzuschauen. Einige von ihnen wurden richtiggehend wütend, als ich ihnen erzählte, dass wir nur Kleinschreibung verwenden, da es Zeit spart und man den Unterschied sowieso nicht hört. Auch über unsere Pläne zur Einsparung von Arbeitskräften waren sie nicht glücklich. Als ich das Gefühl hatte, die Kontrolle zu verlieren, brach ich die Führung ab, schob es auf den Regen und entkam ins Prellerhaus.

Hermann ist wahrscheinlich in der Druckerei und arbeitet an seinem Entwurf für das Suchard-Schild – Meyer hat auch noch einen Wettbewerb für die Reklame der Firma ausgelobt, auf den sich Hermann mit all seinem Eifer gestürzt hat. Ich mache mir einen Kaffee, dann setze ich mich auf das Bett und schaue in den Regen hinaus. Auf Hermanns Nachttisch liegen immer mindestens fünf Bücher. Er fängt sie an, ist begeistert, erzählt mir stundenlang, was drinsteht, und liest sie fast nie zu Ende. Ich nehme das oberste Buch vom Stapel. »Der Tunnel« heißt es, ein Roman, darunter eine Ausgabe der »Typographischen Mitteilungen«. Ich blättere ein wenig in dem Roman. Er handelt von einem amerikanischen Ingenieur, der Europa und Amerika mit einem Tunnel unter dem Atlantik verbinden will. Ich finde ihn altmodisch geschrieben und irgendwie unheimlich. Dann fällt mein Blick auf die Zeitung unter dem Stapel. Ich ziehe sie hervor. »Der nationale Sozialist«, steht in schwungvoller Schrift auf der Titelseite und darunter: »Herausgeber: Dr. Otto Strasser«. Ich schlage die Zeitung auf, um mich zu vergewissern, dass es das ist, was ich denke. Es ist eindeutig eine rechtsnationale Zeitung. Ratlos lasse ich sie sinken. Warum hat Hermann so etwas bei sich herumliegen?

Ich höre, wie die Tür aufgeschlossen wird, und will die Zeitung wieder verstecken. Dann überlege ich es mir anders. Hermann ist völlig durchnässt. Fröhlich ruft er: »Meine Schönste!«, rubbelt sich mit einem Handtuch die Haare trocken und sucht nach einem frischen Hemd. »Hermann, was ist das?«, frage ich und halte das Heft in die Höhe. Er wirft mir nur einen kurzen Blick zu und sagt: »Eine Zeitung, was denn sonst?«

»Liest du die etwa?«, frage ich.

»Ja, warum denn nicht? ›Der nationale Sozialist‹ ist keine schlechte Zeitung. Der Bruder des Herausgebers heißt Gregor Strasser. Er ist ein äußerst geschickter Werbefachmann, wahnsinnig umtriebig. Er macht die Propagandaleitung für die Nationalsozialisten und setzt sich außerdem sehr für die Arbeiter ein. Eigentlich ist er mehr Sozialist als Nationalist.«

»Aber Hermann, da stehen antisemitische Sachen drin!«

»Ach, darauf muss man sich nicht fixieren. Und man kann doch das jüdische Finanzkapital nicht einfach verschweigen, wenn es um soziale Fragen geht. Wer jede berechtigte Kritik gleich als ›Antisemitismus‹ brandmarkt, schüttet ja das Kind mit dem Bade aus.«

»Weiß Josua, dass du so denkst?«

»Weiß ich nicht. Ist mir auch egal. Wenn man über so etwas redet, löst man ja doch immer nur dieselben alten Reflexe aus.«

Ich will nicht reflexhaft reagieren, aber Josua hat nun wirklich gar nichts mit dem zu tun, was Hermann »jüdisches Finanzkapital« nennt. Ich denke an Sidonie, deren Vater tatsächlich in einer Bank gearbeitet hat. Vielleicht ist das, was Hermann sagt, auf einer abstrakten Ebene wahr, die ich nicht verstehe.

Es klopft. »Wenn man vom Teufel spricht! Pünktlich wie immer«, sagt Hermann, öffnet die Tür und verbeugt sich fröhlich. Ich verstecke die Zeitung unter einem Buch.

»Ah, du hast Maria mitgebracht!«

»Du musst von mir nicht in der dritten Person reden, Hermann«, sagt Maria. Sie lacht, boxt ihn in die Seite und schüttelt ihre nassen Haare. Seit Hermanns Andeutung neulich ist mir die Vertrautheit der beiden irgendwie unheimlich.

»Ich kann nicht lange bleiben, dieser Entwurf für Suchard nimmt mich mehr in Anspruch, als ich dachte«, sagt Josua und lässt sich beschwingt auf dem Bett nieder. Seine Bewegungen sehen immer elegant und leicht federnd aus, vielleicht, weil er so groß und schlank ist.

»Wie läuft es denn bei euch?«, fragt er mich.

»Es ist schrecklich, Karl und Augustin haben die langweiligsten Ideen, die sie ständig gegen mich durchsetzen. Und Karl verrechnet sich bei der Statik, aber glaubt mir nicht, wenn ich ihn korrigiere.«

»Du korrigierst ihn?«, fragt Hermann. »Immer so eifrig, unsere Luise.« Er kichert.

»Das stimmt doch gar nicht, ich –«

»Vielleicht solltest du dich einfach ein bisschen mehr engagieren, Luise«, sagt Josua. »Ich sehe dich nie mit den beiden zusammen.«

Ich lache bitter und will erklären, dass ich ja sowieso nur die Fleißarbeit machen darf, aber Maria unterbricht mich: »Hermann, lässt du dir etwa einen Bart stehen?«

Und richtig, auf seiner Oberlippe ist ein bläulicher Schimmer zu sehen. Ich merke solche Sachen nie, aber jetzt, wo ich ihn genauer ansehe, fällt mir auf, dass er auch eine neue Weste und eine bunte Krawatte trägt. Vergnügt lässt Hermann von der keramischen Kaffeemaschine ab, die er bearbeitet hat, und kramt vier elegante Tüten hervor. Ausführlich präsentiert er uns seine Einkäufe. Ich sage es nicht, aber ich habe den Verdacht, dass er Herbert Bayer nacheifert. Bayer war zu meinen Weimarer Zeiten noch Student, wurde inzwischen aber zum Leiter der Reklameabteilung berufen. Ich kenne ihn nur aus der Ferne, aber schon damals in Weimar war er eine eindrückliche Erscheinung. Mit streng nach hinten gegelten Haaren, einem akkurat gestutzten Oberlippenbart und seiner schönen, modern gekleideten Frau stolziert er durch das Bauhaus wie ein windschnittiger Pfau.

*

Josua steht vorne am Pult und hört zu, während sein Partner über den Entwurf spricht, den sie an die löchrige Wand gehängt haben. Dabei zieht er die Augenbrauen zusammen, was bei seiner weiten Stirn irgendwie komisch aussieht. Meyer, Köhn und Rudelt sitzen in der ersten Reihe, ich kann nicht sehen, wie sie auf die Präsentation reagieren. Ich finde den Entwurf gut und durchdacht, und mir graut ein wenig vor dem Moment, in dem ich selbst da vorne stehen muss, mit meinen Zwangskameraden. Karl sitzt neben mir und macht eifrig Notizen, er kritzelt sogar noch auf unserem Grundriss herum. Augustin starrt in die Leere, ich bin mir nicht sicher, ob er überhaupt zuhört. Ich reiße mich zusammen und denke an meine eigenen Siedlungspläne, die sicher verstaut in meiner Ledertasche liegen und von denen ich das Gefühl habe, dass sie auf mein Bein abstrahlen, so physisch ist mir ihre Präsenz. Sie sind nun so weit fortgeschritten, dass ich alleine nicht mehr weiterkomme. Nach den Präsentationen will ich sie Meyer zeigen.

Jetzt redet auch Josua, er fährt sich nervös durch die Haare und springt zwischen dem Entwurf an der Wand und dem Pult hin und her, um auf verschiedene Dinge hinzuweisen. Als er fertig ist, gibt es Applaus. Die Jury ist gespalten und strenger, als ich erwartet hatte. Köhn, ein dicker, lustiger Mann, ist gewohnt milde, aber Rudelt weist auf Fehler in der Konstruktion hin, und Meyer ist der Entwurf nicht radikal genug. Ich bin so müde, dass mir die Szene fast unwirklich vorkommt, und damit bin ich nicht die Einzige. Vor mir hat ein Student den Kopf in die Hände gestützt und sieht so aus, als könnte er jede Sekunde einnicken. Allerdings haben die anderen auch die letzten Nächte durchgearbeitet, während ich mit Hermann eine dieser nächtlichen, trunkenen Diskussionen hatte, die zu unserem Ritual geworden sind.

»Nun bitte ich die Herren Stadler und Probst nach vorne«, sagt Meyer. »Und das Fräulein …«

»Schilling.« – »Richtig, das Fräulein Schilling. Bitte sehr, meine Herrschaften, die Bühne gehört Ihnen.«

Karl nimmt Josuas Entwurf von der Wand und hantiert umständlich mit den Stecknadeln, bis er schließlich unser Werk befestigt hat. Dann beginnt er mit seinen Erklärungen. Augustin und ich stehen neben ihm und schweigen. Als Karl auf die Theke im Ladenlokal zu sprechen kommt, unterbricht ihn Meyer.

»Entschuldigen Sie, aber darf ich fragen, warum Sie mitten in den Raum eine zusätzliche Theke bauen wollen?«

»Eine Auslage gleich beim Verkauf gibt dem Kunden die Gelegenheit, das Angebot zu –«

»Schnickschnack! Der Raum ist ja viel zu klein für solche Extravaganzen.«

Karl ist verunsichert, führt seine Erklärungen aber weiter aus. Als er endlich ein Ende findet, wird es still. Meyer schweigt grimmig. Dann macht sich Rudelt daran, unseren Entwurf bis ins Kleinste auseinanderzunehmen. Er findet Rechenfehler, die mir nicht aufgefallen sind, wahrscheinlich, weil ich so beschäftigt damit war, mich von dem Entwurf zu distanzieren.

Karl versucht, sich zu verteidigen: »Ehrlich gesagt, manche in unserer Gruppe haben es etwas an Engagement fehlen lassen.« Er schaut unverhohlen in meine Richtung.

»Genug jetzt, wir haben keine Zeit, uns mit schlechten Entwürfen aufzuhalten. Vielleicht hat ja die nächste Gruppe etwas Vernünftiges anzubieten«, sagt Meyer.

Meine Augen brennen. Das Schlimmste ist: Karl hat recht. Wenn ich mich nicht von seiner Selbstgefälligkeit hätte abschrecken lassen, wenn ich mich mehr bemüht hätte, wären vielleicht zumindest die Berechnungen nicht ganz so falsch gewesen. Ich will etwas sagen, irgendwie klarmachen, dass mir die Arbeit aus den Händen genommen wurde, aber ich weiß, wenn ich den Mund aufmache, werde ich die Tränen nicht zurückhalten können. Also begnüge ich mich damit, den Entwurf mit einem heftigen Ruck von der Wand zu reißen. Die restlichen Präsentationen gehen an mir vorbei, ohne dass ich ein Wort mitbekomme. Erst denke ich mir schlagfertige und schneidende Sätze aus, die ich hätte sagen können, dann bin ich mit Szenarien beschäftigt, in denen Karl gedemütigt wird, und schließlich male ich mir eine Zukunft aus, in der ich das erfolgreichste Bauatelier des Landes leite und Karl winselnd um Arbeit bei mir bettelt.

Als die Stunde endlich vorbei ist, bildet sich eine Traube von Studenten um Meyer. Mit meiner Mappe in der Hand warte ich geduldig, bis alle ihre Fragen beantwortet sind. Dann stelle ich mich neben Meyer, der über den siegreichen Entwurf gebeugt ist, und sage: »Darf ich Ihnen etwas zeigen, an dem ich in meiner freien Zeit arbeite?« Ohne seine Antwort abzuwarten, breite ich die Pläne für die Berliner Siedlung vor ihm aus. Ich ernte einen irritierten Blick, dann sagt Meyer: »So, in Ihrer freien Zeit?« und mustert die Pläne. »Sie wollen also gleich eine ganze Siedlung bauen?«

»Ja, und zwar unter Anwendung neuester Bautechniken. Sehen Sie, hier –«

»Wissen Sie, ich habe nichts dagegen, dass Studenten außerhalb des Unterrichts an eigenen Projekten arbeiten. Aber ich würde Ihnen dringend empfehlen, sich erst einmal die Grundlagen anzueignen«, sagt Meyer. Er lächelt freundlich, faltet meine Pläne zusammen und gibt sie mir zurück. Ich bin zu perplex, um zu antworten, außerdem sucht er schon seine Sachen zusammen und verlässt jetzt mit großen Schritten den Raum.

*

Ich will Josua nicht bei Hermann begegnen, und ich will auch nicht in meine eigene trostlose Wohnung zurückkehren. Ziellos laufe ich durch den Werkstattflügel, vorbei am lauten Klappern der Weberei – ich verstecke mich ein wenig, aber Maria ist sowieso nicht zu sehen –, die Treppen hinauf, wo ich kurz inmitten kreischender Metallsägen und giftigen Lackgeruchs innehalte, bevor ich zum zweiten Stock hochgehe. Dort ist die Tischlerei. Die Transparenz des Gebäudes, die am Anfang nichts als Freiheit für mich bedeutet hat, ist jetzt beklemmend geworden. Selbst wenn ich einen Ort finden könnte, an dem ich alleine wäre – er wäre immer noch von überallher zu sehen. Hier oben kenne ich wenigstens niemanden, seit meiner kurzen Zeit in der Weimarer Tischlerei habe ich kein Holz mehr in der Hand gehabt. Ich ernte ein paar Blicke, aber so zu tun, als gehörte ich dazu, habe ich ja schon in Weimar gelernt. Ich suche mir also Material und ein paar Werkzeuge heraus. Die repetitiven Bewegungen mit dem Hobel und der Geruch der Sägespäne beruhigen mich. Ich hatte vergessen, wie befriedigend es sein kann, das Denken den Händen zu überlassen und trotzdem etwas zum Vorschein zu bringen. In diesem Fall ist es der Ansatz für eine kleine Holzschatulle, die ich hin und her drehe und über die ich denke, dass ich sie vielleicht meiner Mutter zu Weihnachten schicken könnte.

Langsam fühle ich mich bereit, die anderen zu sehen. Auf dem Weg durch die Kantine zum Prellerhaus muss ich an die geschäftigen, fröhlichen Tage mit Friedrich in Weimar denken. Ich vermisse meine Weimarer Unschuld, die Offenheit, mit der ich allem begegnet bin.

Hermann sitzt wie erwartet mit Josua am Tisch in seinem Zimmer. »Da kommt ja meine kleine Luise«, sagt er und zieht mich auf seinen Schoß. »Wir haben uns schon Sorgen gemacht«, sagt Josua, zwinkert aber. Ernst nimmt er die Sache mit der Präsentation also nicht.

»In einer Woche sind schon Semesterferien, sollten wir nicht bald unseren Besuch in Berlin organisieren?«, frage ich.

»Ich kann nicht mitfahren«, sagt Hermann. »Und weißt du, warum? Ich habe die Ausschreibung für das Suchard-Schild gewonnen!«

»Das hast du mir gar nicht erzählt, darauf müssen wir trinken!«, ruft Josua und holt die Kristallflasche mit dem Whiskey, die sich nie zu leeren scheint. Ich winde mich aus Hermanns Umarmung und setze mich auf den freien Stuhl.

»Aber wir wollten doch in Berlin nach Friedrich sehen …«

»Freust du dich denn gar nicht für mich?« Hermann schüttelt lachend den Kopf. »Eiskalt, diese Frau.«

»Natürlich freue ich mich. Aber ich mache mir auch Sorgen um Friedrich, seit dem Brief hat er überhaupt nichts mehr von sich hören lassen.«

»Ach, wir fahren im Frühjahr doch sowieso zum Poelzigfest. Bis dahin kann sich der wackere Genosse auch noch gedulden.«

Ich halte die Hand über mein Glas, in das Hermann die goldene Flüssigkeit gießen will. »Josua, kommst du wenigstens mit?«

»Keine Zeit, fürchte ich.« Josua hebt sein Glas. »Auf Hermann, den Meister der Werbetechnik und Volksmanipulation!«

»Freunde wie euch wünscht man wirklich niemandem.« Meine Augen brennen, ob vor Müdigkeit oder vor Wut, kann ich nicht einordnen. »Ich muss noch einmal raus«, sage ich, greife meinen Mantel und gehe.

In der Weberei finde ich Maria, die gerade damit beschäftigt ist, einer Studentin etwas zu erklären. Ich setze mich auf einen Hocker in der Ecke und lasse meine Augen über die Webstühle wandern, diese mächtigen Maschinen, deren feine Glieder nervös und rhythmisch über die Stoffe hüpfen. Dann betrachte ich Maria und ihre Studentin. Ich bewundere Maria für ihre Autorität, an die sie so gewohnt ist, die Beziehung, die sie zu ihren Studenten hat. Wahrscheinlich fehlt mir einfach etwas, eine bestimmte Durchsetzungskraft, die sich Maria offensichtlich angeeignet hat.

Als sie fertig ist, winkt sie mich zu sich. Ich möchte ihr von der Präsentation erzählen, aber ich sehe, dass sie nicht viel Zeit hat. Also berichte ich nur von Hermanns und Josuas völligem Desinteresse an ihrem alten Freund Friedrich.

»Ich wollte in den Semesterferien auch nach Berlin! Lass uns doch zusammen fahren«, sagt sie. »Ich besuche Samuel, falls du dich noch an ihn erinnerst.«

Ich bin völlig überrascht, dass Maria Kontakt mit ihm gehalten hat. Sie erklärt, dass sie Samuel in Berlin wiedergetroffen habe, nachdem er sich schon längst von den Ittenjüngern abgewandt hatte, und dass sie sich in den letzten zwei Jahren über Briefe und Besuche immer besser kennengelernt haben. Kurz überlege ich, ob ich es seltsam finden soll, dass sie sich ausgerechnet mit Samuel angefreundet hat, dann überwiegt meine Freude.

In den nächsten Tagen komme ich kaum dazu, mich über Hermann zu ärgern, obwohl er mich natürlich nicht gehen lassen will. Ich telegrafiere Friedrich und meiner Mutter, putze meine Wohnung und packe einen kleinen Koffer. Von Friedrich höre ich lange nichts, aber meine Mutter antwortet schnell. Ich kann kaum glauben, wie glücklich sich alles fügt: Otto ist nicht in Berlin, und trotz der Kürze des Telegramms spüre ich, wie sehr sich meine Mutter auf meinen Besuch freut.

*

Wir sind fast schon am Anhalter Bahnhof und uns laufen vor Lachen die Tränen über die Wangen. Seit wir eingestiegen sind, ist Maria so gelöst, wie ich sie seit unserer Weimarer Zeit nicht mehr gesehen habe, die Aufregung der gemeinsamen Reise treibt uns beide zu eskalierender Albernheit. Die Leute im Abteil fühlen sich sichtlich von uns gestört, was uns nicht davon abhält, Grimassen zu ziehen und Witze zu machen. Wir provozieren die Spießbürger uns gegenüber sogar absichtlich, weil sie so leicht zu provozieren sind. Ich nehme meine Zeitung, falte sie auf und halte sie so, dass wir beide hineinschauen können – allerdings auf dem Kopf, was böses Zischen hervorruft. Beim Aussteigen macht Maria einen derart übertriebenen Kratzfuß vor dem Schaffner, dass ein steifer älterer Herr mit großem Koffer über ihr Bein stolpert und uns »ungezogene Gören« nennt, woraufhin wir wieder in Gelächter ausbrechen. An der U-Bahn verabschieden wir uns voneinander. Maria will am Abend mit Samuel in eine Bar in Schöneberg gehen, wir verabreden uns am Viktoria-Luise-Platz.

Ich fahre gerne U-Bahn. Dass ich mich in dieser großen Stadt so mühelos zurechtfinde, verleiht mir bei meiner Ankunft immer ein weltmännisches Gefühl der Überlegenheit. Aber so langsam graut mir auch vor dem Wiedersehen mit meiner Mutter. Ich habe Angst, dass es ihr schlechtgeht, dass das meine Schuld ist und dass sie mir meine Flucht übelnimmt.

Lore öffnet die Tür und begrüßt mich mit einer Umarmung, aus der sie mich überhaupt nicht mehr herauslassen will. Ich höre meine Mutter im Salon und bin erleichtert. Immerhin verbarrikadiert sie sich nicht mehr im Schlafzimmer. Lore nimmt mir Koffer und Mantel ab und scheucht mich hinein in unsere Wohnung. Meine Mutter hat zugenommen, sie scheint mir auf einmal sehr alt. Aber sie hat sich ihre Herzlichkeit zurückerobert, und auch ihre Umarmung ist lang und tränenreich.

Als sie sich wieder beruhigt hat, setzen wir uns zum Tee, den Lore bringt. Ich erzähle von meinem Leben, lasse es komfortabler, leichter und erfolgreicher scheinen, als es ist. Trotzdem schaut mich meine Mutter sorgenvoll an.

»Solltest du nicht lieber einen Mann finden, als deine Zeit dort in Dessau zu verschwenden?«

»Wofür brauche ich denn einen Mann? Ich verdiene doch mein eigenes Geld.«

»Aber du brauchst jemanden, der sich um dich kümmert, Luise. Und wenn du Kinder haben willst, solltest du auch nicht mehr lange warten.«

»Kinder sind wirklich das Letzte, an das ich gerade denke!« Obwohl dieses Gespräch vorhersehbar war, irritiert mich, wie wenig sie sich für mich freuen kann.

»Sei nicht naiv, mein Kind, du wirst nicht jünger. Und wenn du schon jetzt solche Probleme hast, einen Mann zu finden, dann wird es mit dem Alter bestimmt nicht leichter.«

»Einen Mann zu finden ist nun wirklich nicht schwer.«

»Bis jetzt warst du jedenfalls nicht besonders erfolgreich. Männer mögen einfach keine Emanzen.«

»Aber ich habe doch einen Mann, der mich liebt!«

Jetzt ist es mir rausgerutscht. Ich hatte mir fest vorgenommen, nichts von Hermann zu erzählen. Ich schaffe es gerade noch, einige Aspekte herunterzuspielen und meine Liaison so unschuldig wie möglich darzustellen. Meine Mutter schüttelt skeptisch den Kopf. Sie ist der Meinung, dass Hermann es nicht besonders ernst mit mir meinen kann, wenn er mir noch keinen Heiratsantrag gemacht hat.

Bei unserem Abendessen und dann auf dem Weg nach Schöneberg nagen die Worte meiner Mutter an mir. Die bürgerlichen Gesetze gelten am Bauhaus nicht, es ist nicht ungewöhnlich, dass Paare nicht heiraten. Trotzdem scheinen mir Hermanns viele kleine Verbindlichkeiten auf einmal suspekt, wie lauter nicht eingelöste Versprechen. Was, wenn er sich mir gegenüber tatsächlich alles offenhält? Wenn ich mich in falscher Sicherheit wiege, nur weil er mich in seine Wohnung, seinen Freundeskreis und sein Leben gelassen hat? Vielleicht sollten wir doch einfach heiraten, wie jedes normale Liebespaar? Außerdem, in einer Sache hat meine Mutter recht: Es ist nur Hermann zu verdanken, dass ich meinen Lebensstandard halten konnte, seit Otto mich vom Geld der Familie abgeschnitten hat. Meine Chancen, mit der Architektur je etwas zu verdienen, scheinen mir nach der letzten Woche äußerst gering. Was, wenn ich irgendwann völlig allein dastehe, mit nichts als meinem Architekturdiplom?

Samuel und Maria warten schon. Unter dem U-Bahn-Schild steht neben ihnen eine große Frau mit schmalen Augen und hohen Wangenknochen. Lange umarme ich Samuel. Mir war vorher gar nicht bewusst, wie sehr ich mich freuen würde, ihn zu sehen. Er trägt eine glitzernde Jacke, eine neue Brille und sieht überhaupt sehr weltläufig aus, irgendwie aufrechter und selbstbewusster als der Samuel, an den ich mich erinnere.

Maria ist ungewöhnlich stark geschminkt, ihre großen Augen sind mit schwarzem Kajal umrahmt. Am extravagantesten ist jedoch die Frau gekleidet, die sich mir als »Else von der Vogelweide« vorstellt und mich zur Begrüßung gleich umarmt. Die drei sind bestens gelaunt, Samuel und Maria haken mich unter und wir marschieren durch die herbstliche Abendluft hinüber in die Lutherstraße. Dort ist das »Eldorado«, ein Revue-Lokal, dessen Eingang für mich nach nichts Besonderem aussieht. Innen allerdings ist überhaupt nichts unauffällig. Im Gang hängen obszöne Malereien, der riesige Ballsaal ist brechend voll, die Luft feucht und bedeutungsschwanger. Man sieht schwer geschminkte Gesichter, glitzernden Modeschmuck, gefährlich kurze Röcke, Frauen in Fracks und Smoking, Männer in Abendkleidern und halbnackte Jungen, die auch Mädchen sein könnten. Ich finde das alles höchst merkwürdig, die lüsterne Stimmung ist mir unheimlich, am liebsten würde ich sofort wieder umdrehen und nach Hause gehen. Aber irgendwie fasziniert mich auch etwas an der Entfesselung um mich herum, also überlasse ich mich Maria, die mich am Arm packt und hinter sich herzieht.

An Samuels Fürsorge hat sich nichts geändert. Er organisiert erst einen Tisch und dann Champagner. Es gäbe etwas zu feiern, ruft er mir zu: Else habe heute von der Polizei die Genehmigung bekommen, in Frauenkleidern herumzulaufen. Fast vier Monate habe sie darauf gewartet, heute sei der Umschlag in der Post gewesen. Ich versuche, mir meine Überraschung nicht anmerken zu lassen. Else sieht nicht so aus, wie ich mir einen Transvestiten vorgestellt habe. Sie ist mondän und elegant, aber ihre Aufmachung hat nichts von der hyperbolischen Weiblichkeit mancher Showgirls hier. Ich mustere sie lange, merke dann, dass ich starre, und schaue verschämt zu Samuel.

Der prostet mir zu, alle reden durcheinander und lachen. Maria blüht in dieser Umgebung auf, ihr ironisches Pathos passt viel besser an diesen Ort als in die sachliche Bauhaus-Welt. Else und sie stecken die Köpfe zusammen und tuscheln, und ich konzentriere mich darauf, Samuel ein wenig auszufragen. In Herrliberg wurde es ihm irgendwann zu eng, er wollte mehr von der Welt sehen. Die ersten Monate in Berlin waren hart, er kam bei einem älteren Mann unter, der nicht die besten Intentionen hatte. Dann erkrankte Samuel an Syphilis. »Diese Krankheit wäre mein Ende gewesen, hätte ich nicht zufällig vom Hirschfeld-Institut gehört.« Seine Offenheit überrascht mich. Andererseits: Der hypochondrische Samuel hatte noch nie ein Problem damit, ausführlich über seine Krankheiten zu reden, wieso sollte es da mit seinen Geschlechtskrankheiten anders sein? Ausführlich beschreibt er sein Leben an diesem Institut. »Ich habe hier eine Familie gefunden. Niemand findet es merkwürdig, dass ich Männer liebe.« Ich wusste es doch! Eigentlich war mir in Weimar schon klar, dass auch Samuel sich in Jakob verliebt hatte.

Ich will mehr über das Institut erfahren, aber Else und Maria ziehen uns auf die Tanzfläche. Auf der Bühne singt ein Mann mit Frack und macht theatralische Gesten in Richtung seiner Kapelle, die nur aus Frauen besteht. Das Lied scheint bekannt zu sein, beim Refrain fallen die Tanzenden so inbrünstig ein, dass der Sänger kaum noch zu hören ist.

»Wir sind nun einmal anders als die andern, die nur im Gleichschritt der Moral geliebt«, ertönt es vielstimmig um mich herum.

Die große Else nimmt meine Hand und dreht mich im Kreis, mir wird schwindlig. »Wir lieben nur die lila Nacht, die schwül ist, weil wir ja anders als die andern sind«, schmettert mir Samuel entgegen. Es liegt Stolz in seiner Stimme, und auf einmal denke ich, warum nicht, warum nicht stolz darauf sein, warum nicht zusammenleben, ohne zu heiraten, warum nicht lieben, wen und wie man will.

Der Rest des Abends vergeht im Rausch, ich verliere jegliches Zeitgefühl. Ich tanze mit Maria, mit Else, mit Samuel und schließlich mit zwei großen Transvestiten, die mich in ihre Mitte nehmen. Die Enthemmung um mich herum ist nicht mehr bedrohlich, sie ist eine Befreiung, eine Umarmung. Alles leuchtet und dreht sich, ich bin außer Atem, ich höre auf zu denken, ich vergesse zu trinken, ich lasse mich herumwirbeln, ich lasse mich fallen.

*

Am nächsten Morgen wache ich viel zu früh auf. Die Wohnung ist erfüllt von Türenschlagen und Geschirrgeklapper. Im Nachthemd tappe ich in den Salon. Meine Mutter räumt dort herum, hält dann inne und funkelt mich an.

»Ah, Madame ist aufgestanden. Das kam für dich«, sagt sie und reicht mir einen zusammengefalteten dreckigen Zettel.

Drauf steht, in akkurater Schrift: »Liebe Luise, entschuldige, dass ich Dir eine Antwort schuldig geblieben bin. Telegrafieren ist zu gefährlich geworden. Ich werde heute ab vier Uhr nachmittags im ›Hellmuth‹ in der Görlitzer Straße sein und auf Dich warten. Dein Friedrich.«

Ich blicke vom Brief auf und in die Augen meiner Mutter.

»Glaubst du eigentlich, ich bekomme nicht mit, dass du dir die Nächte um die Ohren schlägst? Ich bin doch nicht blind. Und wer weiß, mit was für einem Gesindel du unterwegs bist! Der Junge, der den Zettel hier hergebracht hat, machte jedenfalls keinen guten Eindruck. Was sollen denn die Nachbarn denken! Überhaupt, die Gegend um den Görlitzer Bahnhof ist ein rotes Nest. Bist du jetzt etwa bei den Kommunisten gelandet?«

»War Friedrich hier? Hatte der Junge rote Haare?«, frage ich.

»Nein, hatte er nicht, aber das ist doch auch nicht wichtig. Mir reicht es jetzt. Benimm dich wie eine anständige junge Dame, solange du unter meinem Dach wohnst. Wenn Otto hier wäre, der hätte dir schon längst –«

Otto! Immer der große Otto. Ich will ihr entgegenschleudern, dass das »Gesindel«, vor dem sie sich so fürchtet, aus Menschen besteht, die hundertmal besser sind als alle »anständigen Leute«, die sie kennt. Dann werde ich gefährlich ruhig. Es hat keinen Sinn. Langsam verlasse ich das Zimmer, packe konzentriert, aber mit zitternden Händen meinen Koffer, umarme Lore kurz und stehe schließlich vor der Tür meines Elternhauses. Nach und nach beruhige ich mich, stelle den Koffer neben mir ab und denke nach. Es ist noch lange nicht vier Uhr, es ist also sinnlos, jetzt schon Richtung Kreuzberg zu fahren. Früher wäre ich in einer solchen Situation bei Charlotte untergeschlüpft, aber sie ist in New York, und ihrem letzten Brief nach zu urteilen kann ich so bald nicht mit ihrer Rückkehr rechnen. Ich weiß, dass Maria und Samuel irgendwo am Tiergarten wohnen, nur kenne ich die Adresse nicht.

Ziellos laufe ich die Niebuhrstraße hinunter, da fällt mein

Blick auf einen Friseursalon an der Ecke. Schon seit dem Sommer spiele ich mit dem Gedanken, mir eine dieser Topffrisuren schneiden zu lassen, die sich am Bauhaus ausgebreitet haben, angeblich nach dem Vorbild eines japanischen Malers in Paris. Der Gedanke an meine Mutter hat mich immer davon abgehalten. Das ist ja nun nicht mehr notwendig, denke ich, lächle düster und betrete den Salon. Eine Mark kostet der Haarschnitt. Ich habe nur noch fünf Mark und das Zugticket nach Dessau in meiner Tasche, aber nichts scheint mir im Moment notwendiger, als meine altbackene Damenfrisur loszuwerden. Ich sehe in den Spiegel, während meine dicken, widerspenstigen Locken fallen, und empfinde tiefe Befriedigung.

Auf dem Weg zum Görlitzer Bahnhof betrachte ich die fremde Erscheinung, die ich jetzt bin, in jedem Schaufenster. Aus der U-Bahn-Station trete ich auf die belebte Wiener Straße, aber um zur Görlitzer Straße zu gelangen, muss ich den mächtigen Bahnhof einmal umrunden. Hinter ihm erstrecken sich Gleisanlagen, die mit einem Zaun von der Straße abgetrennt sind. Es ist dreckiger hier als bei mir zu Hause in Charlottenburg, die Häuser sind rußgeschwärzt. Auf dem Himmel hat sich eine hellgraue Wolkenschicht ausgebreitet, deren Ende man nicht einmal erahnen kann. Das »Hellmuth« ist eine Eckkneipe, vor der zwei grimmig dreinblickende Männer stehen. Ich fühle mich fehl am Platz, aber ich will zu Friedrich, ich will ihn wissen lassen, dass nicht alle seine alten Freunde ihn im Stich gelassen haben.

Der kleinere der beiden hält mich auf. Ich bringe stammelnd über die Lippen, dass ich eine alte Freundin von Friedrich bin. Sie treten zur Seite. »Im Hinterzimmer«, sagt der Größere knapp.

Die Kneipe ist verraucht. An den mächtigen Holztischen sitzen Grüppchen von Jugendlichen, trinken und diskutieren. Kaum einer ist älter als zwanzig. An der Wand steht in großen Lettern: »Rotfront lebt!« Eine Runde in der Ecke nimmt Notiz von mir, es wird gepfiffen und gelacht. Schnell durchquere ich den Raum. Durch eine Schwingtür mit Milchglas betrete ich das Hinterzimmer, in dem Friedrich mit einigen anderen Männern an einem Tisch sitzt und sich über einen Plan beugt. Auf die Pomade verzichtet er wohl inzwischen, sein roter Haarschopf ist wieder so zerzaust und struppig wie damals in Weimar. Als er mich sieht, scheucht er die anderen Männer weg und gibt mir eine seiner hastigen, kantigen Umarmungen.

Er sieht müde und abgekämpft aus, finde ich, aber er scheint auch euphorisiert. Blinzelnd und atemlos erzählt er mir von den Kämpfen, die er und die anderen täglich austragen, von den idealistischen Jugendlichen, die sich selbst in wilden Banden organisiert haben und gegen die Hitlerleute und den Stahlhelm angehen. Auf der Wiener Straße gebe es ein SA-Sturmlokal, im Moment seien sie damit beschäftigt, einen Angriff darauf vorzubereiten.

»Das heißt, ihr macht nichts anderes, als euch zu prügeln? Was soll das denn bewirken?«, frage ich.

»Der Kampf auf der Straße ist mindestens so wichtig wie der Kampf der Partei. Luise, der Stahlhelm, die Bürgerwehr, die SA, die sind alle gefährlich. Die drangsalieren unschuldige Passanten, das kann man doch nicht einfach geschehen lassen! Die Polizei tut jedenfalls nichts dagegen.«

»Und was ist mit der Architektur? Du verschwendest hier doch dein Talent.«

»Diese Art zu denken ist so derart bürgerlich! Aber so seid

ihr eben, ihr sitzt abgeschieden von der Welt in Dessau und macht euer Kunsthandwerk für die Bourgeoisie. Ihr merkt überhaupt nicht, dass es anderswo um die Zukunft geht.«

Ich will mich nicht mit ihm streiten. Ich berichte Friedrich von meiner misslichen Lage nach dem Streit bei mir zu Hause, halte meine Erzählung aber kurz. Bei allem Ärger über meine Mutter möchte ich Friedrich keine Vorlage für seinen Hohn auf die Probleme reicher Leute geben.

»Bei mir kannst du leider nicht übernachten, Luise, ich habe selbst keine feste Unterkunft. Ich schlafe bei verschiedenen Genossen, und wenn ich gar nichts finde, bleibe ich hier. Aber das ist zu gefährlich für dich«, sagt Friedrich.

»Maria und Samuel wohnen in diesem Institut, Hirschberg heißt das, glaube ich?«

»Das Hirschfeld-Institut. Verstehe, Samuel ist also bei den warmen Brüdern gelandet!« Zum ersten Mal seit unserem Wiedersehen ist Friedrichs kehliges Kichern zu hören. »Wenn du willst, finde ich heraus, wo das ist.«

Friedrich winkt einen der Männer heran, die sich in die Ecke verzogen haben. Er scheint hier eine Autoritätsperson zu sein, jedenfalls entfernt sich der Mann sofort und kommt mit einem großen zerfledderten Stadtplan zurück. Der Abschied von Friedrich fällt mir schwer, ich mache mir Sorgen um ihn, und gleichzeitig finde ich seine Ansprüche an uns befremdlich. »Pass auf dich auf«, sage ich noch, aber er hat sich schon wieder über seine Pläne gebeugt.

*

Samuel, Maria und ich sitzen auf dem großen, samtgrünen Sofa in der Bibliothek und plaudern, als auf einmal jemand am Eingang um Hilfe ruft. Wir stürzen zur Tür, wo zwei Jungen stehen. Der eine hat den Arm um den anderen gelegt und hält sich an ihm fest. Sein rechtes Auge ist zugeschwollen, er blutet aus Nase und Mund. Es sieht fürchterlich aus. Wir sind nicht die Einzigen, die den Hilferuf gehört haben, die beiden sind jetzt von gut zwanzig Leuten aus dem Institut umringt. Eine ältere Frau in Schürze sagt: »Jetzt kommt erst mal herein«, fasst den Verletzten unter und führt ihn in das Wohnzimmer. Es ist eine merkwürdige Prozession: vorne der Verwundete, der halb getragen, halb geschleift wird, hinter ihm Männer in Ballkleidern, mit Matrosenmützen, in seriösen Anzügen; Frauen in seriösen Anzügen, mit gewagten Dekolletés, in jungenhaften Arbeiterhosen; und schließlich Samuel, der immer noch Lippenstift trägt, die dünne Maria und ich mit meinem neuen Topfschnitt.

Der Junge wird vorsichtig auf ein rosa Sofa gebettet. »Ich hole Magnus«, sagt Samuel und verschwindet. Wenig später kommt er mit dem Mann zurück, der mir gestern Abend als »Tante Magnesia« vorgestellt wurde und der das Institut leitet, wie ich erst jetzt verstehe. Er beugt sich über den Patienten, wodurch seine kleine Brille nach vorne rutscht und sein großer Schnauzer zittert, er tupft ihm vorsichtig die Nase ab und schüttelt den Kopf. »Wieder diese Hitlerleute?«, fragt er. Der Freund des Jungen antwortet: »Schwer zu sagen, ich habe keine Armbinden gesehen. Aber zugeschlagen haben sie, als wären sie von der SA. Wir hatten Glück, es kamen Passanten vorbei. Dass du denen aber auch immer Widerworte geben musst, Hans!«

Der Junge auf dem Sofa hebt den Kopf und zischt wütend. »Ich lasse mich doch von diesen Kanaillen nicht beleidigen!« Dann stöhnt er und sinkt wieder zurück in die Polster.

»Scheint nichts gebrochen zu sein«, sagt Hirschfeld und lässt von Hans ab. »Du hast Glück gehabt, aber sei in Zukunft vorsichtiger. Jetzt trinken wir erstmal einen Schnaps auf den Schreck.«

Alle scheinen einigermaßen erleichtert. Die Frau mit der Schürze, die hier wohl Haushälterin ist, geht kurz weg und kommt dann mit einem großen Tablett mit vielen gefüllten Schnapsgläsern zurück. Schon eine halbe Stunde später sitzen wir alle im Raum verteilt, auf dem Boden, in den großen Ohrensesseln und Sofas, und reden und lachen. Hans hält sich einen Wickel mit Eis an die Wange und genießt die Aufmerksamkeit Hirschfelds, der mit seinen tiefen Stirnfalten immer etwas sorgenvoll aussieht. Neben mir hat sich eine Frau niedergelassen, die sich als Helene Stöcker vorstellt, mir aber sofort das Du anbietet. Sie ist etwas dicklich, hat einen ausladenden Busen und trägt ein weites Gewand und einen exotischen Schal. Helene fragt mich so gründlich aus, wie das schon lange niemand mehr getan hat. Besonders interessiert sie sich für mein Siedlungsprojekt. Bereitwillig erkläre ich ihr, was ich vorhabe, verliere mich manchmal im Fachjargon und bemerke zum ersten Mal, wie viel ich im letzten Jahr gelernt habe und wie durchdacht mein Konzept mittlerweile ist. Als sie nach der potenziellen Verwirklichung meiner Pläne fragt, erzähle ich ihr von meiner kläglichen Präsentation, von meiner Unterhaltung mit Meyer und von meinen Selbstzweifeln. Es tut gut, dass da jemand ist, der mir zuhört und mich ernst nimmt.

»Davon solltest du dich nicht aus der Bahn werfen lassen«,

sagt Helene. »Weißt du, die Männer haben es einfach nicht gerne, wenn wir Frauen in ihren Gebieten wildern. Und die Architektur ist nun einmal ein Hoheitsgebiet, auf das die Männer besonders Anspruch erheben. Frauen, die Häuser bauen, das können die sich gar nicht vorstellen!«

»Naja, vielleicht bin ich auch einfach nicht begabt genug ...«

»Bitte, Luise, lass dir das nicht einreden. Du klingst alles andere als inkompetent. Weißt du, dieser Meyer muss das ja noch nicht einmal böse meinen. In seinen Augen sind Mathematik, Statik und Konstruktion eben Männersachen, die du gar nicht verstehen kannst. Und wenn du sie dann doch verstehst, empfinden das manche als Bedrohung, wie dieser Student, von dem du erzählt hast, dieser Karl. Er will dich kleinmachen – und nutzt dazu die Tatsache, dass du eine Frau bist. Gibt es denn nicht noch jemand anderen als diesen Meyer, der dir bei deinem Projekt helfen kann?«

Ich denke nach. Gropius ist nur noch selten in Dessau in diesen Tagen, aber er hat mir wenigstens immer zugehört. Bei unserem letzten Gespräch hatte ich sogar das Gefühl, dass er mich respektierte, dass er mir fast schon auf Augenhöhe begegnete. Ich beschließe, Gropius auf mein Projekt anzusprechen, denn wenn ich weiterkommen will, brauche ich Hilfe.

Helenes Energie und ihr Selbstbewusstsein imponieren mir. Sie erzählt mir von ihrer politischen Arbeit, von ihrem Einsatz für den Frieden, von ihrer Frauenvereinigung, die für das Recht auf Abtreibung kämpft. Ich denke an Friedrich, und für einen Moment habe ich tatsächlich das Gefühl, dass unsere Arbeit am Bauhaus beschämend weit weg ist von den wahren politischen Kämpfen. Helene spricht von der Höherentwicklung der Rasse, die sich durch eine bessere Geburtenkontrolle erreichen ließe, und klingt dabei fast schon wie Itten. Ich schaue zu Samuel, der auf dem Schoß einer Frau mit Anzug sitzt und in ein lebhaftes Gespräch mit Maria verwickelt ist.

Nach dem gemeinsamen Abendessen an einer langen Tafel gibt es eine kleine Theateraufführung im Wohnzimmer: eine kurze Komödie, in der sich ein schwer geschminkter Kommissar und sein Untergebener bemühen, einen Mord an einem Beamten aufzuklären. Es gibt nicht besonders viel Handlung, aber das wird durch Tanz- und Singeinlagen wettgemacht.

Maria und ich schlafen in Samuels Zimmer. Er hat uns aus Decken und Kissen ein Lager gebaut, und schon bald liegen wir drei im Dunkeln und unterhalten uns flüsternd. Ich frage Samuel nach den anderen Itten-Jüngern aus, erfahre aber nur, dass Johannes inzwischen hier in Berlin eine eigene Schule gegründet hat. Ob Sidonie, Jakob und Erich auch in der Stadt sind, weiß Samuel nicht. Es wirkt, als würde ihn der Gedanke an unsere alten Freunde schmerzen, deswegen frage ich nicht weiter nach. Stattdessen lasse ich ihn von seinem neuen Leben hier im Institut erzählen, was er gerne und ausführlich tut. Er spricht mit Hochachtung von Magnus Hirschfeld und liebevoll von seinen Freunden, die sich gegenseitig unterstützen. Ich freue mich, dass der schüchterne Samuel ein Zuhause gefunden hat, in dem sich zur Abwechslung mal jemand um ihn kümmert. Als uns endlich die Augen zufallen, ist es schon früh am Morgen.

*

Hermann spricht viel von meinem »wilden Wochenende in Berlin«, seit ich zurück in Dessau bin. Auch über meinen neuen Haarschnitt hat er einiges zu sagen. Ich weiß, dass er es scherzhaft meint, aber ich weiß auch, dass in seinen Scherzen Eifersucht steckt. Ich finde das nicht störend, sondern rührend, eben weil es so durchschaubar ist. Außerdem hat Hermann ja nicht unrecht: Zwar hatte ich keine wilde Affäre, aber nach diesem kurzen Wochenende fühlte sich das Wiedersehen mit Hermann an, als wäre ich sehr lange weg gewesen. Was Helene Stöcker über meine Arbeit gesagt hat, geht mir nicht mehr aus dem Kopf. Ich will meine Entwürfe für die Siedlung jetzt noch ein letztes Mal überarbeiten und mich dann mit ihnen an Gropius wenden. Er wird verstehen, was ich vorhabe. Durch meine Bauhaus-Führungen habe ich öfter mit Fräulein Schild zu tun, die mir mittlerweile viel freundlicher gesonnen ist und bekomme einen der seltenen Termine beim Direktor.

Ich sitze an Hermanns Tisch und versuche, mich zu konzentrieren. Hermann liegt auf dem Bett und liest, allerdings unterbricht er seine Lektüre ungefähr alle zwei Minuten, um mir mitzuteilen, was er gerade gelesen hat. Ich bin enerviert, aber zugleich nicht diszipliniert genug, um mich nicht ablenken zu lassen. Er erzählt lang und breit von seiner Arbeit an der Suchard-Reklame, davon, wie er einen Kollegen ausgebootet hat, indem er ein Kündigungsschreiben in seinem Namen verschickte, was ich völlig irrsinnig finde. »Gehst du damit nicht ein bisschen weit?«, frage ich ihn. Er schüttelt nur amüsiert den Kopf. »So langsam macht mir das alles Angst, Hermann.« – »Ach was, das ist Strategie! Die braucht man, um im Leben voranzukommen«, sagt er.

Ich frage mich, wie er überhaupt jemals irgendetwas zustande bringt. Immer gehen ihm tausend verschiedene Sachen durch den Kopf, ständig lernt er Leute kennen, schaut sich Ausstellungen an, korrespondiert. Nur in Ruhe arbeiten habe ich ihn noch nie gesehen. Er rappelt sich auf, schlendert an den Tisch, nimmt mir den Stift aus der Hand und gibt mir einen fordernden Kuss. Ich protestiere halbherzig. »Mein fleißiges Luischen! Du hast doch morgen noch den ganzen Vormittag«, sagt er. Ich gebe nach und lasse mich von ihm zum Bett tragen. Wir schlafen miteinander, etwas zu routiniert, etwas zu vertraut. Ich denke an Jakob und vermisse seine Heftigkeit. Aber als ich danach aufstehe, um meine Spülung zu machen, bin ich schon wieder dankbar: Hermanns Erfahrung mit Frauen schlägt sich in genau diesen Momenten nieder, er hat nichts von der verschämten Naivität, mit der Jakob versuchte, diesen profanen Teil unserer Liebe auszublenden.

Es ist noch nicht einmal hell, als Hermann mich weckt. Er hat das Licht angemacht, trägt seinen Morgenmantel und hält eine Tasse Kaffee in der Hand. Ich stöhne und verstecke meinen Kopf unter dem Kissen, das er mir sofort wieder wegzieht. »Nur Mut! Wenn du jetzt aufstehst, kannst du vor deinem Treffen noch einiges schaffen«, sagt er. Todmüde setze ich mich an den Schreibtisch. Als Hermann von seiner Dusche zurückkommt, erzählt er von einem Studenten, der bei László Moholy-Nagy Fotografie lernt und nach Frauen und Männern sucht, die ihm für seine Arbeit heute Modell stehen. »Du weißt doch, dass ich jetzt wirklich mein Treffen vorbereiten muss«, sage ich. »Wie du willst, dann frage ich eben Maria, ob sie Lust hat.« Diese Retourkutsche ist so kindisch, dass ich nicht einmal darauf eingehe. »Viel Vergnügen«, sage ich nur und warte, bis endlich die Zimmertür ins Schloss fällt.

Einige Stunden lese und rechne ich nervös vor mich hin, dann packe ich hastig meine Zeichnungen zusammen und mache mich auf den Weg zu Gropius. Ich ärgere mich, dass mich Hermanns Aktionismus so viel Zeit gekostet hat und er meine Arbeit anscheinend nicht ernst genug nimmt, um mich in Ruhe zu lassen. Ilse Schild schenkt mir einen ihrer seltenen freundlichen Blicke, und ich betrete zum zweiten Mal in diesem Jahr das Direktorenzimmer. Gropius ordnet behutsam und sorgfältig die Papiere auf seinem Schreibtisch. Ohne mich anzuschauen, sagt er: »Fräulein Schilling, ich habe heute leider nicht viel Zeit. Aber legen Sie erst mal ab, setzen Sie sich.« Ich tue wie geheißen. Jetzt lächelt er mich an. »Wie kommen Sie in der Baulehre zurecht?« Die Aufregung pocht in meinem Kopf. Ich erkläre schnell, dass ich nicht wegen der Baulehre hier bin, ziehe meine Pläne aus der Ledertasche und breite sie vor ihm aus. »Ah, Ihre Siedlung! Lassen Sie mal sehen.« Gropius scheint ehrlich interessiert, was mich nach meinem Erlebnis mit Meyer geradezu überrascht.

Besonders angetan ist er von der Ausrichtung der Häuser, die er sich lange anschaut. Ich erkläre ausführlich, aus was für Überlegungen heraus ich meine Entscheidung getroffen habe, wie ich gerechnet habe und warum ich Licht und Luft grundsätzlich für wichtiger halte als die bloße Größe des Wohnraums. Gropius fragt nach und macht mehrere Verbesserungsvorschläge. Viele sind sinnvoll, und ich freue mich, dass er mich ernst genug nimmt, um meinen Entwurf verbessern zu wollen. Am Ende ermuntert er mich, weiter an ihm zu arbeiten. Bevor er unser Treffen für beendet erklären kann, nehme ich all meinen Mut zusammen und frage ihn, ob er von Wettbewerben gehört hat, an denen ich teilnehmen könnte. Damit bin ich offenbar zu weit gegangen. Gropius' Blick wird abweisend, er zieht die buschigen Augenbrauen zusammen. »Studenten haben bei den Wettbewerben eigentlich kaum Chancen. Aber gut, ich lasse Sie wissen, wenn mir etwas zu Ohren kommt.« Er steht auf, und ich nehme das als Zeichen, mich zu verabschieden.

Zurück bei Hermann schleudere ich meine Mappe in die Ecke und atme tief durch. Alles in allem war das ein Erfolg, denke ich und gieße mir von dem schalen Sekt ein, der noch von gestern übrig ist. Ich höre Lärm auf dem Flur, dann kommen Maria und Hermann kichernd zur Tür herein. Maria trägt dunklen Lippenstift, ihre Haare sind mit einem seidenen Tuch bedeckt. Ich komme nicht dazu, von meinem Treffen zu berichten. Die beiden sind zu eingenommen von ihrem gemeinsamen Erlebnis, um mir zuzuhören. »Hermann musste so viele alberne Hüte aufziehen, ich weiß gar nicht, wo der Fotograf die alle herhatte!«, sagt Maria.

»Ja, stimmt, wo kamen die eigentlich her? Luise, du hättest sehen sollen, was Maria getragen hat. Sie sah aus wie eine Königin.«

»Wie eine Königin? Aber Königinnen tragen doch keine Turbane!« Maria ist sichtlich geschmeichelt.

»Doch, du sahst aus wie eine afrikanische Königin, eine Stammesherrscherin!« Da ist wieder dieser lüsterne Blick.

Mir ist diese Dynamik unheimlich. Ich habe das Gefühl, die beiden spielen ein Spiel, dessen einzige Regel darin besteht, dass ich schon verloren habe. Ich bleibe am Tisch sitzen und schaue den beiden zu, in der Hand das Glas mit dem warmen Sekt. Es ist nicht eigentlich Eifersucht, was ich fühle, eher Unglauben darüber, dass sie Spaß daran haben, mir wehzutun.

Und ich weiß, dass jede Äußerung meinerseits genau danach aussehen würde: nach kleinlicher, ärgerlicher Eifersucht. Ich reiße mich also zusammen und sage mir, dass ich wahrscheinlich überreagiere, dass die beiden nie so mit mir umgehen würden, wenn sie wüssten, wie sehr sie mich verletzen, dass sie also gar keine schlechten Absichten haben können.

*

In unserem hauseigenen Amphitheater wird heute die »Sache von Weimar« aufgeführt. Die Eröffnungsfeier des Dessauer Bauhauses ist genau ein Jahr her, Grund genug, an die Ursprünge in Weimar zu erinnern. Als ob es noch mehr Anlässe für ein Fest bräuchte, hat heute auch noch Kandinsky Geburtstag. Wie vor einem Jahr sitzen wir eng zusammengerückt auf den Hockern der Kantine, aber diesmal bin ich umgeben von Freunden. Hermann hat mich auf den Schoß genommen, neben uns Josua und Maria. Die Studenten auf der Bühne sind wild entschlossen, dem Publikum möglichst viele Lacher zu entlocken. Moholy-Nagy wird von einem streng gescheitelten Jungen mit runder Brille dargestellt, er gestikuliert wild und übertreibt Moholys ungarischen Akzent maßlos. Eine Handvoll anderer Studenten hat die Rolle der Vorkursschüler übernommen, sie nicken eifrig und verstehen jede Anweisung des Meisters absichtlich falsch. Sie sollen eine »Gefühlsleiter« bauen, eine der Übungen, die Moholy tatsächlich im Vorkurs durchführt, und schleppen dazu Wolle, Draht und schließlich einen ganzen Besen auf die Bühne. Dann fangen sie an, aus diesen Materialen eine wortwörtliche Leiter zu bauen, und im ganzen Saal bricht Gelächter aus. Als sie dann auch noch eine

Wurst auf die Bühne bringen und ihre Leiter theatralisch damit krönen, kennt das Publikum kein Halten mehr, es wird gejohlt, geklatscht und gerufen.

Nach der Aufführung sitzen wir in der Kantine und unterhalten uns über diese Darstellung der Weimarer Zeit. Hermann kritisiert die Aufführung mit gewohnt lässiger Skepsis, Maria und ich widersprechen mit gespielter Empörung. Wir zwei sind schließlich die Einzigen am Tisch, die damals schon dabei waren. Hermann gibt nach und schwenkt um auf die Plakate zur Ankündigung des Fests: »Das kommt davon, wenn man die Arbeit nicht an die Reklameabteilung abgibt, sondern von Schlemmer und seinen Theaterleuten machen lässt. Allesamt Stümper! Die verstehen überhaupt nicht, was sich mit der richtigen Reklame erreichen lässt!«

Josua lacht. »Was genau willst du denn erreichen? Dass alle Bauhäusler zum Bauhaus-Fest kommen? Das ist ja offensichtlich nicht schwer«, sagt er. »Ich finde, man muss auch die kleinen Projekte ernst nehmen«, antwortet Hermann. »Bis ich große politische Kampagnen machen kann, bis ich die Massen bewege, ist es noch ein bisschen hin. Bis dahin gedenke ich, an euch Bauhäuslern zu üben. Aber jetzt hole ich uns erst mal etwas zu trinken.« Er gibt mir einen Kuss, hebt mich von seinem Schoß und steht auf.

Am Ausschank hat sich eine lange Schlange gebildet, und Maria, Josua und ich schauen Hermann zu, wie er sich vordrängelt und uns dann zuwinkt. »›Die Massen bewegen‹, so ein Quatsch«, sagt Josua lachend.

»Ich muss sagen, mir wird sein Größenwahn so langsam ein bisschen unheimlich«, sage ich. »Er steht mitten in der Nacht auf, weil er irgendeine Idee hat, läuft dann im Zimmer herum, notiert sich Sachen und hält Vorträge. Überhaupt schläft er eigentlich nur zwei Stunden pro Nacht. War das schon immer so?«

»Das kommt und geht in Phasen. Manchmal versteckt er sich auch monatelang in seinem Zimmer. Mir ist seine jetzige Verfassung eigentlich lieber«, sagt Josua.

»Ich weiß nicht. Ich finde das schon besorgniserregend. Außerdem gefällt mir nicht, wie er manchmal mit Leuten redet, er wird dann so herrisch«, sage ich.

»Ach Lu, sei nicht immer so moralisch«, sagt Maria. »Wir machen doch alle, was wir wollen. Wenn wir anfangen würden, Regeln aufzustellen, wäre es hier nur halb so schön.«

»Aber so ganz ohne Regeln geht es doch auch nicht, oder?«

»Die gute Luise, immer macht sie sich Sorgen«, sagt Josua, und die beiden lachen mich liebevoll aus. »Sorge dich nicht, mein Kind, vor allem nicht, was Hermann betrifft. Ich glaube, seine Hochstimmung könnte durchaus auch etwas mit dir zu tun haben.« Ich bringe ein Lächeln zustande. Irgendwie hat Maria ja recht: Der Verzicht auf Regeln, die Akzeptanz von Eigenheiten, die Toleranz für charakteristische Merkwürdigkeiten, das sind genau die Gründe, warum ich mich in dieser Gruppe von Freunden so wohlfühle. Vielleicht haben mich die Grundsätze meines Vaters stärker beeinflusst, als ich mir eingestehen will.

Da ist Hermann auch schon zurück und stellt schwungvoll eine Flasche Wein auf den Tisch. Wir unterbrechen unser Gespräch. Er bemerkt davon nichts, er will über das Poelzigfest im Februar sprechen. Hans Poelzig unterrichtet an der Technischen Hochschule in Berlin und hat das gesamte Bauhaus zu einem Faschingsfest eingeladen. Wir schmieden Pläne. Ich kann nicht mehr bei meiner Mutter übernachten, und zu dritt können wir sicher nicht im Hirschfeld-Institut schlafen.

Hermann sagt: »Luise, hast du nicht erzählt, dass Friedrich manchmal in diesem Lokal unterkommt, wo du ihn getroffen hast? Wie hieß das noch mal …?«

»›Hellmuth‹. Aber glaub mir, da willst du nicht schlafen, da ist es unheimlich. Friedrich hat auch gesagt, dass es dort gefährlich ist.«

»Seid unbesorgt, ich passe auf euch auf«, sagt Hermann und legt einen Arm um Maria, was mir einen scharfen Stich versetzt.

»Das ist doch gar keine schlechte Idee«, sagt Maria. Ich werfe ihr einen warnenden Blick zu, aber sie scheint mich nicht zu verstehen.

»Das ist eine Kaschemme! Da gibt es noch nicht mal Betten!« Jetzt bin ich verzweifelt. »Ach komm, Luise, das wird ein Abenteuer. Maria, was meinst du?« –»Au ja, ein Abenteuer!«, ruft Maria. »Woher weißt du überhaupt, ob Friedrich dich sehen will? Du hast doch schon ewig nicht mehr mit ihm geredet«, wende ich ein. »So schnell zerschlägt sich eine Freundschaft nicht.« Hermann sagt das völlig unbekümmert. »Ein Abenteuer!«, ruft Maria wieder. Die sinnlose Albernheit der beiden macht mich aggressiv. Aber es hat keinen Sinn. Mir bleibt nichts anderes übrig, als nachzugeben und zu hoffen, dass alles gutgeht.

Jetzt werden die Tische und Stühle beiseitegeräumt und die Bauhaus-Kapelle positioniert sich vor den Fenstern. Josua führt Maria mit federnden Schritten auf die Tanzfläche, und auch die anderen Studenten an unserem Tisch stehen auf. Hermann fängt an, mich am Hals zu küssen, ich entziehe mich und versuche, ihm möglichst diplomatisch meine Sorgen über seinen Lebenswandel zu erklären. Zu meiner Erleichterung ärgert er sich nicht, er streitet noch nicht einmal irgendetwas ab. Er zuckt nur mit den Achseln und sagt: »Das ist alles die Euphorie, die daher kommt, dass ich so schrecklich verliebt in dich bin.« Die Vorstellung, dass ich so eine große Auswirkung auf sein Gemüt haben könnte, ist derart schmeichelhaft, dass mir warm wird. Ich schmiege mich an ihn und schweige. Eng umschlungen schauen wir den anderen auf der Tanzfläche zu und amüsieren uns über Josua, der Maria so sehr herumwirbelt, dass sie fast das Gleichgewicht verliert. Ich denke an die bevorstehenden Weihnachtstage und bin mit einem Mal sehr dankbar, dass ich diese Ersatzfamilie hier habe, bei der ich mich so geborgen fühle.

*

Ein scharfer Terpentingeruch steigt mir in die Nase und zerrt mich aus den Untiefen meines Schlafes. Ich brauche ein paar Minuten, um mich zu orientieren. Draußen ist es düster, Hermann hat die Deckenlampe angemacht und beugt sich über den Kalkstein, den er vor ein paar Tagen aus der Druckwerkstatt in sein Zimmer geschleppt hat. Jetzt verstehe ich auch, woher der Gestank kommt: Er arbeitet an einer Lithografie. Sie soll Teil der Collage werden, die größer und größer wird und jetzt schon die Hälfte der Wand einnimmt. Mit zittrigen Händen greife ich nach Hermanns silberner Armbanduhr, die auf dem Nachttisch liegt. Es ist zwei Uhr nachmittags. Mein Mund ist trocken, meine Nase ist verstopft, und als ich mich aufrichte, wird mir schwindlig. Fetzen des gestrigen Abends erreichen mich aus der Ferne. Hermann, der das weiße Pulver, das ihm jemand aus Berlin mitgebracht hat, fast liebevoll auf seinem Tisch arrangiert. Josua, der uns immer wieder ermahnt, gute Christen zu sein und ein paar Weihnachtslieder anzustimmen. Maria, die sich auf den Balkon stellt und sinnlose Parolen in die dunkle Nacht ruft. Und dazwischen immer wieder ich: im Gespräch mit Bayer, dem ich versichere, dass ich die talentierteste Architektin bin, die das Bauhaus je gesehen hat; mit den Armen rudernd auf der Tanzfläche im Foyer, bei der offiziellen Weihnachtsfeier; in konzentrierter Diskussion mit Hermann, intensiv unseren kometenhaften Aufstieg planend; Marias versteckten Zeichen zum Rückzug in Hermanns Zimmer aufgeregt folgend. Die Peinlichkeit drückt mir auf den Magen. Bei Charlottes Festen gab es manchmal Kokain, aber erst die Heimlichkeit, mit der wir gestern alle zu Verschworenen wurden, reizte mich genug, um es auszuprobieren.

Ich schließe die Augen und versuche, die Erinnerungen wieder im Schlaf zu begraben. Es gelingt mir nicht, mein Herz rast, und mir ist kalt. Ich konzentriere mich auf meinen Atem. Die Techniken, die ich in Weimar gelernt habe, haben mir schon öfters gute Dienste geleistet. Aber diesmal macht mich das Atmen nicht ruhiger, im Gegenteil, in meiner Kehle scheint sich etwas immer stärker zu verkanten. Es verschlägt mir den Atem, so als würde ich unaufhörlich in die Tiefe fallen. Jetzt hat auch Hermann bemerkt, dass ich wach bin. Mit rotem Kopf versuche ich, meine Panik in Worte zu fassen, aber ich bekomme nicht genug Luft zum Sprechen. Er setzt sich zu mir an das Bett, versucht es erst mit einer Umarmung und dann mit einem Glas Wasser. Als nichts zu helfen scheint, holt er eine Papiertüte und bedeutet mir, in diese ein- und auszuatmen. Langsam löst sich die Blockade in meiner Kehle und ich werde ruhiger. Entgeistert und schwer atmend schauen wir uns an, bis wir schließlich beide vor Erleichterung lachen müssen.

*

Die großen Lichtflecken auf dem Boden des Anhalter Bahnhofs machen mich traurig. Als ich klein war, holten meine Mutter und ich meinen Vater manchmal vom Bahnhof ab. Um mir die Wartezeit zu vertreiben, nahm sie die Lichtstrahlen, die sie »Gottestrahlen« nannte, zum Anlass, mir Geschichten aus dem Neuen Testament zu erzählen. Obwohl mir mittlerweile nichts ferner sein könnte als die trockene Gläubigkeit meiner Eltern, denke ich wehmütig an diese Erzählstunden. Ich habe schon seit Monaten nichts von meiner Mutter gehört und ich bin mir nicht sicher, ob wir je wieder zusammenfinden.

Maria und Hermann sind von der fiebrigen Aufregung ergriffen, die nur ein großes bevorstehendes Fest hervorrufen kann. Ich schiebe meine tristen Gedanken beiseite und lasse mich von ihrer Vorfreude anstecken. Wir stapfen durch den Schnee, ich in der Mitte, untergehakt bei Hermann. Poelzigs Fest findet in der Technischen Hochschule in Charlottenburg statt. Wir haben noch ein paar Stunden und schlendern zur Galerie Flechtheim am Lützowufer, wo Professor Klee gerade eine Ausstellung hat. Ich habe seine Werke noch nie in einem solchen Zusammenhang gesehen, immer nur vereinzelte Bilder, an denen er gerade arbeitete. In der Galerie schaue ich mich lange um, ich tauche ein in die bunten Suchbilder, auf denen sich menschliche Maschinen, seltsame Tiere und Pflanzen und fantastische Objekte versammeln. Im Katalog schreibt ein bekannter surrealistischer Autor: »Guten Tag kleine Kreaturen mit dem unendlichen Blick, Algen ohne Gestein, Dank euch, Wesen, Vegetationen, Dinge, die der übliche Boden nicht stützt …« Weiter komme ich nicht, denn Hermann hat die Bar entdeckt und zieht mich hinter sich her. Ich bin tief beeindruckt und einmal mehr von Stolz ergriffen, an einer Hochschule zu studieren, wo Künstler vom Kaliber Klees unterrichten, die sogar den Surrealisten in Paris imponieren. Ich würde dieses Gefühl gern mit den anderen beiden teilen, aber sie sind so von ihren ständigen Witzeleien beansprucht, dass ich es gar nicht erst versuche. Schließlich führe ich sie durch den Tiergarten und mache noch einen Abstecher mit ihnen zum Savignyplatz. Wir beobachten und kommentieren die Passanten, starren in die hell erleuchteten Schaufenster und fangen eine Schneeballschlacht an, die sich gleich wieder zerschlägt. Maria und ich lassen uns von Hermann auf heiße Schokolade und dann auf ein extravagantes Abendessen einladen. Wir sind alle aufgekratzt, aber ich muss meine gesamte Energie aufbringen, um mithalten zu können: Das Gespräch ist ein schnelles Hin und Her, ein ständiges Erfinden von neuen Witzen, die nur uns verständlich sind, Pläne werden gemacht und ebenso rasant wieder verworfen.

In den letzten Wochen häuften sich die Anlässe für Feste bei uns am Bauhaus – nach der wilden Weihnachtsfeier kamen etliche Abende im Prellerhaus bei Hermann, Silvester, wo wir auf dem Dach in den dunklen Himmel starrten, und im Januar dann auch noch ein paar Feste in größerer Runde – und Hermann bestand immer darauf, bei jedem einzelnen bis zum Ende zu bleiben. Ich bin so erschöpft, dass mein Körper anscheinend eine Art Notfallprogramm eingeschaltet hat, ich spüre die Müdigkeit nur noch vage im Hintergrund. Ein latent schlechtes Gewissen nagt an mir, ich habe ein Projekt nur zur Hälfte fertig bekommen und ein anderes überhaupt nicht abgegeben. Aber ich will den Anschluss nicht verpassen, ich will teilhaben am Spaß und am Exzess, und wenn ich ehrlich mit mir bin, will ich Hermann auch nicht mit Maria alleine lassen. Es ist wie ein Karussell, das sich immer schneller dreht, und wenn ich einen Moment lang nicht aufpasse, fliege ich herunter.

Die Flasche Champagner, die Hermann beim Essen mit großer Geste bestellt hat, wirkt noch nach, als wir durch einen Nebeneingang der Universität in eine große Halle treten. Es ist lustig, so viele Bauhäusler in einer anderen Stadt zu sehen, in ihren ausgefallenen Kostümen. Ständig bleiben wir stehen und begrüßen jemanden. Die paar Dessauer, die ich immer noch nicht kenne, stellt Hermann mir vor. Er macht kein Hehl daraus, dass wir ein Paar sind, im Gegenteil, er ist ganz offensichtlich stolz darauf, mich an seiner Seite zu haben. Die Stühle wurden zur Seite gerückt, die hohen Decken mit silbernen Girlanden geschmückt, und in den dunkleren Ecken liegen Strohsäcke, auf denen jetzt schon einige Pärchen eng umschlungen herumliegen. Auf den Tischen an der Seite stehen Dutzende Flaschen Wein und Champagner. Ich nehme mir ein Glas und trinke gegen die Müdigkeit an. Viel hilft es nicht, je mehr ich trinke, desto schlechter ertrage ich die vielen Menschen um mich herum. Die Gespräche vermischen sich mit der Musik zu einem unheilvollen Lärm, die wirbelnden Menschen auf der Tanzfläche erscheinen mir wie außer Kontrolle geratene Kugelstoßer, die Lichter tun mir in den Augen weh. Auf einmal überwältigt mich das Bedürfnis, sofort hier rauszukommen. Ich halte nach Hermann Ausschau. Er steht an einem Tisch und unterhält sich mit Maria und dem Fotografen, der die beiden in Dessau porträtiert hat. Ich ziehe Hermann beiseite. »Können wir gehen?« »Was? Jetzt schon? Die Feier fängt doch gerade erst an!« Er dreht sich zu Maria, fasst sich theatralisch an die Stirn und ruft ihr durch den Lärm hindurch zu: »Hörst du das? Luise will schon ins Bett!« – »Nein, Lu, wir können noch nicht gehen! Bitte, sei nicht langweilig!«, ruft Maria.

Der Fotograf drängelt sich zu mir durch und sagt: »Du bist Luise, oder? Ich hab schon viel von dir gehört. Ich heiße Gustav.« Ich will nicht unhöflich sein, deswegen lasse ich mich auf die Unterhaltung ein, die dieser Gustav anscheinend unbedingt mit mir führen will. Durch das Stimmengewirr höre ich Maria und Hermann direkt hinter mir tuscheln. Verschwörerisch sagt Hermann: »Das ist gut, der lenkt sie jetzt ab, dann können wir noch ein bisschen bleiben.« – »Ja, hoffentlich lässt er seinen ganzen Charme spielen, Gustav kann doch niemand widerstehen.« Sie reden genau so, wie wir alle immer über Leute reden, die wir nicht mögen. Eine Sekunde lang fühle ich mich gedemütigt, dann kommt die Wut. Ich drehe mich um: »Ich kann euch hören. Laut und deutlich. Dann bleibt doch! Ich bin jedenfalls weg«, sage ich, lasse diesen Gustav stehen und bahne mir meinen Weg durch die Menge. Am Ausgang holt Hermann mich ein. Er versucht, mich zu besänftigen: »Du wolltest doch sowieso nicht bei Friedrich übernachten. Vielleicht bleiben wir einfach noch hier und schlafen später auf den Strohsäcken?« Als hätte ich nicht eben gesagt, dass ich gehen will! Sein Insistieren macht mich noch wütender: »Mach doch, was du willst. Maria teilt sich bestimmt einen Strohsack mit dir!« Als Hermann endlich versteht, dass ich partout nicht bleiben will, gibt er nach. Er mustert den Saal voller Bedauern, lächelt mir etwas verbissen zu und begleitet mich dann nach draußen.

Hermann hält einen Wagen an und ich sage dem Fahrer mit gepresster Stimme die Adresse. Wir fahren schweigend durch die hell erleuchtete Nacht, bis Hermann schließlich sagt: »Luise, wir müssen über deine Eifersucht sprechen. Das geht so einfach nicht weiter.« Ich finde diesen Vorwurf derart ungerecht und verkehrt, dass ich überhaupt nicht weiß, wie ich darauf reagieren soll. »Ich bin überhaupt nicht eifersüchtig. Ich finde nur, du und Maria –« »Siehst du, da ist es schon wieder: Maria, Maria, Maria. Fixier dich doch nicht so auf sie.« Dass er mir nicht zuhört, ist schlimm genug, aber sein spöttischer Ton macht mich geradezu ungläubig. »Wie redest du denn mit mir?«, frage ich.

Hermann gibt dem Chauffeur ein paar Scheine, wir steigen aus und stehen vor der Kneipe. »Friedrich weiß immer noch nicht, dass wir hier schlafen wollen, oder?«, frage ich. »Das macht doch nichts, komm, das wird ein Abenteuer.« Ich bin müde und wütend, und das Letzte, was ich jetzt will, ist ein Abenteuer. Wir betreten das »Hellmuth«. Der Kneipenraum ist halbdunkel, nur an einem Tisch sitzen vier Männer und spielen Karten. Auf Hermanns Frage nach Friedrich schütteln sie nur den Kopf. Hermann zögert nicht einmal, sondern legt mir die Arm um die Schulter und behauptet, wir seien Genossen, Mitglieder der KPD aus Dessau, und bräuchten eine Unterkunft für die Nacht. Erstaunlicherweise funktioniert das: Einer der Männer steht mürrisch auf und führt uns über eine schmale Treppe in den ersten Stock. In einem kleinen Raum, der offensichtlich als Lager verwendet wird, liegen inmitten von einem

Wust aus Klamotten, Plakaten, Büchern und Kisten mehrere Strohsäcke. Der Mann wünscht uns murmelnd eine gute Nacht und verschwindet.

Ich schaue mich um und fühle mich kläglich. Was mache ich hier überhaupt? »Ich will hier nicht schlafen, Hermann«, sage ich. »Eben wolltest du noch unbedingt das Fest verlassen, jetzt willst du nicht hier sein. Dir kann man es einfach nicht recht machen«, sagt er und verdreht die Augen. Ein Streit beginnt, unser erster heftiger Streit. Wir streiten über die Unterkunft hier, über Maria, über meine angebliche Eifersucht. Seine Miene ist unbeweglich, er sieht mich an, als sei ich ihm lästig. Und immerzu spricht er in diesem herablassenden, spöttischen Ton. Ich fühle mich eingesperrt in dieser Situation, meiner Freiheit beraubt. Selbst wenn ich diese Absteige hier verlassen würde, mir fällt nicht ein, wohin ich gehen könnte. Ich werde immer lauter, Hermann bleibt betont ruhig. Er sagt: »Ich verstehe einfach nicht, was das auf einmal soll, Luise.« Ich versuche mich verständlich zu machen, aber irgendwann bin ich so außer mir, dass ich mich verhaspele. Hermann betrachtet mich, verschränkt die Arme hinterm Kopf und ahmt mich plötzlich nach, mein Stottern, meine Suche nach Worten. Und dann fängt er an zu lachen, er lacht mich aus. In meinem Kopf herrscht nur noch Rauschen. Was passiert hier eigentlich gerade? Ich gehe einen Schritt auf ihn zu, er lacht noch immer, und aus irgendeinem Grund sagt er jetzt: »Wenn du nicht so schwächlich wärst, dann würdest du mich jetzt schlagen.« Eine Sekunde lang wundere ich mich über diese Aufforderung, dann hole ich aus und gebe ihm eine Ohrfeige.

Ein scharfer Schmerz fährt mir durch die Nase in den Kopf. Ich verstehe nicht, was passiert, die Zeit ist aus den Fugen geraten. Ich fasse mir an die Nase, blicke auf meine nassen, blutigen Finger und begreife sehr langsam, dass die Faust, die eben auf mich zugerast ist, mir galt, und dass sie zu Hermann gehört. Fassungslos starre ich ihn an. Er hat aufgehört zu lachen, aber er scheint wenig berührt von der Verletzung, die er mir zugefügt hat. »Du brauchst dich nicht wundern, wenn du eine abbekommst«, sagt er.

Jetzt ergreift mich die nackte Angst. Wenn jemand, der mich eben noch geliebt hat, dem ich vertraut habe, mir so wehtut und keinerlei Reue zeigt, dann sind alle Regeln außer Kraft gesetzt, dann kann alles passieren. »Schau, was du getan hast«, sage ich und fahre mir über das Gesicht. Ich merke, dass ich weine, dass ich stammle. Meine Sätze sind ein Flehen um eine gemeinsame Realität, um eine Welt, in der man keine Schwächeren schlägt, in der das alles nur ein Versehen war. Ein Fehler, den er zutiefst bereut. »Sei nicht so dramatisch«, sagt er trocken. Ich weiß, dass er stärker ist, aber ich bringe meine letzte Energie auf und boxe ihm gegen den Arm, vielleicht nur, um mir selbst zu beweisen, dass ich mich verteidigen kann, dass er mich in diesem abgeschiedenen Zimmer nicht totprügeln kann. Er zuckt nicht einmal. Mir entweicht alle Kraft, ich werde schwach und sehr müde. Hermann dreht sich um und beachtet mich nicht mehr. In aller Seelenruhe zieht er seinen teuren Anzug aus und legt sich auf einen der Strohsäcke. Ich schleppe den anderen in die entfernteste Ecke des Zimmers, dann versagt mir mein Körper endgültig den Dienst. Ich lege mich hin, schütze meinen Kopf mit den Armen und weine mich in den Schlaf.

Laute Geräusche wecken mich, ich versuche, meinen schweren Kopf zu heben. Ich kann nicht durch die Nase atmen, sie ist angeschwollen, und auch in meinen Schläfen sitzt ein gleißender Schmerz. Hermann ist aufgestanden, hastig zieht er sich an. Mich bedenkt er mit einem kühlen Blick. »Ich fahre zurück, kommst du mit?«, fragt er schließlich, auf der Türschwelle stehend. Ich bin überfordert mit der Entscheidung, ich kann die Ereignisse von gestern nicht einordnen. Eigentlich wollte ich heute doch noch Samuel sehen. Aber bei der Vorstellung, ihm meine kaputte Nase erklären zu müssen, wird mir schlecht. Also raffe ich mich auf, ziehe mein Kleid zurecht und gehe schweigend hinter Hermann die Treppe hinunter.

Am Görlitzer Bahnhof steigen wir in den Zug. Ich starre auf die graue vorbeiziehende Stadt. Das Erste, was ich spüre, wenn ich an letzte Nacht denke, ist eine brennende Scham. Darüber, dass ich mich überhaupt in eine Situation gebracht habe, in der die Dinge so außer Kontrolle geraten konnten. In einer zwielichtigen Kommunistenkneipe auf einem schäbigen Dachboden von einem Mann geschlagen zu werden, das passt nicht zu mir und meinem Leben. Ich schaue zu Hermann, der sein Gesicht hinter einer Zeitung versteckt. Es verwirrt mich, dass ich immer noch so starke Gefühle für ihn habe. Ich möchte nichts mehr, als den gestrigen Abend rückgängig zu machen, aber ich weiß nicht, wie.

»Sollen wir darüber reden?«, frage ich schließlich.

Hermann lässt die Zeitung sinken und sieht mich ausdruckslos an. Es wirkt, als hätte er auf meine Frage gewartet. »Ich habe noch nie jemanden so durchdrehen sehen wie dich gestern, Luise. Ich weiß wirklich nicht, was es an mir ist, das dich derart verrückt macht.«

Ich will mich nicht auf diese Erklärung der Geschehnisse einlassen, aber zugleich will ich einfach nur zurück zu unserem leichtfüßigen, vertrauten Miteinander. Vor allem will ich, dass er mich wieder mit diesem Blick anschaut, mit diesem verzückten, verliebten Blick, an den ich mich so gewöhnt habe. Und wer weiß, vielleicht bin ich ja wirklich schuld daran, dass die Dinge gestern Abend so verlaufen sind. Ich gehe die Nacht noch einmal durch, auf der Suche nach etwas, wofür ich mich entschuldigen könnte. Schließlich sage ich: »Ich hätte dich nicht so drängen sollen, das Fest zu verlassen. Das tut mir leid.« Aber mein Satz hat nicht die gewünschte Wirkung, Hermann brummt und wendet sich wieder seiner Zeitung zu. Den Rest der Fahrt verbringen wir schweigend.

Am Dessauer Bahnhof angekommen, will ich sofort nach Hause. Ich schlage den Weg zu meiner Wohnung ein, aber Hermann sagt: »Komm doch mit zu mir, Josua und ich wollten später etwas kochen.« Ich fasse vorsichtig an meine pochende Nase. Ich kann nicht glauben, dass Hermann einfach so zur Normalität zurückkehren will. Möglichst sanft sage ich: »Ich muss mich jetzt erstmal sortieren. Wir reden morgen.« Er nickt ernst und sagt: »Das ist gut. Du musst jetzt erst einmal herausfinden, was mit dir los war.«

Ich brauche eine Weile, um nach Hause zu kommen, an jeder Straßenkreuzung bleibe ich stehen und muss mich überreden weiterzugehen. Die vorbeifahrenden Lastwagen und Autos erscheinen mir bedrohlich, mein Körper ist in ständiger Erwartung eines Aufpralls.

*

Als ich am nächsten Tag aufwache, ist es schon früher Nachmittag. Ich stehe auf, ziehe die Gardinen zu und lege mich wieder hin. Reglos starre ich in die Dunkelheit.

Mit beinahe wissenschaftlichem Interesse beobachte ich meine Gefühle: die Hilflosigkeit, die Demütigung, die Reaktionen meines Körpers. Mir fällt auf, wie wenig Erfahrung ich habe. Ich weiß nichts darüber, wie es ist, zu schlagen oder geschlagen zu werden. Sicher, nach dem Krieg war die Gewalt überall, auf der Straße, in den Kneipen, in der Straßenbahn. Sie stand in der Luft über Berlin, man konnte sie riechen, man konnte sie sogar in den Gesichtern und Gesten mancher Passanten erahnen. Jetzt erst begreife ich, was für ein Glück ich hatte, nie daran zweifeln zu müssen, dass mir so viel Sicherheit zusteht, dass Gewalt immer nur anderswo stattfindet.

Hermann ist der Mann, der mir genau das gegeben hat: Sicherheit. Der mir unmöglich Böses wollen konnte. Der mich liebt. Vielleicht ist es also wirklich alles meine Schuld? Aber egal, wessen Schuld es ist: Eine Liebesbeziehung kann so etwas nicht überstehen. Dieser Gedanke ist entsetzlich, aber ich komme immer wieder auf ihn zurück.

Es ist Abend, als ich endlich aufstehe. Langsam ziehe ich mich an, dann setze ich mich an den kleinen Tisch in der Ecke, schreibe einen Brief und adressiere ihn an Charlotte in New York. So gut ich kann erzähle ich ihr, was passiert ist, und frage sie um Rat. Während ich die Worte zu Papier bringe, wird mir endgültig klar: Ich muss mich von Hermann trennen. Um mich selbst davor zu bewahren, meine Meinung zu ändern, schreibe ich auch das in den Brief. Mein Mund ist trocken und mein Kopf schmerzt noch immer, aber es hilft mir, das alles niederzuschreiben. Mittlerweile habe ich rasenden Hunger. In die Kantine will ich nicht gehen, ich möchte keine Studenten treffen. Schließlich gehe ich in die Wirtschaft, in der ich letztes Jahr gekellnert habe. Ich habe Glück, der Besitzer ist nicht da, und meine ehemaligen Kolleginnen kümmern sich rührend um mich. Keine fragt, warum ich eine dicke Nase und ein blaues Auge habe. Stattdessen setzen sie mich auf einen Stuhl in der Küche, legen mir eine Wolldecke um und bringen mir einen Teller Suppe.

Drei Tage verbringe ich in meiner Wohnung, starre an die Decke und ernähre mich von dem Brot und der Wurst, die mir in der Wirtschaft mitgegeben wurden. Dann raffe ich mich auf, nehme einen leeren Koffer mit und gehe zum Prellerhaus. Vor Hermanns Tür bleibe ich lange stehen und lausche. Er ist zu Hause, ich kann hören, wie er im Zimmer herumfuhrwerkt. Ich bin nervös, aber entschlossen, halte den Koffer wie ein Schutzschild vor mich und öffne die Tür. Hermann räumt genauso beschwingt herum wie immer und ist überhaupt nicht überrascht, mich zu sehen. Er bedenkt mich nur mit einer knappen Begrüßung und einem nüchternen Blick. Dann stellt er mir eine Tasse Kaffee hin, setzt sich und deutet wortlos auf den anderen Stuhl. Etwas widerwillig lasse ich mich nieder. Die Unterhaltung, die folgt, ist eine weitere Analyse meiner Psyche. Ich sei zu ehrgeizig, behauptet Hermann, setze mich zu sehr unter Druck. Ich beiße mir auf die Lippen. Anstatt zu widersprechen, höre ich einfach nur zu, und sage schließlich: »Das mag alles sein, Hermann. Wir müssen uns trotzdem trennen.« In seinem Blick sehe ich kurz so etwas wie Anerkennung aufflackern, dann stehe ich auf und packe alle meine Bücher, Klamotten und Zeichnungen in den Koffer. Als ich fertig bin und gehen will, sagt Hermann: »Mach es gut.« Mein Körper versteift sich, als er mich umarmt. Dann stehe ich wieder vor der Tür und wundere mich, wie schnell das alles ging.

In der Kantine treffe ich Maria. Es ist Mittagszeit, und an den langen Tischen sind kaum noch Plätze frei. Das Klappern des Bestecks und das Stimmengewirr vermengen sich zu einem geschäftigen Lärm. Der Schnee draußen im Hof taucht den Raum in grelles Weiß. Ich fühle mich ausgestellt und verletzlich. Unwillkürlich fasse ich mich an die Nase. Sie tut noch weh, aber zu sehen ist nahezu nichts mehr, davon habe ich mich heute Morgen im Spiegel überzeugt. Auch die Schwellung unter meinem Auge ist verschwunden. Maria und ich reden über alles Mögliche, während wir für das Essen anstehen. Als wir schließlich auf zwei Hockern in der Nähe des großen Fensters sitzen, versuche ich, Maria zu erzählen, was nach dem Poelzigfest in Berlin passiert ist. Sie hört sich alles an, aber ihr Blick ist distanziert, und ich ahne, dass ich nicht die Erste bin, die ihr davon berichtet. Ihre großen Augen schauen jetzt fast abwesend. Sie sagt: »Nichts für ungut, Luise, aber ich möchte mich da lieber nicht auf eine Seite schlagen. Ich stehe ein bisschen zwischen den Stühlen, weißt du.« Ich fühle mich auf einmal sehr allein. Maria ist meine einzige Freundin hier, und ich hatte so sehr auf ein wenig Loyalität gehofft. Ich esse, so schnell ich kann, dann stehe ich abrupt auf und verabschiede mich.

*

Ich brauche dringend Ablenkung, aber in meiner dunklen Wohnung kann ich nicht arbeiten. In der Bibliothek bin ich bestimmt in Sicherheit, Hermann hat sich noch nie dorthin verirrt. Aus der Ferne sehe ich ihn vor dem Haupteingang zum

Bauhaus stehen und kämpfe kurz mit einem Fluchtreflex. Aber ich kann mich doch nicht aus meiner eigenen Universität vertreiben lassen! Also marschiere ich zielstrebig durch den gefrorenen Matsch auf das Gebäude zu. Hermann entpuppt sich beim Näherkommen als der pfauenhafte Herbert Bayer, den ich mit zittriger Hand grüße. Der kleine Bibliotheksraum ist wie immer leer und ungeheizt. Ich behalte meinen Mantel an, drehe die Heizung auf und setze mich daneben auf den Boden. Das erste Mal seit langem betrachte ich meine Siedlungspläne. In den Monaten voller Feiern vor dem Ausflug nach Berlin habe ich oft nur noch das Nötigste getan, um durch die Kurse zu kommen. Meine wenigen Versuche, zu arbeiten, waren immer getrübt von einer gehetzten Ablenkung. Jetzt stellt sich eine Ruhe in mir ein, die ich sehr lange nicht gespürt habe. Ich bin froh, dass meine Konzentration zurück ist, und es ist auch höchste Zeit: Schon im April muss ich meine Arbeit präsentieren und werde dann hoffentlich mein Diplom bekommen. Viele meiner Mitstudenten haben bereits Aussicht auf eine Anstellung: Josua wird nach Palästina gehen, Karl hat eine Stelle in München bekommen, ich habe nichts als die Idee zu einer Siedlung. Ich beschließe, den nächsten Monat zu nutzen, um Gropius' Vorschläge zu überdenken und von zweien der Gebäude ein Modell anzufertigen.

Die nächsten Stunden arbeite ich neben der gluckernden Heizung an den Überarbeitungen, dann verstaue ich die Papiere behutsam in meiner Mappe. Im Treppenhaus treffe ich auf Josua, der sich angeregt mit Gustav, dem Fotografen, unterhält. Die beiden begrüßen mich freundlich, so als wäre überhaupt nichts vorgefallen. Gustav lädt mich und Josua in die Dunkelkammer ein – seine Fotos seien fertig und hingen im

Moment zum Trocknen dort. Über die Verbindungsbrücke gehen wir zum Werkstattgebäude, wo sich im dritten Stock die Fotografie-Abteilung befindet, mit der ich nie viel zu tun hatte. Moholy-Nagys Studenten toben sich dort aus, sie spielen in ihren Fotos mit Winkeln, Perspektiven und der Geometrie der Technik. An den Wänden hängen Bilder, die den Blick verschieben, Gegenstände drängen sich in den Vordergrund, Menschen verschwimmen in der geringen Tiefenschärfe oder zeigen nur ein Auge. Gleich darauf stehen wir in der Dunkelkammer und betrachten im Halbdunkel die Abzüge, die Gustav an einer Leine aufgehängt hat. Mir sinkt das Herz, als ich auf einer der Fotografien Hermann und Maria erkenne. Viel von ihnen sieht man nicht, die beiden verschwinden hinter einer riesigen Kugel, in der sich ein Fenster spiegelt. Ich bemühe mich, nicht zu angestrengt auf dieses eine Foto zu starren. Josua ist sowieso abgelenkt. Er hat sich selbst auf einigen Bildern entdeckt und fragt Gustav über die Lehre bei Moholy-Nagy aus.

»Ich muss mir auch überlegen, was ich mache, wenn Gropius geht«, sagt der Fotograf. Ich merke auf. »Wie meinst du das?«, frage ich.

»Sag mal Luise, hast du unter einem Stein gelebt?«, fragt Josua. »Es gibt doch überhaupt kein anderes Gesprächsthema mehr!«

Ich schaue ihn ratlos an. Eifrig erzählen mir Gustav und Josua alles, was sie von den neuesten Veränderungen am Bauhaus wissen. Von »großen Diskussionen« ist die Rede, von Konstruktionsfehlern bei der Siedlung Törten und von deren höchst unzufriedenen Bewohnern. Gustav sagt, Gropius habe seinen Fortgang zum 1. April angekündigt, Meyer übernehme die Führung, und ob Moholy-Nagy am Bauhaus bleibe, sei noch ungewiss. »Wenn Moholy geht, gehe ich auch«, sagt Gustav. »Vielleicht ist es ja nur ein Aprilscherz«, sagt Josua und kichert über seinen schlechten Witz. Mich betrifft die Sache genauso wenig wie Josua, wenn alles gutgeht, habe ich im April mein Diplom, aber irgendwie erschüttert es mich doch. Der Direktor, der hier alles aufgebaut und der seine Vision über so viele Jahre durchgesetzt hat, übergibt jetzt an Meyer, nur weil ein paar Bürger sich über schlecht konstruierte Fenster beschwert haben?

Josua zuckt mit den Schultern. »Gropius war eben kaum in Dessau und ist nie zu den Siedlungen gegangen, um sich die Beschwerden anzuhören. Sobald die Gebäude fertig waren, hat er das Interesse verloren. Und das ist ja nicht der einzige Grund für seinen Weggang. In letzter Zeit war er so selten an der Universität, dass man ihn doch jetzt schon kaum noch als Direktor bezeichnen kann. Aber uns muss das alles nicht kümmern, wir sind ja auch bald weg.« Gustav nickt. »Ihr habt es gut! Aber wir werden euch natürlich gebührend feiern. Wollte Hermann nicht ein großes Abschiedsfest machen?«

»Ja …«, sagt Josua, sieht mich an, hält peinlich berührt inne und sagt hastig: »Ich weiß ja nicht, was zwischen euch vorgefallen ist, aber vielleicht versöhnt ihr euch bis dahin wieder.«

Mir ist nicht klar, woher ich den Mut nehme, vielleicht habe ich ihn nur, weil wir immer noch im Halbdunkel sitzen, aber ich sage: »Ich erzähle euch jetzt einfach, was vorgefallen ist.« Als ich fertig bin, herrscht Stille. Dann räuspert sich Josua und sagt: »Du solltest dich mal mit Teddy unterhalten. Sie ist, glaube ich, nach Berlin gegangen, bevor du nach Dessau kamst. Hermann und Teddy waren auch ein Liebespaar, und sie würde wissen, wovon du sprichst.« Ich bin verblüfft. Von einer Teddy habe ich noch nie etwas gehört. Das ist also nicht das erste Mal gewesen, dass so etwas passiert ist? Warum erzählt mir Josua das so nonchalant? Ich will nachfragen, aber ihm scheint das Thema unangenehm zu sein, er steht auf und sagt: »Ich habe Hunger. Kommt jemand mit in die Kantine?«

Ich schüttle den Kopf. Gustav starrt vor sich hin, er scheint die Frage nicht einmal gehört zu haben. Dann, sehr langsam, hebt er den Kopf und winkt ab. Als Josua weg ist, schaut er mich lange an. Er sagt: »Luise, ich weiß nicht, ob du ausgerechnet mit mir darüber reden willst, wir kennen uns ja kaum. Aber das, was du da gerade erzählt hast ... Das geht doch nicht!«

Ich bin erstaunt über seine Empörung.

»Du musst zur Polizei gehen!«

»Aber man sieht ja kaum noch etwas. Ich kann mir nicht vorstellen, dass die Polizei mir das glaubt«, wende ich ein. »Außerdem, wäre das nicht ein bisschen viel? Am Ende war es ja doch nur ein dummer Streit.«

»Das war Gewalt! Noch dazu gegen eine Frau – man schlägt doch keine Schwächeren! Das ist das Gegenteil von Zivilisation, Luise.«

»Aber ich habe ihn schon sehr gereizt ...«

»Jetzt hör mir mal zu, es ist völlig egal, wie sehr du ihn provoziert hast. Es ist doch nicht deine Schuld, wenn dich jemand schlägt! Außerdem war das ja anscheinend nicht das erste Mal. Wenn du nicht zur Polizei gehen willst, sollten wir zumindest dafür sorgen, dass alle wissen, was dieser Hermann für einer ist.«

Ich bin überfordert von Gustavs heftiger Reaktion, die so anders ist als die bisherigen. Alles, was er sagt, hört sich richtig an. Aber die Vorstellung, noch mehr Leuten von meinem Abend in Berlin erzählen zu müssen, macht mir Angst.

»Was, wenn mir niemand glaubt? Wenn alle denken, ich sei verlassen worden und wollte mich nur rächen?«

»Das kann passieren. Aber was, wenn du niemandem davon erzählst, und die nächste Frau schlägt er tot?«

Die Schwarzweißfotografie von Hermann und Maria, auf die ich die ganze Zeit geschaut habe, verschwimmt vor meinen Augen. Der herbe Geruch der Chemikalien macht den Raum furchtbar stickig. Ich bin auf einmal so erschöpft.

*

Neben der Arbeit ist der Schlaf das einzige Refugium, das mich vor meinen kreisenden Gedanken schützt. Trotzdem wache ich jeden Tag viel zu früh auf, die Bilder, der Schmerz und die Wut stürzen auf mich ein und sperren mich aus meinem Zufluchtsort aus. Ich liege dann im Bett bis der Tag anbricht und denke über Hermann und mich, Josua und Maria nach. Meine diffuse Wut hat nach dem Gespräch mit Gustav endlich ihren Platz gefunden, allerdings hat sie sich auch auf meine Freunde ausgeweitet. Wenn Gustav recht hat, warum haben Josua und Maria dann so reagiert, als sei nichts Außergewöhnliches passiert? Und sie sind ja nicht die Einzigen. Mittlerweile hat sich herumgesprochen, was in Berlin passiert ist, was allerdings niemanden davon abhält, Hermanns ständigen Einladungen ins Prellerhaus nachzukommen. Seit unserem Wochenende hat seine Geselligkeit sogar noch zugenommen, überall fällt sein Name. Das Fest, das er zum Diplom geben will, bewirbt er mit selbstgemachten Plakaten, die an allen Wänden hängen. Vor meinen

Augen verwandeln sich die Leute, mit denen ich eben noch eine neue Welt bauen wollte, in rückgratlose Heuchler.

Es ist der Tag unserer letzten Vorlesung, und ich zwinge mich, die Zeit davor zu nutzen, anstatt mich von meinen Gedanken quälen zu lassen. In der Morgendämmerung laufe ich durch die leere Stadt. Etwas mehr als eine Stunde braucht man vom Bauhaus hinaus zur Siedlung Törten. Ich will wissen, was genau von den Bewohnern als falsch empfunden wird, vielleicht erzählen sie mir ja von Dingen, die sich in meiner Planung noch vermeiden lassen.

Für meine Bauhaus-Führungen war Törten viel zu weit entfernt und ich war seit meinen ersten Dessauer Tagen nicht mehr hier. Obwohl heute zum ersten Mal seit langem ein wenig blauer Himmel zu sehen ist, kommt mir alles hier eng und verlassen vor. Die Bewohner schlafen wohl noch oder sind schon zur Arbeit gegangen, jedenfalls sehe ich kaum jemanden auf der Straße. Die quadratischen Gebäude erstrecken sich über mehrere Straßen, die Fensterfronten ziehen Linien an ihnen entlang. Sie sehen klein aus unter den Strommasten, die gigantisch über ihnen in die Höhe ragen. Zwei Häuser, an denen ich vorbeikomme, wurden gestrichen, und bei einem wurde die längliche Öffnung zugemauert, die durch Glasbausteine Licht in das Treppenhaus wirft. Schließlich komme ich an einem Vorgarten vorbei, in dem eine ältere Frau kniet und Pflanzen eintopft. Ich stelle mich zu ihr und fange im Plauderton ein Gespräch an. Ich muss nicht einmal nachfragen, wir reden über das Wetter und sie kommt von alleine auf die schlechte Dichtung des Hauses zu sprechen. Immer sei es kalt und zugig, die Stahlfenster würden nicht richtig schließen, durch die Ritzen komme der Wind. Nächste Woche fange ihr

Mann endlich damit an, sie durch anständige Holzfenster zu ersetzen.

Auf dem Rückweg muss ich lachen. Gropius' heilige Stahlfenster, ersetzt durch schnödes Holz. Wenn der Direktor das wüsste! Dabei könnte er ohne weiteres einfach mal mit den Bewohnern sprechen, dem stünde doch gar nichts im Wege. Wahrscheinlich ließen sich auch die Stahlfenster so isolieren, dass sie dem kalten Wetter standhielten. Ich nehme mir vor, aus diesen Fehlern zu lernen. Sollte ich je die Gelegenheit haben, ein größeres Projekt durchzuführen, dann werde ich es nicht sofort wieder vergessen, sobald der nächste Auftrag kommt.

Jetzt steht aber erst einmal die letzte Vorlesung des Semesters an, die letzte Veranstaltung, bei der sich alle Studenten der Baulehre sehen, bevor dann die Einzelprüfungen kommen. Obwohl der Vortrag erst in einer halben Stunde beginnt, ist der Saal voll. Sogar Studenten aus anderen Kursen sind gekommen, denn es ist Hannes Meyers erster Auftritt, seit Gropius' Abschied vom Bauhaus bekannt geworden ist. Die Leute sind neugierig, ob sich Meyer dazu äußern wird. Ich sehe Josua, der am Rand der Stuhlreihen mit einer Gruppe zusammensteht. Sie beugen sich über etwas und diskutieren eifrig. Nach kurzem Zögern gewinnt meine Neugier die Oberhand und ich stelle mich dazu. Vor Josua liegt die Blaupause eines Bebauungsplans. Einer der Studenten hat sie aus Gropius' Büro geschmuggelt, erklärt Josua. Gropius habe damit die Ausschreibung für die Siedlung in Dammerstock bei Karlsruhe gewonnen. Während alle eifrig den Plan analysieren, starre ich auf das Papier. Das Blut pocht mir in den Schläfen, mir wird kalt. Ich dränge mich noch näher heran und beuge mich über den Plan. Es ist eindeutig: Das hier sind fast exakt dieselben Formen wie auf meinen Zeichnungen. Die Grundidee der Zeilenbebauung, die schmalen Häuser, sogar die Ost-West-Ausrichtung ist genauso kalkuliert wie bei mir. Benommen setze ich mich auf einen der Stühle.

Meyer betritt den Raum, die Studenten packen schnell die Papiere weg und setzen sich. Auf den letzten Vortrag meiner Bauhaus-Jahre kann ich mich nicht konzentrieren. Erst bin ich empört über die Unverschämtheit meines Mentors, dann bekomme ich Panik. In zwei Tagen ist meine Präsentation für das Diplom, und ich habe all die Monate ausschließlich an meinem Siedlungsprojekt gearbeitet. Gropius wird nicht mehr hier sein, aber Meyer, Breuer und die anderen prüfenden Professoren haben die Dammerstock-Entwürfe mit Sicherheit schon gesehen. Etwas anderes als meine Pläne zu zeigen ist völlig ausgeschlossen, ich habe keine Zeit mehr, etwas vorzubereiten. Meyer spricht in seinem bemühten Hochdeutsch ein paar Schlussworte, von sehr weit her dringt der laute Applaus zu mir durch.

*

Die Präsentationen finden im Unterrichtsraum statt, jeden Tag sind mehrere Studenten an der Reihe. Heute ist meine Prüfung, und ich bin die Letzte. Auf dem Gang herrscht Unruhe. Fieberhaft werden letzte Änderungen vorgenommen, Studenten kritzeln auf ihren Plänen herum oder studieren erklärende Worte ein. Auf die Präsentationen folgen rote Gesichter und großer Jubel, die Studenten stürmen aus dem Prüfungszimmer und recken ihr Diplom in die Höhe, werden umarmt und auf die Schultern geklopft. Die Anteilnahme ist groß, aber nicht nur uneigennützig. Wir, die noch ungeprüft sind, wollen wissen, was uns dort im Unterrichtsraum erwartet. Das andere große Gesprächsthema ist Hermanns Feier. Ich kann natürlich nicht dort auftauchen. Es ist grausam, dass alle meine Freunde gemeinsam ihren Abschluss feiern werden und ich nicht dabei sein kann.

Seit meiner Entdeckung bei Meyers Vorlesung habe ich meine eigenen Pläne kein einziges Mal mehr angeschaut. Schon bei dem Gedanken daran schüttelt es mich vor Wut über die Ungerechtigkeit. Immer mehr Details aus meinen wenigen Unterhaltungen mit Gropius fallen mir ein, szenenhaft und unheilvoll. Hätte ich ahnen müssen, dass er sich an meinen Ideen bedienen würde, als er mir abriet, an Wettbewerben teilzunehmen? Habe ich mich unprofessionell verhalten? Hätte ich ihm den Entwurf niemals zeigen dürfen?

Jetzt ist es jedenfalls zu spät. Meyer öffnet die Tür und sagt: »Fräulein Schilling, wir wären so weit.«

Anwesend sind außer ihm noch Herbert Bayer und Marcel Breuer, der die Stühle aus Stahlrohr entworfen hat. Breuer ist ein junger Mann mit sanfter Miene und Tweed-Anzug, Bayer sieht gewohnt elegant und unnahbar aus. Ich hole meine Pläne aus der Mappe, hänge einige an die Wand und breite die restlichen vor meinem kleinen, aber ehrwürdigen Publikum aus. Schritt für Schritt und Satz für Satz stolpere ich durch meine Präsentation und versuche für den Moment, Gropius, die Siedlung Dammerstock und die Ausschreibung zu vergessen. Zwischenzeitlich gelingt mir das sogar. Meine Erklärungen nehmen Fahrt auf und werden lebhafter, ich bin erfüllt von der Nützlichkeit meines Unternehmens. Ich spreche über die gerechte Verteilung von Luft und Licht, über die Baustoffe, die verwendet werden sollen, und über die Ausnutzung von Grünflächen. Als ich fertig bin, ist der Einzige, der Fragen stellt, Bayer. Während ich mich bemühe, ihm ausführlich zu antworten, sehe ich, wie Breuer und Meyer sich Blicke zuwerfen und einander ihre Notizen zeigen.

Dann räuspert sich Meyer und sagt: »Um ehrlich zu sein, Fräulein Schilling, wir fragen uns, wie eine Frau zu derartig funktionalen, um nicht zu sagen, maskulinen Entwürfen kommen kann …« Ich weiß nicht, was ich sagen soll.

Breuer nickt und sagt: »Wir zweifeln die Integrität einer Bauhaus-Schülerin nur ungern an. Aber Ihre Entwürfe weisen frappierende Ähnlichkeiten mit Walter Gropius' jüngstem Projekt auf. Wollen Sie dazu Stellung beziehen, Fräulein Schilling?«

Jetzt ist es tatsächlich gekommen wie in meinen schlimmsten Albträumen. Ich habe es ja gewusst, ich habe es mir ausgemalt, aber ich bin trotzdem erschüttert. Mein Gesicht ist heiß geworden und meine Kehle eng, aber mir bleibt nur die Flucht nach vorne. »Das liegt daran, dass ich dem Herrn Direktor meine Entwürfe gezeigt habe, schon vor einem Jahr«, sage ich. »Das war unvorsichtig von mir, aber nicht unlauter.« Ich höre, wie trotzig ich klinge, und ich ahne, dass mich das nicht gerade glaubwürdiger macht.

»Wollen Sie uns allen Ernstes weismachen, ein Architekt von der Größe und Statur Walter Gropius' hätte es nötig, von einer Studentin zu stehlen?«, fragt Meyer ungehalten. Herbert Bayer schaut betrübt. »Sicher handelt es sich um ein Missverständnis«, sagt Breuer.

»Aber diese Behauptungen sind unverschämt, das kann man doch nicht so stehen lassen!«, sagt Meyer laut. »Meine

Herren, lassen Sie uns Contenance bewahren«, erwidert Breuer und dann, an mich gewandt: »Das sind schwere Vorwürfe, Fräulein Schilling, die Sie da erheben. An Ihrem Entwurf ist nichts auszusetzen, das wissen Sie. Aber in diesem Fall sollten wir uns doch mit Herrn Gropius beraten.« Ich werde angewiesen, im Raum zu warten, während die Herren sich zurückziehen und Gropius telefonisch zu erreichen versuchen. Nach einer unendlichen Stunde kommen sie wieder.

»Sie haben Glück, Fräulein Schilling«, sagt Meyer. »Herr Gropius ist großzügiger gestimmt, als ich es wäre. Selbstverständlich weist er Ihre Vorwürfe entschieden zurück, und sicher werden Sie solche Albernheiten niemals wiederholen. Gropius hat Sie während Ihres Studiums als mutige und eigenständige Studentin erlebt. Er schätzt Sie. Deswegen können wir Ihnen heute Ihr Diplom verleihen. Aber Ihre Modellzeichnung müssen wir wegen der Nähe zu Professor Gropius' Entwurf einbehalten.«

Das Sprechen fällt mir schwer, aber ich sehe keinen anderen Ausweg, als mich dieser Demütigung zu beugen. Ich nicke, nehme hastig das Diplom entgegen und trete hinaus in den Flur. Ein Student fragt mich, wie die Prüfung war, ein anderer, ob ich zu Hermanns Diplomfeier am Abend komme. Wortlos schüttle ich den Kopf und gehe weiter, mir kommen die Tränen, das Treppenhaus verschwimmt vor meinen Augen. Ich renne den ganzen Weg zu meiner Wohnung und schmeiße meine wenigen Kleider und Bücher wahllos in meinen Koffer. Mein Werkzeug lasse ich da.

*

Auf dem Weg zum Bahnhof bleibe ich stehen.

Von hier aus kann man das Bauhaus sehen. Die Nachmittagssonne fällt auf die Wandflächen, die Glasfassaden liegen im Dunkeln. Das Weiß sieht nicht strahlend aus, sondern gräulich und fahl. In ein paar Zimmern im Prellerhaus brennt Licht, die Balkone hängen monoton in Reih und Glied. Das Gebäude starrt mich an. Ich bin so weit weg von den Menschen, die in diesem Moment dort herumlaufen, am Webstuhl sitzen, in der Kantine anstehen, über die Zukunft streiten und in den Zimmern trinken und feiern. Ein neuer Mensch, das war das Ziel. Bewegt und geprägt durch die neuen Formen, die ihn umgeben. Aber wie soll das möglich sein, wenn diese Formen doch immer nur von den alten Menschen mit all ihren Fehlern und Mängeln geschaffen werden können? Ein Lichtstrahl bricht sich in einem der Fenster und blendet mich. Ich lasse den Blick noch einmal über die glänzenden Flächen wandern. Dann drehe ich mich um und gehe los.

Aus Luise Schillings Nachlass

Luise Schilling: »Kleine Wirtschaftsräume in großen Städten«.
Sichter Verlag, Stuttgart. 368 S., 12,80 DM

Wen in unserer Zeit noch Architektur beschäftigt, den beschäftigt auch die Bauhaus-Schule. Da verblüfft das Buch der in
Deutschland geborenen Amerikanerin Luise Schilling, die vor
dem Krieg am Bauhaus Architektur studierte. Unter dem Titel
»Kleine Wirtschaftsräume in großen Städten« plädiert sie gegen die planvolle Errichtung ganzer Städte, wie das am Bauhaus Teil der Lehre war. Stattdessen fordert Schilling, die Stadt
so zu betrachten, wie sie ist: Mit all ihren kleinen, eigenstän-
digen Wirtschaftskreisläufen und organisch gewachsenen Gemeinschaften. Die Stadtplanung habe die Bevölkerung der
Städte aus den Augen verloren, so die zornige These der Ver-
fasserin. Dabei sei es die Aufgabe der Planer, die Städte für
Menschen bewohnbar zu machen, und nicht für Automobile.
Dafür, so Schilling, müsse man in der Planung aber den Fuß-
gängerwegen und Veranden den Vorrang geben, den Räumen,
die einer Stadt ihr Leben verleihen und sie sicher machen, anstatt immer mehr Siedlungsblocks, Hochhäuser und Autobah-
nen zu errichten.

Schilling studierte unter dem berühmten Walter Gropius
und wanderte schon 1927 in die Vereinigten Staaten aus. Das
Bauhaus gilt heute als eine der Wiegen der Moderne, als ein
Ort der Utopien. Obgleich Schillings Buch sich nicht jeglicher
Vision verweigert, stellt sich doch die Frage, ob die Autorin eine
Kehrtwende vollzogen und sich von den Lehren ihrer Men-

toren abgewandt hat. Schließlich nahm die Idee der gesteuerten städtischen Strukturierung unter anderem bei ihnen ihren Anfang. Auch für Technikfeindlichkeit war das Bauhaus nicht bekannt: Man hätte es damals nur für richtig befunden, die Stadt dem Verkehr anzupassen. In ihrem Buch jedenfalls bezeichnet Schilling die »Unité d'Habitation«, den Wohntypus, den Großmeister Le Corbusier entwickelte, um vielen Menschen billigen Wohnraum zu bieten, schlicht als »weltfremden Unfug«. Vielleicht war es ihre kurze Tätigkeit für die New Yorker Baubehörde, die Luise Schilling eines Besseren belehrte. Jedenfalls kämpfte sie schon Ende der fünfziger Jahre gegen die Errichtung eines Freeways durch ihren Bezirk in New York, das West Village. Ihre Initiative war ungewöhnlich erfolgreich, die Stadt zog den Entwurf zurück.

Auch das Buch, das nun erstmals in deutscher Übersetzung erscheint, sorgte in New York für einigen Wirbel: Vielerorts wurde Schillings Veröffentlichung als Schrift einer »militanten Hausfrau« abgetan, andere bezeichneten sie als »die Rettung der Stadt durch eine Außenseiterin«. Es lohnt sich, dieses streitbare Buch zu lesen, denn es polarisiert nicht nur, es ist auch prägnant, einleuchtend und gut geschrieben. Man darf gespannt sein, mit was für Weckrufen Fräulein Schilling die Öffentlichkeit in Zukunft beglücken wird.

KM

Retour – Empfänger verzogen

Luise Schilling
208 West 10th Street
NY 3

Maria Pflüger
Zimmerlistr. 7
Zürich

New York, 16. September 1962

Liebe Maria,

wie habe ich mich über Deinen Brief gefreut! Natürlich bin ich Samuel nicht böse, dass er Dir meine Adresse gegeben hat, im Gegenteil. Er hatte es mir ja schon erzählt, aber es ist gut, mit eigenen Augen zu lesen, dass Du diese wirren, schrecklichen Jahrzehnte wohlbehalten überstanden hast. Irgendwie ist es fast komisch, dass so viele von Euch nun in der Schweiz sind, wenn auch nicht in Herrliberg, so doch in dem Land, das in friedlicheren Zeiten schon manchen von uns als Zufluchtsort galt. Es tröstet mich, zu wissen, dass meine alten Freunde wieder zusammengefunden haben. Erzähl, wie geht es Jakob? Ist Sidonie immer noch so eine Kratzbürste? Und Erich, wie hat der gute, sanfte Erich die Kriegsjahre überstanden?

Was den Besuch in Israel angeht, den Du vorgeschlagen hast: Ich muss sehen, ob ich genug Geld auftreiben kann, um eine so große Reise zu machen. Aber es freut mich, zu hören, dass Josua dort nun Karriere als Politiker macht. Wer hätte das gedacht!

Manchmal bereue ich, dass ich mich damals nicht einmal verabschiedet habe, als ich aus Dessau verschwunden bin. Aber das hatte Gründe, die Geschichte erzähle ich Dir, wenn wir einmal zusammensitzen. Jedenfalls musste ich weg, Berlin reichte nicht, ich wollte das Land verlassen. Ich hatte Glück: Schon kurz nach meiner Ankunft hier in New York fand ich eine Stelle in einem Architekturbüro, und nach meiner Einbürgerung fing ich an, im New York City Department of Buildings zu arbeiten. Dort war ich Deputy Commissioner, was viel hochtrabender klingt, als es ist. Hauptsächlich sah ich mir Bebauungspläne an und stellte Genehmigungen aus. Leider hatte ich Ideen, die meinen Vorgesetzten nicht gefielen, und irgendwann war meine Arbeit mit meinem Engagement in der Nachbarschaft nicht mehr vereinbar.

Nach meiner Kündigung war ich ängstlich und wütend, sperrte mich wochenlang in meine Wohnung ein und brütete darüber, wie ich meinen Unterhalt verdienen sollte. Aber am Ende war die Kündigung ein Glück, ein »blessing in disguise«, wie wir hier sagen. Ich halte mich zur Zeit mit Publikationen in kleinen Architekturzeitungen über Wasser, habe viel gelernt und schreibe jetzt sogar ein Buch.

Wenn ich nicht zuhause daran arbeite, sitze ich oft im Washington Square Park, wo ich auch diesen Brief an Dich schreibe. Ich sitze hier gern auf einer der Stufen vor dem runden Springbrunnen und schaue den vielen Menschen zu. Es wird Folkmusik gespielt, zum Leidwesen der Polizei und der Bürger, die sich schrecklich über die »Beatniks« aufregen. Ich falle auf, in den Augen der Studenten bin ich ja schon eine alte Frau, aber es gefällt mir, mich unter die jungen Leute zu mischen. Sie erinnern mich an uns und daran, wie unsere Freiheit als Provokation aufgefasst wurde. Solche Leute wird es wohl immer geben – selbst wenn jetzt alles, was wir freigekämpft haben, wieder festgeschraubt wird. Die Angst vor den Extremen ist heute größer als die Angst vor der Langeweile.

Wenn ich von meiner Stufe aufstehe, kann ich gerade noch die Spitze des neuen Pan-Am-Gebäudes in Midtown sehen. Es wird eifrig daran gebaut, nächstes Jahr soll es eröffnet werden. Es ist Gropius' erster Wolkenkratzer und es wird das höchste Bürogebäude der Stadt sein. Damit ist es genau das, was den Leuten inzwischen als modern gilt: höher, größer, phallischer.

Kürzlich war ich zu einer Dinnerparty eingeladen, in einem dieser vornehmen Apartments an der Upper East Side. Charlotte, eine alte Freundin von mir, die Du vielleicht damals in Berlin kennengelernt hast, schleppte mich dorthin. Ich ging hinter ihr her, am Portier vorbei in den dreizehnten Stock, und auf einmal war ich in einem Bauhaus-Museum: Überall standen Breuers Stühle herum, an den Wänden hingen Malereien von Kandinsky und Klee. Es war die seltsamste kleine Zeitreise!

Sag, wie denkst Du heute über unsere Ideen von damals? Ach, wahrscheinlich erübrigt sich die Frage, Du hast ja damals schon genau gewusst, was Du willst. Deinem Brief nach zu urteilen, sind Deine Teppiche immer noch ein großer Erfolg. Eine eigene Schule, Maria, wie sehr mich das freut!

Lass uns auf ein Wiedersehen hoffen: in Israel, in Europa, falls ich Geld für die Reise auftreiben kann. Oder hier in New York, Du bist sehr willkommen. Ich fände es so schön, wieder mit Dir auf meinem Bett zu sitzen und stundenlang zu reden.

Sei umarmt und grüße Deine Familie sehr herzlich von mir!

Deine Luise

Heute war ein guter Tag. Einer dieser zarten Frühlingstage in New York, die ich so liebe. An denen sich die Sonne bis zum Abendessen hält, man das Fenster weit aufreißen und den Nachbarn dabei zuhören kann, wie sie sich von Treppe zu Treppe unterhalten.

Ich bin den ganzen Weg vom Büro durch die Stadt gelaufen und habe darüber nachgedacht, in was für eine seltsame Lage mich das Leben jetzt schon wieder gebracht hat. Warum wurde ausgerechnet ich ausgewählt, um die Pläne des »Pan-Am«-Gebäudes zu prüfen? Das New York City Department of Buildings hat 1200 Angestellte, verdammt noch mal! Und so begegne ich also Gropius wieder. Oder, besser gesagt, seinen Ideen. Mein erster Impuls dabei: ein niedriger. Wenn ich schon die Gelegenheit habe, Gropius bei seinem ersten Projekt in New York einen Strich durch die Rechnung zu machen, warum sollte ich sie nicht ergreifen? Zumal dieses Gebäude, das er da plant, nun wirklich keine Schönheit werden wird.

Als ich dann zuhause war, ist mir etwas Besseres eingefallen. Ich werde großzügig mit Genehmigungen um mich schmeißen, sie mit den schönsten Lettern ausfüllen und niemals irgendjemandem preisgeben, an welche Sachbearbeiterin er da geraten ist. Soll er doch seinen seelenlosen Büroblock bauen, wenn er unbedingt will. Ich werde ihm vergnügt aus der Ferne dabei zusehen.

Jetzt sitze ich hier an meinem Schreibtisch, blicke auf die Straße, auf der die Nachbarskinder Double Dutch spielen, atme die warme Luft ein und bin höchst zufrieden mit mir.

Bank of America – Safe Deposit Box Inventory

This inventory is available for your convenience in keeping an accurate record of the contents of your safe deposit box. Keep an inventory list in your box and a copy at your home or office.

Date Deposited	Description of Item
03.02.1960	Goldkette mit Anhänger, Edelstein Rubin
03.02.1960	Geldschein, 1923, »Zweihundert Milliarden Mark«
03.02.1960	Aschenbecher, Werkstatt Marianne Brandt, aus Messing und Edelstahl
03.02.1960	Mietvertrag 208 West 10th Street
03.02.1960	Buch, Bruno Taut: »Die Auflösung der Städte«
03.02.1960	Ticket, Carnegie Hall, 1943
03.02.1960	Manschettenknöpfe, Silber, grüner Stein
03.02.1960	Siedlungspläne (Blaupause), sieben Seiten
03.02.1960	Wandbehang, bunt, gewebt

Dank

Ich danke meinem Lektor Florian Kessler für seinen Enthusiasmus und Scharfblick, Jo Lendle und dem Carl Hanser Verlag für das Vertrauen und die Geduld und meiner Agentin Karin Graf für ihren Beistand und Zuspruch.

Christine Feistl, Claudia Kromrei, Dominik Rigoll und Michael Siebenbrodt möchte ich für die Hilfe bei der Recherche danken und dafür, dass sie das Manuskript auf geschichtliche, architektonische und kunsthistorische Fehler hin untersucht haben.

Martin und Angelika Kranz danke ich für die großzügige Aufnahme in Weimar, Yossi Bartal für seine Expertise und Tom Ising für seinen guten Blick und sein Fachwissen, das er mit mir geteilt hat.

Für lange Gespräche, wichtige Einsichten und dringend benötigten Rat danke ich meinen Freunden Emily Dische Becker, Olga Grjasnowa, Vincenzo Latronico, Daniel Schreiber, Margarete Stokowski und Elvia Wilk.

Und ich danke Nadja, Nadja, Hannes, Tine, Moritz, Rosanna, Ariana, Lea, Naomi, Nico, Liesl, Wolfgang, meinen Eltern und meiner Schwester für ihre Unterstützung und Liebe.